宋 传◎著

THE TEXTURE OF A STORY

METHODOLOGY OF FILM SCRIPT CREATION

故事的织体

电影编剧的操作系统

九州出版社

JIUZHOUPRESS

图书在版编目（CIP）数据

故事的织体：电影编剧的操作系统 /宋传著. —北京：九州出版社，
2018.4（2022.7重印）

ISBN 978－7－5108－6907－5

Ⅰ．①故…　Ⅱ．①宋…　Ⅲ．①电影剧本－创作方法

Ⅳ．①I053.5

中国版本图书馆 CIP 数据核字（2018）第 077729 号

故事的织体：电影编剧的操作系统

作　　者	宋 传 著
责任编辑	王文湛
出版发行	九州出版社
地　　址	北京市西城区阜外大街甲 35 号（100037）
发行电话	（010）68992190/3/5/6
网　　址	www.jiuzhoupress.com
印　　刷	北京洲际印刷有限责任公司
开　　本	710 毫米×1000 毫米　　16 开
印　　张	14.75
字　　数	230 千字
版　　次	2018 年 5 月第 1 版
印　　次	2022 年 7 月第 2 次印刷
书　　号	ISBN 978－7－5108－6907－5
定　　价	29.80 元

前　言

　　很多编剧学习者走过这样的心路历程：简单——难——学习——更难。编故事是个知易行难的活，很多初次试水的勇士仅凭天赋自信往往提笔就写，但鲜有成功者。很快，你会意识到这门手艺远比想象的复杂。当你抓住一个无与伦比的想法和创意，想大干一场时，却发现寸步难行。

　　学习，你会发现更难。翻开各种编剧理论书，纷繁复杂的故事"元素"和专业术语扑面而来：人物、高潮、主题、冲突、对白、动作、角色、节奏、情节点、场面、事件、巧合、勾子、拐点、细节、背景、鸿沟、伏笔、分晓、弧光、人物关系、核心问题……

　　乍一看都有道理，单个学都好理解，等写作要用时，你突然发现它们只是层层叠叠、相互勾连的一堆乱麻。一门看起来简单的手艺，怎么会如此复杂？有没有办法把它弄简单一点？

　　要把编故事简单化，你需要把编剧的技术与艺术区分开来，专注于学习它的技术部分，编出一个逻辑合理、动力正确的及格作品，才是一个务实的学习目标。想成为故事大家，不是通过专业学科的学习就可以做到的。只学习可以学习的技术部分，放下不可以学习的艺术部分，是基本的学习智慧。

　　要把编故事简单化，还要找到一把打开技术大门的钥匙。"织体"就是这样一把钥匙，它借鉴音乐声部的组织方式，将复杂的故事要素分层次、有步骤地置入时间与空间的纵横坐标上，为千头万绪的故事创作找到了一个极具操作性的解决方案。

　　相信《故事的织体》可以为你掌握故事创作这门技术助一臂之力。

目　录

第一部分　因为"织体"，你才好编

第二部分 编织你的故事

第三部分　笔记汇总

第一部分　因为『织体』，你才好编

第 1 章　编故事，怎么学

1.1　什么人可以学编剧

看了一部好电影，被故事打动，见猎心喜，于是奋笔疾书，也想写出好故事来。看了一部烂电影，拍案而起，怒火中烧：就这破故事，这样的编剧也能混到饭吃，看我随便写一个，比你好十倍不止，于是也开始奋笔疾书。

有阅历的人，想把自己的阅历记录下来；有故事的人，想把自己的故事说出来；有思想的人，想把自己的思想传播出去；听说编剧容易出名，听说写剧本来钱快……或者什么都不为，就是单纯地想写。乌泱乌泱一大拨心怀理想与现实的人奋笔疾书，写起故事，编起剧本来。很多人就是这样开始的，接下来会发生什么？

开头一个段落你会非常满意，甚至有些洋洋自得。但写到第三页纸的时候，你突然发现哪里不对了。勉强写到第十页，你可能会愤然拍烂鼠标摔碎键盘。为什么？当然因为写不下去了。而更要命的是，你根本不知道自己为什么写不下去。你的愤怒来自迷茫与自我怀疑。

如果你写到第十页依然感觉良好，那只有两种可能，要么你是个几百年一遇的天才，要么就是你缺心眼——缺乏对故事最起码的感受力与鉴赏力。无论属于哪一种，你都不需要学习了，至少不需要看这本书。知道自己写得不好的人才是可以学习的人，佛学把这种自知之明叫作开悟。

兴趣是个好老师，喜欢当然很重要。听故事和讲故事几乎是猴子从树上一下来就爱干的事情，随着人类进化这种喜好愈演愈烈。古代外国，喜欢听故事的国王可以杀人如麻，喜欢讲故事的女子连讲 1001 夜，成了王后。当代中国，无论是干营销、搞娱乐、做学问、写新闻八卦都要求会讲故事。故事讲好了万事大吉，故事讲砸了你就得下课。如果你不但喜欢听故事，而且很喜欢讲故事，还认为自己讲得不错，那就可以学学看。

创作是需要天赋的。为谋生，百分之九十的人在干着自己不喜欢的事情。因为众多原因，又有百分之九十的人在干着自己并不最擅长的事情。这样大比例的错误对位一定把很多有各种天赋的人，隐没在错位的各行各业中。

中国创新人才的缺乏与这种错位有很密切的关系。你是那个因为错位而埋没了天赋的人吗？自我感觉有时不太靠谱。高调的人容易夜郎自大，低调的人则可能妄自菲薄，要评估你的真实能力，发掘你的天赋，学，才能见分晓。

你可能会说，花了大把时间去学，到头来只是证明自己属于没有天赋且夜郎自大的那一拨，那岂不亏大发了？不会！花时间证明自己不适合干什么也是有价值的。就像追对象，只有追了追不到你才死心，否则一辈子耿耿于怀。那些整天喊怀才不遇的人基本上只是怀疑自己有才，但从来就没去真正验证过。

由于比较复杂的原因，靠写故事养家糊口一定要谨慎。既然是从错位中重新发现自己，就不要急于押上全部身家。不妨先把它当成一个业余爱好学学看。不全身心投入能成吗？能！编剧其实是一个技术门槛低，艺术门槛高的活。找到高效的学习方式，就能很快跨过技术门槛，为你的艺术创造力插上翅膀。

1.2　编剧可以自学

互联网时代的好处是找教材太容易了，下载电子版（不提倡），或是上网购买纸质版都非常方便。当然，这种方便还要感谢众多的翻译家，是他们让很多外语困难户有了学习并选择的机会。

教材选择稍微有点麻烦，因为太多了。网上销量靠前的书大部分来自美国，其中有真正的行业大佬，也有一些"成功学"大师。这里给大家推荐三本：罗伯特·麦基（Robert McKee）的《故事：材质、结构、风格和银幕剧作的原理》（周铁东译本）和悉德·菲尔德（Syd Field）的《电影剧本写作基础》（钟大丰、鲍玉珩译本），维基·金（Viki King）所写的《21天搞定电影剧本》（周舟译本）。

这三本书基本上把该说的都说了。其他的书有的是变相重复，有的是再从中挖掘一些细枝末节展开成某个专题，还有的是用耸人听闻的腔调来哗众取宠，基本和成功学走的是一个路子。看时热血沸腾，用时不知所措。有用没用看过才知道，你可以看着目录和网友的评价再挑几本自己喜欢的书去读一下。

翻开几十万字的理论著作你可能会有点懵，别怕，如果用记号笔把其中的干货划出来，最多两三万字，也就相当于一篇内容丰富点的年终总结。干货湿货一起看，来个三五遍就差不多了。如果看不懂或者看懂了还是不会写，怎么办？幸好还有你——《故事的织体》。你正在看的这本书可以扫清你的阅读障碍，帮你高效地掌握编剧理论，并顺利地进行故事创作。

1.3 理论很丰满，操作很骨感

通过一干大师的努力，编剧理论基本成熟且成体系。《故事：材质、结构、风格和银幕剧作的原理》（后文中简称《故事》）和《电影剧本写作基础》（后文中简称《电基》）写得细致、全面、深入，已经构建起比较健全的电影编剧的基础理论。

但是，看完《故事》与《电基》就直接进入写作，你会发现并不容易。因为这两本书主要偏重理论，强调的是拆解与分析故事的要素、结构和原理。尽管也有一些练习建议和写作指导，但是作为初学者，怎么把一个想法一步步变成完整的作品，还需要有更明确的操作指引。

《21天搞定电影剧本》（后文中简称《21天》）在编剧教材中算操作性比较强的一本书，书中提出了极具操作意义的"路标"概念，对学习者会很有帮助。只可惜把写剧本说得过于轻松，用来鼓励初学者写作肯定意义重大，但作为指导电影剧本写作这样一个浩大的工程来说，有点太举重若轻了。还有些其他貌似写作指导的书，基本是外科手术式的头痛医头，脚痛医脚，不能从根上解决问题。

好的说明书，不但应该容易看懂，而且要看完就能够用起来。《故事的织体》

就是一本对故事庖丁解牛的说明书，一方面对编剧理论作尽量通俗的表达，让读者对故事这头牛的结构、骨骼、肌肉、筋络了如指掌。另一方面也对初学者作出了明确的操作指引，怎么按步骤、有手法地去完成解牛全过程。当然，《故事的织体》无法告诉你怎么写一篇惊世之作，它能做的是帮助你写出一个合格的故事。没有办法，所有教学能解决的都只是技术问题。

第 2 章　艺术，怎么学

2.1　学艺者死，学技者生

　　艺术不能学习，这个观念很多人恐怕难以接受。那么多的艺术院校不都在进行艺术的教与学吗？不对！以声乐学习为例，就是学唱歌。本科四年，学生学了些什么呢？三件事：气息、共鸣和声带控制。这是艺术吗？显然不是，这是技术。本书把艺术中可以量化、操作、传承的部分称为技术，其他则为艺术。这种分法可能并不严谨，但对于搞清艺术学习的本质是有益的。

　　当然也有人想对学生进行艺术教学。比方说声乐教学中有一环叫歌曲处理，就是老师告诉你哪里唱得强一点，哪里唱得弱一点，哪里痛苦一点，哪里欢愉一点。结果怎么样？学生一走出去，行家就能看到老师的影子。这是好事吗？"学我者生，像我者死"。套用在现在的语境中，就是学技术者生，学艺术者死。多样化和个性化才是艺术追求的目标。

　　智能手机让每个人都有机会成为摄影家。摄影无非就是三件事：构图、明暗（色彩）、景深。很多人可能不知道手机拍照也是可以控制明暗和景深的，没关系，通过学习你很快就可以做到，因为这只是技术问题。怎么做好就是摄影的艺术部分了，它讲究的是三者间的动态配合，是一个根本就说不清楚的问题，主要是靠感觉，当然还有运气。

　　问题来了，既然能学的只有技术，艺术怎么办？三个办法，第一是遗传获得，就是所谓的天赋。哪种天赋直接影响着人的创造力呢？好奇心。其实，这种天赋并不玄妙，大多数儿童都是有好奇心的，可惜这种天赋资源很多并没有持续，而是在各种现实的教育中慢慢被磨灭掉了（此处省略 30000 字）。

第二是喜欢思考。思考是创造力的基石，也是创造激情的源泉。当思考成了你的爱好，它随时会点燃创新的火花。

第三就是博识，现代手段如此丰富，我们的博识已经不完全依赖读万卷书，行万里路了。还有上万次网，听万首歌，看万集韩剧……正是这种不功利、无目的的积累，让你创作思维的神经末梢丰富而敏感，你的积累越多，它回馈给你灵感的惊喜也越多。

所以，"功夫在诗外"成了很多艺术大家的肺腑之言。从高一就开始分科，到了大学更是搞专修，出个艺术家何等艰难。

2.2 这才是编剧的技术

故事的创作无非也是三个要素：人物、事件和主题。这三个要素随着故事的进展在不断地发展和变化着，正是这种发展变化闪耀着故事的艺术魅力。人物、事件和主题的发展变化本身是不可捉摸的，但是，这三个要素的构成和它们相互间的关系却是有规律可循的。编剧教学要做的就是把三要素的构成规律、作用规律、逻辑规律从天马行空的艺术中抽离出来，进行分析与学习。

很多编剧教材都会把大量篇幅花在艺术教学上，这是理论很难指导操作的症结所在。比如：你的主角应该奋起反击了，你的故事中还没有出现坏人？你的故事主旨很有问题……艺术教学是件非常炫酷的事，特别容易博得认同与掌声，看起来很有用，用起来真不行。

2.3 你会被"模式"绑架吗

你如果想认真学习武术，不可能是自己挂个沙袋一通乱打。一定会找个门派入手——少林、武当、南拳、北腿……这就是模式。李小龙打破了咏春拳的模式，最后不还是自创了一个截拳道，依然是模式。

技艺的训练与传承都是需要模式的。尽管模式教你的是标准化的招式与套路，但这与实战并不矛盾。你从模式中练就的力量、速度、判断与反应，才是你实战时自由发挥、克敌制胜的基础和保障。

　　"线性三幕"是被无数作品验证为有效的叙事模式，很多电影编剧教材都以这种模式为依托。"线性"是指按时间顺序，"三幕"是指把故事分为建置、对抗和解决三个部分。现在，更倾向于将第二幕再次分解，成为四幕。

　　本书采取的提法是三幕四部分（第二幕分成上、下两部分），这对讲解会更方便一些。不要害怕模式，聪明的学习者是不会被模式绑架的。它只是学习的工具和手段而已。有了这个模式的学习基础，你对结构设计与时空变化的把握，会有更深的理解与更强的驾驭能力。

第3章 什么是故事的织体

3.1 编故事很像织毛衣

编故事和织毛衣的共同之处在于——织。都要搞清两个问题：织什么？怎么织？毛衣织的当然是毛线了，现在的毛线是不需要自己纺的，商场、网上大把，你只要挑选颜色和材质就行了，真正麻烦的是怎么织。

一件常规的毛衣基本上由衣领、衣袖、衣身组成，简单一点的织法是把三个部件单独织好，再组装。高端的织法是一体成形，所以织毛衣的人必须有整体观念，或者叫结构观念。

具体操作无非就是用几根针挑着几根线正一下反一下地扎起来，真的这么简单吗？不是的。如果有图形设计，你每扎一下都是有讲究的；如果这些图形还由不同颜色、材质的毛线组成，那讲究就更多了。所以，毛衣的"织"主要难在怎么织，织什么基本不用操心。

编故事比织毛衣麻烦，麻烦就在于你先得搞清织什么，这可不像毛线可以到网上买现成的（抄袭者另说）。编故事到底是在编什么呢？随着编剧理论的不断丰富，这一问题好像越来越搞不清了。

各种剧本创作理论书中提到的故事"元素"越来越多，如人物、高潮、主题、冲突、对话、动作、角色、节奏、情节点、场面、事件、巧合、勾子、拐点、细节、背景、鸿沟、伏笔、分晓、弧光、人物关系、核心问题……而且随着理论家们的持续努力，相信很快会赶上化学元素周期表的。

理论越发展，我们越糊涂。问题出在很多做理论研究的人只强调深入，而忽视了浅出。把那根毛线研究到了分子级别，然后就出不来了，你让织毛衣的姑娘手握一把"分子"怎么弄！

所以，编故事先要对众多的故事"元素"进行简化与分类，把它们变成可以捏在手中的那几根毛线，就是故事"要素"。这不但是个技术的跨越，还是一个观念的转变。先理出头绪来，你才知道自己织的是什么。

织什么搞清楚了，怎么织就会简很多。怎么织本质上就是个要素组织方式的问题。现有教材对这个问题其实是没有讲清楚的。难点有二，一、没有把元素归类成要素，一大把线头当然容易打结。二、这个问题确实不太容易讲清楚，因为它看起来更像是艺术范畴的东西，根本讲不清楚。其实不然，是因为我们没有找到一个好的理解入口。本书正是以音乐的"织体"作为借鉴，来搞清楚怎么织的问题。

3.2　织体概念来自音乐

音乐中的"织体"是个什么概念？先来认识一下音乐中的"声部"。以合唱为例，我们看到舞台上的合唱队，前面站两排女的，后面站两排男的。是两个声部吗？不，是四个声部。男高音、男低音，女高音、女低音四个声部。

那划分声部的标准是什么呢？就是干不同的活（唱不同的音），再多的人如果唱的都是相同的音，那也只是一个声部，叫齐唱。这么多人唱不同的音，为什么可以不乱套，还可以比齐唱更好听？

织体是一种音乐的结构形式。简单来说就是怎么把这些声部组织到一起。第一个声部在唱"do"的时候，其他声部唱什么音；第一声部旋律往上走时，其他声部怎么走，这些都是有规矩、有讲究的，可不能乱来。音乐中的"复调"与"和声"都是讲织体的专门课程。

3.3　故事的织体只有七个声部

故事的"织体"就是编织故事的"声部"。把故事中的各种"元素"简化，归纳成人物、事件、主题三个故事支柱后，再把这三个支柱分解成身份、欲望、动作、核心问题、障碍、结果和意义七根线条，这些线条就是故事的声部。

这七个声部保持一定的关系发展、变化着，就奏出了美妙的故事乐章。不要被复杂的理论吓倒，好的学习方法可以把复杂的事情搞简单。

3.4 织出故事的逻辑与动力

◆ 逻辑是故事的生命线，是故事成立的基本前提。

简单点说，逻辑就是规律，故事的逻辑就是故事存在与发展的规律，主要指事情的因果关系。因为你设置了一个嗜赌如命的人，负债累累便成为一种可能；因为你的主角有夜盲症，所以夜色成了他行动的巨大障碍；因为敌对双方狭路相逢，所以有了一场恶战。这都是逻辑，由此及彼的符合规律的可能性。

◆ 理性逻辑与感性逻辑共同构成故事的逻辑土壤。

所谓理性逻辑是指来自科学知识，通过证实或证伪的因果关系，如重力向下，离心力向外；感性逻辑是指来自人们的经验、体会，如大江东去，三人成虎，黄道吉日。来自知识的理性逻辑与来自经验的感性逻辑是故事逻辑的基础。

感性逻辑从经验、体会可往外延伸为感受和预期，觉得这事可能发生或者可以接受。比如神话、科幻这类超现实的故事，正是建立在可以接受范围内的合理想象与逻辑自洽。

科幻故事要以现有的科学发现为根据，再发展出可以接受的有限的可能性。小行星可以撞上地球，但你不能让科学家派消防队员拿着水枪改变行星轨迹，拯救世界。神话故事的创作则必须限制在作者自己设置的各种前提下，二师兄是打不过大师兄的，大师兄头上的钢圈自己是取不下来的，唐僧是不可以腾云驾雾直奔西天的。

为了让故事更好看，作者会参照现实生活逻辑，为故事量身定制一套游戏规则，这一套规则就是这个故事的逻辑土壤，一旦生成，你就必须遵守，不能说变就变。

故事创作一定要遵循逻辑规律，符合逻辑是受众接受故事的基本前提。创作者不能为了某个精彩的情节或场景，而肆意挑战人们的逻辑感受。如果你需要一个结果，你必须设置一个可以导致这一结果的前提。只有有了坚实的逻辑基础，你的故事才有了打动人心的力量。观众才会相信它是发生过的，正在发生的，或者可能发生的。

◆ 织体是一套驾驭故事逻辑的操作系统。

组成故事的要素非常多，各要素间的逻辑关系错综复杂。通过故事的织体，可以把零散的故事要素，组织成一个系统的逻辑网络，使创作者能够非常方便地理清织体声部内部以及声部之间的逻辑关系，让我们的创作始终运行在合理的逻辑框架内。

◆ 动力是故事的生命力，是故事发展的重要原因。

故事的动力是指故事向前发展、进行的力。比方一首歌曲或一首韵律诗，一旦启动第一句，就不能随便停下来，在中间哪个地方停下来都不合适，必须走到最后一句。这种欲罢不能的力就是动力，这种动力是由诗、歌发展中的不稳定性带来的。

故事的动力也是由这种不稳定性造成的。一幕发展到下一幕，一个序列发展到下一序列，一个场景发展到下一场景，正是由于每一个单位的不稳定性，故事才有了向下发展的冲动。故事创作的主要任务，就是在合乎逻辑的前提下，制造故事向前发展的不稳定性。

当然这种不稳定的程度是不一样的，就像诗与歌的每一句在稳定程度上的差异，这种稳定性的差异决定了动力的强弱。

◆ 织体是一套编织故事动力的操作体系。

故事各要素的相互作用与连接方式，是造成故事不稳定性的推手，是故事动力的形成原因。通过故事的织体，设计、优化这种作用方式与连接方式，我们不但可以创造这种不稳定性，还可以控制这种不稳定性，让它为故事发展源源不断地提供必需且可控的动力。

织体作为故事结构的新概念，对于故事创作中的逻辑与动力的把握，打开了一个全新的视角，提供了一种科学的手段。

第 4 章　"直播"创作过程

4.1　嵌入完整案例，了解故事写作全过程

在教材中嵌入一个完整的案例是非常有意义的。很多编剧教程基本都会把一些优秀的作品拿来分析，用以佐证自己理论的正确性，好处是有说服力。但教材仅仅用来说服人是不够的，还要让学习者知道怎么去做。再说案例往往是别人的，编剧教程的作者和读者其实不完全清楚它的来龙去脉，很难再现作者的想法和创作过程。

高考经常需要考生分析一些大家的文章，还有标准答案，已故作家只有任由你分析的份，活着的可不干了，上网发声明，我不是这样想的。作品分析固然很重要，但和创作示范还是有功能上的差异，不可互相替代。

初学者所面临的最大困扰是，有了一个想法，怎么把它发展完善成一个作品呢？首先干什么，再干什么，怎么一步步干？

木匠师傅教徒弟做一把椅子，光是把全世界最优秀的椅子拿出来，展示它的材料、结构、工艺，分析它好在哪里，这显然不够。这种艺术收藏与鉴赏式的教学，不如师父从山中砍来一根木料，从锯、砍、刨、凿开始，做出椅背、椅面、椅腿等部件，再当着徒弟的面把它组装成一把椅子。也许这把椅子并不完美，但作为过程展示的教学，意义重大。

当然，为了有助于理解，本书也会进行适当的案例分析。《Léon》是一部广为大众熟悉的电影，常年高居电影网络好评榜前茅，它还有一个广为人

知的中文名称——《这个杀手不太冷》。用熟悉的"大众"案例,希望能让读者觉得更亲切一些,也更省事。本书中还是用《杀手里昂》这个译名吧。

4.2 与音乐有关的大众电影

为了与本书内容相照应,作者同步创作了一个与音乐相关的作品,名为《翻谱人》,作为程序示范。

故事以一个交响乐团的命运为背景,以乐团中最为弱势的翻谱人为故事主角,行业弱者拯救这个行将解散的乐团为故事主线,金钱至上观念下的文化困境是这个故事要表达的主题。

这故事听起来就很文艺。把电影按文艺片与商业片来分类是不严谨,也是不科学的。感觉文艺片与票房基本绝缘,票房要是高了还不太好意思,而商业片就应该是彻底脱下底裤直接奔着钱去的,你要玩点腔调,别人还说你不纯粹。

如果把电影只分成两类,我更愿意把它们分成大众电影和小众电影。大众电影好理解,那就是尽量多的人能够喜欢和接受,针对的是人的共性。小众电影复杂一些,受众群小,且被不同类型进一步细分,针对的是人的个性,或小群体的共性。

按这个标准来衡量,《翻谱人》应该算是个大众电影,其中关于利益的算计、爱恨的交织、价值的思考,应该能让很多人引起共鸣。

作品尽管走的是大众的路子,这种类型或题材用三幕线性结构是否是最佳选择,可能会有争议。但这并不重要,如果读者通过这个作品,凭借音乐"织体"这个媒介,能够了解故事的创作过程,案例的目的就达到了。

第 5 章　简化、分类、程序——操作

5.1　简化、分类、程序

不管学习、生活还是工作，我们经常会陷入一种迷茫和不知所措的状态。应该怎么应对呢？就以日常收拾屋子为例。上了一个星期的班，家里乱得一塌糊涂，到了周末决定清理一下。面对一屋子乱糟糟的东西，该从何下手呢？

先简化它。比如周六上午，只做清理工作，把到处乱扔的东西归位。至于沙发的清洁、疏通下水管道、修理电视遥控器、给金鱼换水的事情先不管他。盯住一些，放下一些，这就叫简化。那清理工作从何开始呢？分类。

分类其实本质上也是一个简化的过程。我们之所以不知所措，是因为面对的事情比较复杂，通过分类就简单多了。把随手乱扔在客厅、餐厅、卧室、书房、洗手间的东西先分个类。如干净衣服、脏衣服、书本、电子产品、小食品、儿童玩具、快递包装等等。分类可以是看在眼里记在心里，也可以快速把它们收捡堆拢。分类完成就开始搬了，怎么搬，程序很重要。

对于法律，程序正义才能结果正义。对于操作，程序正确才能结果满意。如果你是一个思路清晰、行动敏捷的人，并且家里物件的摆放早已心中有数，那你可以拿起一堆书走到书柜前，一本一本插入到相应的位置上。如果不是，我还是建议你先作类别到位，再作个体到位的好，这就是程序。

比如，先把干净衣服放到衣柜边，脏衣服放到卫生间，书本到书房，玩具到小孩活动区……所有类别到位后，再来清理每一类的个体到位。男士、

女士、儿童的衣服挂到、叠到相应的衣柜，袜子放到相应的抽屉里；机洗的脏衣服放进洗衣机，手洗的脏衣服放到洗衣盆；小孩的电动玩具放到纸盒内，智力玩具放到收纳箱里，玩偶放到架子上……再看看家里，是不是整洁清爽多了？

磨刀不误砍柴工，简化、分类，再按一定的程序有条不紊地展开，看起来步骤多了，实际上效率更高。而且让你从无从下手变得条理清晰并敢于动起手来。

故事的创作比收拾屋子更加复杂，只有通过适当简化、合理分类和科学程序，才能理清故事这堆乱麻。

简化、分类、程序是创作方法，更是学习方法。本书在学习安排和操作指引上始终贯穿这一理念，力求通俗、清晰与高效。

这可不就是操作系统的特征吗！

第二部分　编织你的故事

织体：点、线、面，从想法到剧本的全过程

第6章 你的灵感从哪里来，到哪里去

6.1 灵感是挖出来的

灵感是个很奇怪的东西，说来就来。跑步、蹲马桶、吃东西、睡觉做梦，不知什么时候就有一个想法突然蹦了出来。也有时候可能要受点刺激和启发，躺到浴缸里洗个澡，或者站到苹果树下挨上一闷棍，说不定都会有灵感回馈。这些看似偶然甚至无缘无故的收获，其实是你持续专注的结果。

升职的节骨眼上老板娘生了二胎，该送点什么呢？手机的销量、成交额、利润排名都在下滑，哪个点还可以吹成全国第一呢？单位的临时工又打人了，再找个什么理由来撇清关系呢？想写个关于音乐的电影剧本，从哪里下手呢？这都是需要想象力的活，持续专注地想着这件事，就会有灵感来奖赏你。

所以，专注是把挖掘机，用你的专注使劲挖吧，多少会挖出点灵感来的。有些看似需要天赋解决的问题，也可以让勤奋来试试。

到底哪些东西才算是灵感，其实有点说不清楚。严格意义上的灵感是指突发性和偶然性的想法，但在创作过程中有很多所谓灵感，却是逻辑思维的结果。

比如一个画家盯着自己的山水画看了两个多小时，最后觉得应该在湖面上加一艘小船。这艘小船怎么来的？可以说是他长期积累起来的艺术直觉，也可以说是山顶的人家、下山的樵夫、水边的浣纱女和逐蝶的童子构成的这个世外桃源，与外界对接的需要。加上了这艘小船，封闭的山水便有了突破画面的想象力。到底是突发性的直觉还是逻辑思考的结果，不要较劲，把它们统称为灵感吧。

为了配合本书，需要同步创作一个关于音乐的故事。这是个命题作文，除了"与音乐有关的故事"这个想法，其他还什么都没有。没有关系，一天到晚"专注"着这件事，慢慢的就会有些东西时不时蹦出来。

想起看音乐会时，钢琴演奏者的旁边傻乎乎地坐着一个帮着翻谱的人，有意思，记录下来。晚上临睡前突然有画面浮现：伸手不见五指的剧场，一个黑影偷偷剪断了钢琴的一根弦，赶紧起身，记下来。上网又看到久违的凤姐，于是有了一个想法：我的故事可以有一位像凤姐这样的艺术家。

晚上梦见有人说了一句台词：我想搞艺术，而你想搞艺术家，叭啦叭啦……不知道谁说的，记下来。盯着一整张纸上写下的"与音乐有关的故事"几个字半晌，一行文字像字幕一样映入眼帘：金钱围剿下的艺术困境。另外两句几乎是紧跟着流淌出来：拜金浪潮中的价值坚守，礼坏乐崩后的道德曙光。

随着你的日思夜梦，越来越多的想法奔涌出来，挡都挡不住。但这些点子很乱，一会儿是一个人物，一会儿是一个冲突，一会儿是一个事件的细节，或者一句不着边际的对白。没有办法，灵感不会如你所愿，按叙事顺序排着队来到你的面前。总之，你的专注能挖出灵感就是好消息，无论多少，有总比没有强。

当然，还有个坏消息，就是这样日积月累起来的灵感，大部分都会在创作过程中被舍弃掉，那将会是你艰难的时刻。多好的一个主意，多好的一个场面，多好的一个人物，多好的一句对白啊，得时千辛万苦，舍时左右为难。

经常会有一些电影，每个点单独看，都是好东西，怎么放到一起就那么别扭呢？对呀，你不舍得嘛。为了达成总体战役的胜利，输掉几场小仗在所难免。摘掉你亮丽的围脖，放下你钟爱的包包，把刘海剪短一些……这都是为了你整体形象而作的必要的舍弃。

既然要舍弃那么多，积累还有什么意义？有。这就像十几亿颗精子去追逐一颗卵子，不到最后，你不会知道到底哪一颗会有用。

还有，千万不要去想一些技术性的问题，哪怕你掌握了大量的词语或概念，戏剧性前提，故事情境，人物设置，主控思想……统统不去管它，你就心无旁骛地想一个你认为有意思的故事，仅此而已。

故事创作是一个由开放到收拢的渐进过程，做好每一步骤当下的事情非常重要。不要周日休闲时想周一的公司例会，周一开会时又纠结自己昨天在同学会上的表现。

◆ 不要急于开始写作

随着想法与灵感的积累，故事开始显现出模糊、婀娜的身影。不要急于开写，一定要珍惜和享受这段可以天马行空的狂想时间。因为随着写作程序的推进，你受到的限制会越来越多，可供想象的空间也越来越小。不要着急，不要着急！请尽情享受这想象的快乐。

你的灵感记在哪儿呢？电脑上？手机上？日记本上？还是一张 A4 纸？……赶紧将它们安全转移，转移到一个更大的舞台上。

◆ 一定要把你的灵感写在一张"天大"的纸上

"天大"是多大？答案是尽量大，大得可以把你的所有灵感记录在同一个平面上。如果可以的话，就写在一整面白墙上。为什么要在同一平面上？你可以试一下，从日记本上一页页地翻，与站在整面墙前看的感觉是天壤之别。见过军事指挥所里的地图吧，不管是纸质地图还是屏幕墙，一个共同点就是大。军事指挥是个艺术活，古今中外的胜例几乎都是独创且富有想象力的。图有多大，想象力就有多大。

没事就盯着这张"天大"的纸看。看着看着，灵感会像病毒一样激发、传染，有时是聚变，有时又是裂变，这种"放射性"的传播会超出你的预期，"心想多大，舞台就要多大"，不要让纸的边界限制了你的想象力。

把灵感写到这张"天大"的纸上，让它们互相碰撞、互相激发吧！这一过程会呈抛物线状态。开始，你的想法会越来越多，灵感出得也越来越快。到达峰值后它才会慢下来，少下来。当慢到无法忍受的时候，你才可以恋恋不舍地停下来，进入下一个环节——分类。

笔记：灵感需要持续专注地激发，写在大纸上，它们还会相互激发。不要急于写作，学会享受这个灵感产生的过程。

6.2　向骗子学习分类

电信诈骗者从各种非法渠道买来我们的信息，接下来就开始打电话吗？不是的，是简化。首先，他们会把一些非目标信息先排除掉，比如十八岁以下的人群（也有的是十六岁）和低收入人群。再把一些特定职业剔除，如记者、警察、高级官员、精算师……有的也把中小学老师去掉，听说是太抠门，骗不出钱来。这个简化的过程本质上就是初步分类的过程：把有用的分成一类，没用的分成一类。相当于有些人通讯录上的两类备注：资源，废物。

接下来，骗子们会把我们这些"肉鸡"按性别、职业、年龄、地域、受教育程度，甚至违章记录、设密码习惯等进行精细分类。然后才是针对不同的分类来安排不同的诈骗套餐。如汇款短信针对资金出入频繁的小老板或小工厂会计，"家人出车祸了"专门针对六十岁以上的老年妇女，"我是你领导"则是基层公职人员或企业白领的专享套餐，还有"法院传票"……

"日日上一当，当当不一样。"我们从这些丰富多彩的"当"中不难看出，这些坏人正是通过把海量的信息进行取舍和分类，来保障他们行骗犯罪的精准与高效。

当工作需要面对的资源、素材、信息超出我们注意广度（注意范围）的时候，只有分类才能让我们进入科学、高效的操作。一个看似简单的故事创作就是一种千头万绪的工作，你需要观察、照顾到方方面面，像骗子一样学好分类，才能把一个假故事写得跟真的一样。

笔记：分类的意义在于操作，为了高效的操作你必须学会分类。

6.3 分类的原则

1. 类别要清晰合理

现在有些保险公司很喜欢发展民间代理（业务员），为的是通过他们把业务触角深入到社会的每一个角落。入职新人培训的重要内容就是分类。讲师会要求学员把自己的社会关系（电话簿）进行分类。如家人、亲戚、朋友、邻居、同学……因为这种分类可以直接体现业务员与业务对象的关系亲疏，对于保险推销有着重要的指导意义。如果你只把对象分成男、女两个类别，显然是不好操作的。

2. 层次要分明

分层其实也是一种分类。当所有类别可以继续以某种共性再次区分时，就是分层。还是以保险为例。对于家人、亲戚、朋友、邻居、同学这些类别，还有什么可以进行分层的共性呢？让我们回到保险的工作目标上来，那就是钱。对，购买力就是一个非常重要的分层标准，把这些业务对象按不同消费能力进行分层，如万元级、十万元级、百万元级，然后针对不同购买力推销不同消费量级的产品。还有一种分层标准就是年龄，0、3、5、10……60、65、70……把业务对象分成不同的年龄层级，来推销不同性质的保险产品，因为不同年龄阶段的人对风险类型的认识也是不同的。

保险的分类分层表样

分层＼分类	家人	亲戚	朋友	同学	邻居
千元级					
万元级					
十万元级					
百万元级					

3. 分类要以方便操作为目标

如果因为分类把事情搞得越来越复杂就得不偿失了。有人可能会觉得上述分类、分层太过粗糙，应该再细些。比如邻居还可以按交往深浅继续细分：有经济往来的、借过东西的、同一栋楼的、每天打一次招呼的、每个星期打一次招呼的……在层级上按每五千元为一个阶梯，结果是类别比人还多，这就失去了分类的意义。收拢与发散一直是分类的两难选择，找到最适合操作目标的分类才能事半功倍。

笔记： 分类要以方便操作为目标，分层也是一种分类，好的分类与分层才会好用。

6.4　练习分类、造福自己

电脑资料的分类是每个人都要面对的实际问题。合理的分类应该条目清楚且能以最少的点击次数进入到你的目标文件。工作、家庭、个人、视频、照片、办公、软件、学习、网络、下载……你会怎样分类、分层呢？一屋不扫何以扫天下，练习一下吧。

6.5 故事灵感应该这样分类

故事创作的灵感到底要分几类，分几层呢。先搞清楚分类的目标：1. 继续激发灵感；2. 方便管理和创作时调用。所以，把灵感分成三类两层是一个比较好的方案。

◆ 三类分别是：主题、人物、事件。

与故事有关的所有灵感都可以装进这三个类别中，如过场、悬念、背景、情节点、外部冲突放在"事件类"，角色、对白、情感、动作、内心冲突都放在"人物类"，立意、思想、表达则归于"主题类"。还有什么拐点、伏笔、巧合、分晓……都可以在这三类里对号入座，或者分解后置入。

◆ 两个层级分别是"纲"和"目"。

"主题纲"就是总揽故事的核心价值表述，"主题目"就是组成这个核心主题的一些小的、局部的表达。"人物纲"是故事人物的身份、动机、手段等主要属性，"人物目"就是除此以外与人物相关的一些东西。"事件纲"就是事件主体，"事件目"则是事件局部、细节，或与事件相关的一些东西。

灵感分类表样：

	主题	人物	事件
纲	总揽故事的核心价值	人物的身份、动机、手段等主要属性	事件主体
目	组成核心主题的一些小的、局部的表达	与人物相关的其他东西	事件局部、细节，或与事件相关的一些东西

对了，那张"天大"的纸上应该已经密密麻麻写满了你的灵感。现在把它揭下来，换另一张"天大"的纸挂上去，并画好分类框架，把你的灵感誊抄在相应的类别、层级里面。然后，再盯着这张分类过的灵感地图看上几天，你会发现又有新的想法浮现出来，把它记录在对应的表格框中。

为了能榨干你最后的一丁点灵感，"盯着看"是有讲究的。1. 顺着"类"看，从人物纲看到人物目；从事件纲看到事件目；从主题纲看到主题目。2. 顺着"层"看，从人物纲到事件纲再到主题纲；从人物目到事件目再到主题目，一定会有新的惊喜在等着你。横看成岭侧成峰，说的正是这个意思。

　　分类将一直贯穿整个故事的创作过程，它是你跨过素材泥潭，穿过结构迷宫，顺利到达故事结局的保障。不夸张地说，学会了分类你就有一只脚踏进了故事创作的技术门槛。

　　笔记：故事灵感按三类两层来分类。三类是指人物、事件、主题，两层是指纲与目。分类后的灵感还可以激发新灵感。

6. 例 《音乐故事（待定）》灵感挖掘与分类

第一步：命题分析

命题：一个与音乐有关的故事。

原因：织体是一个音乐概念，与音乐有关的故事更应景一些。

困难：命题指向相当宽泛，无人物，无主题，仅有一个事件方向。

优点：限制小，自由度大。

第二步：灵感的初步挖掘

在"大纸"的正中央写上"与音乐有关的故事"，每天利用一切可利用的时间，专注于这件事。一个月后，纸上有了下面这些东西。

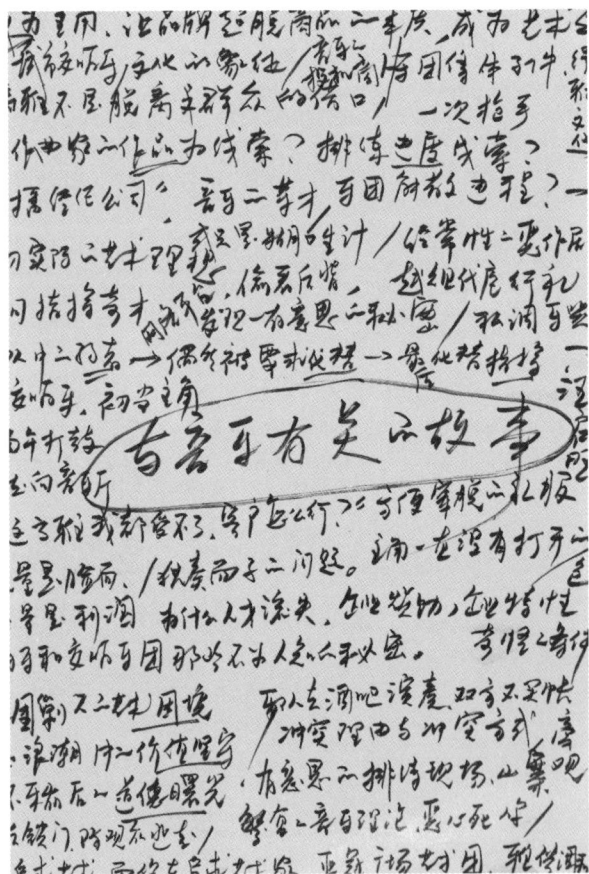

《音乐故事（待定）》的初步灵感（图样）

第三步：命题收拢

收拢命题描述为：一个与交响乐团有关的故事

原因：

1. 灵感积累中交响乐的素材较多，说明作者潜意识中的倾向性；

2. 交响曲是音乐中织体最为复杂的形式之一；

3. 交响乐团内幕鲜为人知，对观众来说有新鲜感；

4. 类似题材作品不多，创作空间较大。

第四步：灵感分类

初步放弃与"与交响乐有关的故事"不太相干的内容，结合新产生的灵感，进行分类、分层。

《交响乐故事（待定）》的灵感分类表（图样）

第五步：灵感的后续挖掘

"盯"着这张灵感分类表继续碰撞、挖掘、激发，不断地丰富内容，并随着创作进程进行调整。

第 7 章　写作的起点，三支柱与八要素

7.1　创作从确立故事核心开始

灵感分类完成后故事的创作才真正开始。先做什么，再做什么，怎么一步步往下走，程序是个大问题。就像烹饪学校会有食材处理、配菜、配料、刀功、雕花、烹、炒、煎、炸等基本课程。先学什么，后学什么也许不重要。可一旦进入操作实战，做一个菜或是一桌子菜就会面临着操作程序的问题，再外行的人都知道第一步不可能是开火放盐。

创作一个故事比做一道菜更复杂，对于初学者来说，科学、合理的程序不仅仅是个效率问题，更是作品成败的关键。先写故事梗概？还是故事路标？或者是三幕大纲？……都不是！故事创作的起点，是从确立故事的核心开始的。

◆ 故事核心

故事的核心是什么呢？很简单，如果能把你的故事用最简洁的方式，准确地表达出来，你就找到了故事的核心。句式结构是：什么人，做了什么事，表现了什么意思。如《杀手里昂》的故事核心就是：杀手，保护了女孩，实现了救赎。

故事三支柱	人物	事件	主题
最简句式	什么人	做了什么事	表现了什么意思
例句	杀手	保护了女孩	实现了救赎

你会发现故事核心仅有三个关键词："人"、"事"、"主题"，它们就像一个大鼎的三足，成为支撑故事的三个支柱，它们共同构成故事的核心。

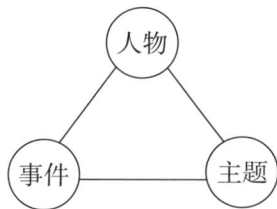

```
        人物

   事件        主题
```

确立故事核心就是确立"人"、"事"、"主题"这三个支柱。正是它们把握着故事的发展方向，你的创作要始终行驶在这三支柱框定的轨迹上。支柱一旦松动，故事也就跑偏了。

故事的核心定位并不是个简单的活儿，稍不留神你可能都不知道自己到底想说什么。比如一个好人打坏人的故事，可能表达的就是正义战胜邪恶的主题，也可能是强调主角锲而不舍的精神，又或者是对"伤敌一万、自损八千"的战争反思。如果《杀手里昂》的核心是"杀手，替女孩报仇，罪恶得到惩罚"就完全变成了另外一个故事。

"人"就是故事的主角，"事"就是故事的主事件，"主题"是指故事表达的最终目标或价值。你必须在创作之初就搞清楚故事主角是谁，做了什么事情，表现了什么意思。

笔记：灵感分类完成后，接下来必须明确故事的人物、事件、主题。这三支柱是故事的核心，是故事创作的起点。

7.2　三足鼎立之 1，主角

一个故事会有很多人物，但主角是人物中的核心，他对故事影响最大。确立故事核心必须先搞清楚，你的主角是个什么样的人。线性三幕结构的故事中，主角要对故事有重要的推动作用。无论是出于主动还是被动的原因，故事主角都必须要有强烈的推动故事进展的力。要么是主角的主动行为，要么是主角造成的事实动力。

你的主角是个什么样的人呢？性别、品质、外形、气质、习惯……都需要搞清楚，但不是现在。在故事的初始阶段一定要学会简化，先抓住人物最

```
        ┌─────────────┐
        │  人物三要素  │
        └─────────────┘
       ┌──────┼──────┐
   ┌──────┐ ┌──────┐ ┌──────┐
   │ 身份 │ │ 欲望 │ │ 动作 │
   └──────┘ └──────┘ └──────┘
```

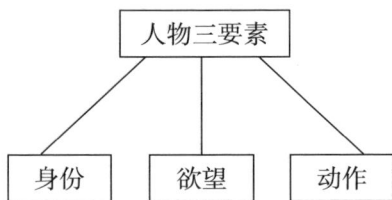

关键的属性，那就是身份、欲望和动作，这里称之为"人物三要素"。这三个逻辑相关的属性，决定了你的主角对故事的影响力。

1. 人物之身份。

"身份"是指故事中人物的"身份状态"，强调的是阶段性的角色功能，而不单指人物的外在标签。比如里昂在故事中，从冷酷专业的杀手到无可奈何的临时教师，再到一个有爱的男人，最后变成一个舍生取义的英雄。职业杀手这个"标签身份"没有变化，变化的是他的角色功能，也就是身份状态。正是这种不同的身份状态改变着人物的欲望和手段，影响着故事进展。

如果一个人物，没有变化进展的身份状态，只有一成不变的标签身份，他就不是一个合格的故事人物。如果里昂把冷酷专业的标签身份贯穿始终，故事会是个什么样子？ 1.女孩求救，根本就不开门；2.即使一时冲动开了门，后来也可能趁女孩熟睡时解决这个麻烦；3.就算本着不杀妇女儿童的原则，也可以让他的经纪人帮忙处理。不管哪种可能性，只要身份状态不变，故事都不会像现在这样精彩，甚至根本写不下去。

2. 人物之欲望。

欲望是人达成愉快或满足的愿望。人是需要愉快的，所以有了那么多可以让人愉快的行为和行业。人也是需要满足的，所以生命不息奋斗不止。欲望是一种需求，想要什么，想干什么。人物的欲望是人物行为的根本动力，故事的主角是要有欲望的，他的欲望对故事进展影响巨大。欲望的种类和层次这里不细说，简单谈一下对故事创作意义重大的自觉欲望和不自觉欲望。

自觉欲望是由人物意志驱动的欲望，是人在显性动机支配下有明确目标的欲望。比如职业杀手，奉命杀掉一个美女大盗。清除目标、完成工作，然后收钱，就是它的自觉欲望。他自己非常清楚要干什么，为什么干。

不自觉欲望是指人的下意识或无意识的欲望，是人物不能明确感知的需求，或者目标不明确的隐性动机。比如杀手一路跟随美女目标，机会终于来了，但却杀心全无。这种怜香惜玉的下意识欲望不到要扣动扳机的那一刹那，他自己都意识不到。"杀人收钱"的自觉欲望与"留人丢钱"的不自觉欲望在这里形成的冲突，会让人物措手不及。这种欲望的矛盾是结构一个复杂人物的常用手段。

3. 人物之动作。

动作是指有动机和目的，并指向一定对象的运动系统。故事人物的动作由欲望驱动并直接作用于事件。不同的动作将形成不同的事件。比方说为了报复敌人（同一欲望），采取杀掉对方（动作 1），或是恐吓对方（动作 2），所造成的事件必然不同，不同的事件在故事中的功能也就不同了。

故事的主角必须要有与动作相匹配的能力，来应对故事的核心问题。而且在核心问题解决之前不能被打死。这就是为什么动作片中的主角往往是那个最能打，或是最经打的人。如果不赋予人物相应的能力，却让人物怎么都打不死，那应该属于搞笑或神话类故事了。

《杀手里昂》的编剧如果不赋予里昂高超的职业技能，那就只能让女孩少惹麻烦，或者把对手定位在三线城市的临时工。否则里昂无法坚持到故事最后，无法对抗高潮事件，也无法解决核心问题（保护女孩）。

身份、欲望、动作是人物的三个重要支点。它们必须有可靠的逻辑基础。什么样身份的人才可能会有什么样的欲望，才会驱动这样的动作。试想故事如果是这样的：杀手里昂（身份）为了保护女孩（欲望），决定拿起法律武器（动作）。因为女孩十几天的英语教学，法庭上里昂口若悬河，舌辩群雄，告倒了坏警察。表现了建设法治国家的重要性。是不是很搞笑？

身份——欲望——动作的组合会有千万种。合理的人物设计就是把最符合故事需要的那种组合挑选出来，而不是只挑你想要的某个点。

我们经常可以看到一些影片为满足剧情需要，主角的身份、欲望和动作发生一些莫名其妙的、观众无法接受的转变。

一个放荡不羁的公子哥一夜之间可以变成一个奋发图强的好青年，贪得无厌的诈骗分子毫无铺垫地蜕变成爱心满满的慈善家，手无缚鸡之力的弱女子偶遇高人指点，短期修得绝世武功。刚才还聪明绝顶的侦探，大脑突然短路，硬是围绕一个弱智的逻辑问题百思不得其解。或者一个职业杀手不小心摔了一跤，在编剧的要求下，眼睁睁放走一个对故事进展十分重要的猎物。最有趣的是很多重要人物临死前的话特别多，往往还要几度晕厥，醒来再接着说，细心的观众可以发现其悲痛欲绝的对手演员已经快憋疯了。

为了配合故事的结构、节奏、冲突或解决冲突的需要，人物的身份、欲望、动作随时产生着莫名其妙的变化，这是故事创作的大忌。人物的这三个支点是相对比较稳定的，若有变化必须理由充分。如果你需要解决问题，就要设计一个有解决问题能力的人物，而不是他突然暴发的某种神力。如果需要人物变化、发展，请给他足够的成长空间和时间。

只要身份、欲望、动作，任何一个支点游离在逻辑之外，人物就会失去可信度。人物不可信，故事自然就坍塌了。

笔记：支柱性人物就是主角，身份、欲望、动作是主角的三个支点，明确人物就是明确主角的身份、欲望、动作以及三者间的作用关系。

7.3 三足鼎立之2，主事件

一个故事不太可能只由一个事件组成（仅个别），就像一场战役由很多小战斗组成，道理是一样的。《杀手里昂》至少就由开篇刺杀任务、女孩被灭门、女孩寻仇、里昂勇斗恶警等众多事件构成。这些事件都是围绕"里昂保护女孩"这个主事件，或者叫支柱事件来设计的，是故事从开篇通往结局的一个个路标。《21天》提出"路标"概念是非常有意义的。为方便区分，主事件的下级事件我们把它们叫作"次事件"。主事件就是统领这些次事件的大事件，明确主事件就必须明确它的核心问题、主要障碍和事件结果。

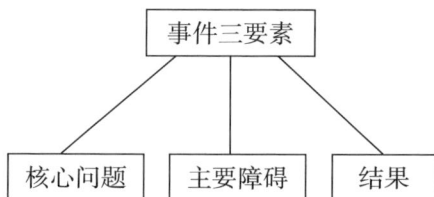

```
              ┌──────────┐
              │ 事件三要素 │
              └──────────┘
            ┌──────┼──────┐
        ┌───────┐ ┌───────┐ ┌─────┐
        │ 核心问题 │ │ 主要障碍 │ │ 结果 │
        └───────┘ └───────┘ └─────┘
```

1. 主事件之核心问题。明确故事主事件必须紧抓核心问题不放。其他次事件的设计要围绕核心问题进行，要对解决核心问题有意义。否则，要么舍弃要么修改。

"保护女孩"是《杀手里昂》的主事件，"里昂能成功保护女孩吗"就是故事的核心问题。

其他次事件有的是为核心问题作铺垫或交待。如："开篇刺杀"事件就是里昂性格与技能的一次集中展现，是为"里昂保护女孩"作能力上的铺垫（当然还有其他功能）。

有的次事件是围绕核心问题的逻辑性事件。如：因为女孩家被灭门，里昂才有保护女孩的必要性；因为女孩孤身寻仇，所以里昂闯警局救人，所以引来警察围剿，所以里昂勇斗警察。

这些次事件都在"里昂保护女孩"这个主事件的逻辑线条上，都在围绕"里昂能成功保护女孩吗"这个核心问题展开。

2. 主事件之主要障碍。 一个有意思的事件必须要有有力度、有意思的障碍来支撑。故事设计很大程度上就是事件障碍（或者叫阻力）的设计。不费吹灰之力就能到达彼岸的故事不是个好故事。故事中鸿沟的深度，冲突的程度都取决于障碍的力度。

里昂为保护女孩要对抗的一方面是自身孤独、冷漠的职业性格，另一方面是作恶多端、实力强劲的缉毒恶警，还有女孩复仇心切而搞出的大小事情。这都是不小的阻力，都给核心问题的解决制造了相当的难度。正是这些有难度的障碍造就了一个精彩的故事。

3. 主事件之结果。 一个完整的故事表述是需要结果的，开放性的结果也是一种结果。不同的结果设计对故事的意义表达有着天壤之别。

如果《杀手里昂》的结果是保护女孩失败，里昂抱着女孩尸体仰天痛哭作为结局，那故事的主题就不是救赎了，而是对万恶资本主义的控诉。故事结果不但是对主事件的一个交待，还体现着故事设计者的表达初衷，也直接影响受众的故事体验。结果，是一个完整故事的重要构件。

笔记： 支柱性事件就是围绕解决故事核心问题的主事件，它由核心问题、主要障碍和结果三个支点组成。

7.4　三足鼎立之 3，主题

故事主题的表述方式比较复杂且说法众多。如主题、前提、主旨陈述、主控思想等等。再细研下去还会有价值加原因、人物加动作、主题与基本动作。各种表达方式看起来各执一词，莫衷一是。看不懂？没有关系。其实这些主题的表达方式都想在完整与概括中找平衡，即想说得简单，又想说清楚。当然也还存在着理念的差异，有的算是故事简述，有的则是表达故事思想。

不同的表述方式各有优劣。

为了方便操作，故事主题尽量不与故事的其他要素相重复，还是只作思想（或者叫价值）表述的好。

故事主题的表述应该有一个统领的主题思想，同时，要将主题思想的正价值和负价值分列出来。

1. **主题之主题思想**。故事的主题思想（支柱主题）是故事的中心思想和最终表达目标，是通过核心问题的解决结果（结局）集中体现出来的。如：正义得到伸张，母爱感天动地，科技成就未来……《杀手里昂》的主题思想是救赎，故事一直贯穿着里昂与女孩相互的身心救赎这个主题，并集中体现在高潮与结局之中。

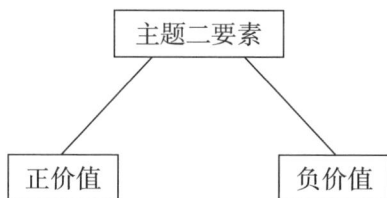

每一种思想都有其两面性。如：正义与邪恶，爱与恨，对与错。我们称之为思想的正价值和负价值。故事主事件揭晓的是正负价值的对抗结果，是故事的最终价值，比如"正义战胜邪恶"。而故事发展中的次事件则是正、负价值对抗前行的过程，一会儿正义占上风，一会儿邪恶占上风。

2. **主题之正价值**。故事的创作者对于故事的价值是有态度和立场的。就算号称中立与客观的某些纪录片，也会通过素材的取舍来体现自己的立场。作者选择并赋予主角行动意义的价值就是故事的正价值。

《杀手里昂》中"得到救赎"就是正价值，两个冷漠、绝望、无根的人因为爱的力量变得充满希望并找到心灵的归属。这种救赎是主角解决核心问题的意义，是作者赋予故事的正面价值。

3. **主题之负价值**。与正价值相对的，通过故事障碍表现出来的意义就是负价值。它是正价值的对立思想，对彰显正价值至关重要。

《杀手里昂》中"毁灭"就是负价值。故事中毁灭有两个层面，一方面是人物对现实的妥协与自我放任，另一方面是外来的压迫力量。这种负价值是作者为彰显"救赎"这个正面价值而设计的障碍与陪衬。

在我们沉迷于设计精巧的事件、场景、人物，甚至对白时，别忘了自己的表达初衷。主题是故事的一个重要支柱，抓紧故事主题的正负价值，才不至于迷失方向。明白自己到底想写什么，有时候并不是件容易的事情。

笔记：主题就是故事的最终表达目标，明确主题不但要明确故事主题的中心思想，还要清楚构成这一思想的正负价值。

7.5　故事的八要素

人物（身份、欲望、动作）、事件（核心问题、主要障碍、结果）、主题（正价值、负价值），它们之间是个什么逻辑关系呢？搞明白并表达清楚，故事就立起了一个框架，出现了一个雏形。

它们的关系是：人物身份影响人物欲望，人物欲望影响人物动作；人物动作直接作用于核心问题，解决核心问题就是对抗主要障碍；核心问题的解决揭晓正负价值的对抗结果。

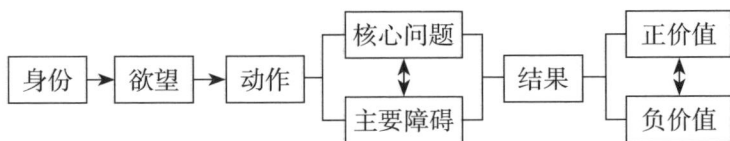

人物、事件、主题这三个故事支柱延伸出来的"身份—欲望—动作、核心问题—主要障碍—结果、正价值—负价值"这八个故事支点，称之为故事要素，它们是"故事织体"进行编织的主要对象。

故事要素表

故事三支柱	故事八要素		
人物	身份	欲望	动作
事件	核心问题	主要障碍	结果
主题	正价值		负价值

在故事的创作之初，理清故事三支柱八要素的逻辑关系是非常有必要的。这是故事成立的基本前提，也是保障故事创作高效进行的重要方法。

很多心血来潮的创作者写不下去的大部分原因，是这个故事的底层逻辑出了问题。解决办法是：把你的想法分解成三支柱八要素，置于这个逻辑框架中，很快就会发现问题出在哪里。

笔记：身份、欲望、动作、核心问题、主要障碍、结果、正价值、负价值，是故事的八要素，是故事织体的编织对象。

7.6 "一句话故事"很重要

当人、事、主题三个支柱及其构成要素明确后，你就可以用一句话讲出你的故事了。这件事很有意义，其本质就是通过简化，抽出故事最核心的内容，理清故事的主干逻辑。"一句话故事"与故事的最简表述是有区别的。

故事的最简表述只要把人、事件、主题三个支柱组织到一起。如"杀手，保护了女孩，实现了救赎"。而"一句话故事"则需要把三支柱下的各个故事要素（支点）都进行描述，目的是更清晰地体现故事运行的主干逻辑与主导动力。这句话可以采用这种句式结构：什么身份的人，因为什么欲望，针对什么问题，采取什么样的动作，面对什么样的障碍，结果怎么样，表达什么意思。

身份	欲望	核心问题	动作	主要障碍	结果	主题
什么人	为了什么	针对什么问题	采取什么动作	面对什么障碍	结果如何	表达什么意思

《杀手里昂》一句话故事

杀手里昂，因为爱，突破职业准则，面对强大对手，去保护女孩，结果牺牲自己保护了女孩，实现了两人的相互救赎。

把这句话或表格用一张 A3 纸写下来贴在墙上，它就是你整个故事创作的指路明灯。随时看着它，使你的创作不至于迷失方向。

笔记："一句话故事"是通过对故事八要素的描述，来体现故事运行的主干逻辑与主导动力。

7.7　三足并行，不分先后

明确人物、事件、主题以及支撑它们的八个要素，是一个故事开始创作的起点，本书为了讲解方便，将三支柱分步呈现。但在实际创作中，并不一定是按"人—事—主题"这个顺序来。而是三支柱同时设计，相互修正的。因为故事中的人、事、主题总是互相纠缠，互相作用，互相影响的，你不能撇开其他，先设计其中的哪一个。当然，作为创作的初始任务或激发点，某个支柱可能会先有一个方向上的限定。

比如有人要你写一个关于网络主播的故事，那人物就是首先限定下来的故事支柱。如果你要写一个关于食品安全的故事，则首先限定的是事件。如果是一个关于信任的命题写作，主题就要先被限定下来。而这个首先被限定的故事支柱，就成了故事创作的出发点，它与随后设计出来的另外两个故事支柱，在互动的过程中也还有很大的设计空间。

比如网络主播的故事，限定的只是主角的身份，主角的欲望与动作还有很大的设计自由度。人物的每一个支点，一定会受到事件与主题的影响，也会反过来影响事件与主题的设计。故事的三个支柱正是在不断的作用与碰撞中，趋于完善的。

所以人、事、主题这三个故事起点的支柱，不可能割裂开来，分别设计。而应该是同时设计，相互修正。只不过因为创作的任务或目标限制，某个支柱可供修正的空间要小一些。

笔记：在明确故事核心的实际操作中，人、事、主题这三个故事支柱是同时设计，相互修正的。

7.8　故事的背景设置

随着故事支柱及要素的确立，并理顺各支柱、要素间的逻辑和动力关系后，一个故事就搭起了框架。接下来，你需要为这些故事要素设计相应的背景支持。换言之，要让这些故事要素合理化，就需要故事长在一个合理的背景下。所谓合理，是指故事发生、发展的可能性和必然性。

麦基《故事》中说的时、空，时限与冲突四维背景，简单说来就是时空背景和社会背景，或者说是物理背景和人性背景。广义上，背景应包括人物、事件、冲突等与故事相关的一切设置，为操作方便，我们把故事背景分成时空背景与冲突背景两大项。

时空背景好理解，包括时代、期限、地点三要素。冲突背景可以看成时空背景下与故事相关的具体社会性条件。比如《战国策》中的故事"荆轲刺秦王"。

时空背景	时代	中国战国末年
	期限	荆轲受命——荆轲被杀
	地点	燕国、秦国
冲突背景		秦灭六国中、燕太子有敢死朋友圈

时空背景与冲突背景往往是息息相关的，不能机械地拆解与分割。当你选择了一个时代，其实你也同时选择了这个时代的冲突背景。同样，当你选择一个空间的时候，这个空间的冲突也会如影随形。比如，你的故事发生在上古时代，那温饱与生存就自然成了它的冲突背景。故事如果发生在美国白宫，勾心斗角就是常态背景。

故事背景之所以要强调冲突层面，其实是在时空背景冲突共性的基础上，再次精确定位故事的冲突个性。故事背景冲突层面的设计与选择，对故事的发生与发展起着至关重要的作用。

比如《杀手里昂》中，当代，美国纽约，是具有冲突共性的时空背景。这个时空背景里可能有杀手，有毒贩，有坏警察，有不幸的女孩。但是，意大利逃亡来美的杀手，刚好摊上一个帮警察贩毒的邻居，邻居家还有这么一个叛逆的女孩，这样的组合在当代纽约可不是随处可见的。它就属于具有故事个性的冲突背景。这样的时空和冲突背景设计结合，使得"杀手保护女孩"的故事成为可能。

一个故事在构思之初，也就是灵感形成阶段，在构思故事的人、事、主题的同时，其实就有了一个大致的背景考量。因为故事的人和事不可能是凭空长出来的。拔出萝卜带出泥，背景其实已经和故事要素一起初步成型。甚至都不好说是先有的故事要素，还是先有的故事背景。

设置故事背景就是完善故事的时空背景，以及进一步确定故事的冲突背景。这种设计不仅是顾及背景对故事的限制作用，更重要的是要利用好背景对故事的激励作用。

比如，恐怖分子劫持飞机的故事，飞机机舱这个空间背景对故事设计的制约不言而喻：高性能的武器不能用，大场面的打斗施展不开，故事场景没有太多变化。但是，正是这样一个孤悬在高空中的独立空间，却给了故事进展极大的动力。这个上不着天，下不着地的绝境，给了人物超乎寻常的选择压迫，并把人物每一个动作的冲击力度都成倍放大。一个精彩的故事，很可能被你设计的背景给"逼"出来了。

前提和背景是有区别的，前提是故事的逻辑条件，背景是故事的环境状态。"如果……将会发生什么？"这种前提的设置一直伴随着故事创作的进程。"一个前提并不是稀世珍宝"，它只是你创作途中推开的一扇前途未卜的门窗。"前提"可以作为你灵感激发和故事发现的工具。你可以用这种假设的句式去推导，直至找到一个理想路径。

在故事创作的过程中，背景将不断地细化和具体化，直到与故事融为一体。

笔记：故事需要背景支持，故事背景分成时空背景与冲突背景。背景对故事有限制和激励的双重作用。

7.例 《交响乐待定》三支柱与八要素

第一步：总结灵感收获，初步确定创作方向

命题：一个与交响乐有关的故事。

人物方向：尽量避免交响乐队中的常规人物，尤其是像指挥这样的乐团主角，力争小中见大。

事件方向：命运起伏、容易冲突、容易共鸣、有观赏性。

主题方向：反思文化现状，有现实意义，有社会责任。

说明：灵感是专注挖掘的结果，对灵感的选择则有着鲜明的个人色彩，打上了作者的人格烙印。就好像同样一个关于音乐方向的题材，在不同的人手里会有千万种故事构成的可能性，这既不是技术，也不是艺术，而是个性。

（注：以下并非创作步骤，仅为讲解方便，原因上文已述）

第二步：人物确立

人物要素	要素内容	设计思路
身份	"翻谱人"这个乐队边缘人	乐团中的弱者，对金钱至上观念下的乐团地位有一定的比拟性。临危受命的团队弱者去螳臂当车，身份与动作对比大，故事冲突大，思想冲击大。
欲望	证明交响乐队的价值	这个欲望于主角身份不一定必然，但具备自圆其说的逻辑基础。艺术价值与市场价值的现实矛盾，使这个欲望更具戏剧性。
动作	保卫乐团	保卫乐团包括保卫乐团生存和艺术尊严两方面内容，乐团的生存与尊严在现实中的两难境地，让保团动作一开始就处于冲突之中。

第三步：事件确立

事件要素	要素内容	设计思路
核心问题	一个即将解散的乐团，能保得住吗？	金钱至上、娱乐至死的环境下，高雅艺术如何有尊严地生存，是一个可以引起关注的现实问题。核心问题是对乐团命运关注，同时也是每个文化人自己的心理投射，容易引起共鸣。
主要障碍	金钱至上观念带来的思想冲击和生存挑战。	金钱至上观念下的文艺市场把高雅艺术边缘化。金钱至上的观念对交响乐团的思想也冲击巨大。金钱至上观念对交响乐团在经济和精神上的冲击是故事的主要障碍。
结果	保团失败	现实、悲壮、震撼、反思。

第四步：主题确立

主题思想：金钱至上观念下的文化困境

主题要素	要素内容	设计思路
正价值	文化坚守	交响乐对于有思想性和深刻性的高雅艺术，有一定的代表意义，保卫交响乐团折射出对人文精神的信仰坚守。物质追求的浪潮中需要文化坚守，来捍卫我们的精神家园。这是故事弘扬的正价值。
负价值	金钱至上	金钱本身与文化并不矛盾，对金钱的过度追求是值得警惕和批判的。金钱至上观念使得金钱成为一切价值评判的标准，它所导致的对文化的过度消费和过度娱乐，破坏了一个社会合理的精神结构和价值体系。扭曲的金钱观及其对文化的破坏和异化是故事批判的负价值。

第五步：故事要素表

故事三支柱	故事八要素		
人物	**身份**	**欲望**	**动作**
	翻谱人	证明交响乐价值	保卫交响乐团
事件	**核心问题**	**主要障碍**	**结果**
	乐团能保住吗？	金钱至上观念的思想、生存挑战	失败
主题	**正价值**		**负价值**
	文化坚守		金钱至上

第六步："一句话故事"

乐团翻谱人，为了证明交响乐的价值，面对金钱至上观念带来的思想冲击和生存挑战，去保护一个即将解散的乐团，结果失败，故事表现了金钱至上观念下的文化困境。

分析：故事核心的三支柱以及构成三支柱的 8 个要素确立后，"一句话故事"就水到渠成了。

至此，故事名暂定为：《翻谱人》

第七步：初步设置故事背景

时空背景	1. 当代中国 经济飞速发展引发的现象、价值、舆论等诸多问题，为故事提供了可能性和成长空间。故事也正是对其中的一些现象、价值进行批判与反思。 2. 二线城市 这样的空间背景，有交响乐队存在的条件，尽管生存艰难，但又还有挣扎的空间。一线城市冲突不会这样激烈，三线城市基本容不下专业的交响乐团。二线城市中非国家顶级的乐团，独立谋生的能力相对较弱，面对危机时抱团自救的逻辑容易说得通。
冲突背景	1. 企业主资的交响乐团 在现今交响乐团的几种生存模式中，企业主资的乐团对出资企业依赖度高，变故风险大，可以因为企业倒闭而面临散伙。 2. 过度娱乐化的文艺市场 高雅艺术被市场边缘化，成为故事核心问题的冲突背景，驱动且限制着故事人物的活动。
背景描述	时空和冲突背景的叠加，形成了故事的背景框架： 当代中国，某二线城市，金钱至上观念深入人心，过度娱乐化的文艺市场，一个企业主资的交响乐团。

第 8 章　故事的声部

8.1　故事的起点与终点

面对一项工作、一个任务、一趟旅程，我们最先需要明确的是目标和起点。从哪里开始，最终要达成什么样的目标，是行动开始前必须要搞清楚的。编故事也是如此，从哪里开始讲起，故事怎样结束。

1. 故事的首尾必须是事件。

淡入的第一个画面和淡出的最后一个画面，是一部电影的开头和结尾。但是，在故事创作过程中的首尾定位，必须是事件，而不是简单的画面，也不能是一些交待、铺垫或过渡性的场景。

麦基在《故事》中指出，事件是指事物状态的改变，是价值发生转化的事情。这里扩充一下，故事中的事件必须满足"人物"、"意义动作"、"价值变化"这三个条件。也就是说，一个故事事件中一定要有人物，而且人物的动作对故事驱动要有意义，事情价值要有变化。人物、意义动作、价值变化就是构成事件的三个条件。为了操作方便，这里把没有人物参与的事件状态的改变，看成事件原因或事件背景，而不当作独立的故事事件。

比如一场其乐融融的家庭早餐的场景不能称之为事件，因为你一勺子我一筷子的"吃"这个动作对故事发展是没有意义的，可以预见的结果也只是"饱了"或者"没饱"，这个动作没有形成故事发展的驱动力。如果有人将勺子用力摔在台面上，这就是一个有意义的动作，不管出于什么原因，接下来都应该有事发生。如果这个动作激发了一场家庭争吵，它就变成了一个事件，因为"其乐融融"的状态发生了改变。

最小事件可以仅由一个有价值变化的动作构成，而一个完整的事件则包括发端、发展、结束。如果需要还可以更加复杂。学会设计最简和最复杂的事件，是故事创作的一项基本功。

2. 开篇事件是故事的起点。

故事的第一个事件称之为开篇事件。故事总是由事件开始的，这个事件也许是为了人物交待，或者背景介绍，或者情节铺垫，不管怎样都会是"人物"在进行"有意义的动作"，并且产生了"价值变化"。很多影片在开篇事件之前会有一些交待或引入性的环节或者场景，不用着急，很快就会有事件发生。

电影《杀手里昂》的开篇事件就是里昂教训"死胖子"这场精彩的打斗戏。其中，人物动作意义和事物状态的改变不言而喻。同时，该事件还对故事主角进行了一次全面精彩的交待。

一个好的开篇事件要尽可能集成故事的背景、事由、主要人物的相关交待。一方面，故事事件需要高效利用，功能的集成整合有利于在有限时间内完成更多的"故事动作"。另一方面，故事需要尽快抛出一些基本信息吸引观众，故事讲的是什么事？是关于什么人的？发生在什么背景下？如果一个故事十分钟过去了，观众对以上信息一无所知，吸引力可想而知。

开篇事件往往体现故事主题的负价值。前面说过，故事主题是一条正、负价值对抗的起伏曲线。一般来说，正价值会在故事高潮与结局部分体现出来。而故事从负价值开始，可以快速为故事进展积累动力。比如一个正义战胜邪恶的故事，以正不压邪的事件开始，还是以邪不胜正开始，其动力差异是显而易见的。

开篇事件要精彩。开篇事件是受众接触故事的第一站，给人好的第一印象是至关重要的，相亲如此，讲故事更是如此。有些慢热型的故事，开始比较平淡，往后才越来越精彩。这种故事的风险是，在精彩来临前观众已经失去了耐心。把前面设计得精彩一点，或者把后面某个精彩事件提前作为开篇事件也是一个不错的做法。

3. 高潮事件是故事的终点。

高潮事件是一个故事中最精彩的部分，是为集中解决核心问题而设计的事件。故事的主题也是通过高潮事件得到集中明确的表达。高潮可以看成是这个故事"段子"的"包袱"，前面的所有铺垫与推进都是为了把高潮这个包袱响亮地抖出来，所以高潮理应是故事最精彩的部分。高潮事件承载着事件、人物、主题的最终归属，是一个故事的终点。

电影《杀手里昂》中，里昂勇斗坏警察，最后与其同归于尽是故事的高潮事件，也是电影的结尾。故事的核心问题"里昂能保护女孩吗"得到回答。人物命运明晰展现，救赎的主题也明确表达出来。更重要的是里昂在高潮事件中的精彩表现，给了观众满意的观影体验，造就了一部优秀影片。

高潮事件是整个故事旅程的最终目标，事件怎么解决，人物的归属安排，主题的表达方式，都将在高潮事件中体现。在故事开始创作之初，把高潮事件定个基本方向，相当于为整个故事的行程锁定了目标。再长的故事马拉松，只要有了确定的行程目标，你的创作虽然仍有可能走点小弯路，但至少不会偏离大方向。

4. 故事的"结局"是高潮事件的延续。

结局对故事的完整性是有意义的，但对故事的整体结构影响不大，加之很多结局已经不具备形成"事件"的条件，所以在故事创作中我们把高潮事件看作故事的结尾，而结局则看作高潮的延续。就算一些有延伸与转折意义的结局，也不会影响到故事的整体结构。所以在故事创作中，把高潮事件当成故事的结尾更具操作性。

笔记：故事的首尾必须是事件。人物、意义动作、价值变化就是构成事件的三个条件。开篇事件是故事的起点，高潮事件是故事的终点，故事的"结局"是高潮事件的延续。

8.2　故事的支柱三声部

通过故事三支柱的确立，我们基本明确了故事的人物、事件和主题这三个点。当开篇事件和高潮事件这两个起止点基本确定后，我们就可以将点拉开成线。人物线、事件线、主题线并行至终，就成了故事的三个支柱声部。所谓支柱声部，可以类比成交响曲的弦乐、木管、铜管三个声部大类。

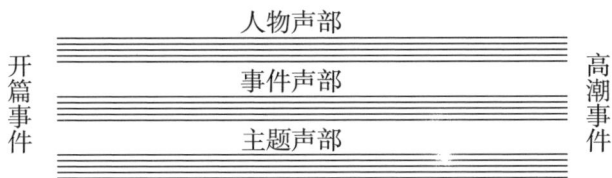

现在我们清楚开篇事件和高潮事件是故事的起止点，但人物、事件、主题这三个声部的起点和终点分别是个什么样子呢？搞清这个问题，对于看清每个声部的独立运行状态很有意义。

笔记： 人物声部、事件声部、主题声部是故事的支柱声部，由故事三支柱发展而来。

8.3 人物声部

人物线由支柱人物（主角）发展而来，体现着主角身份、欲望、动作的变迁。人物在故事过程中一定要随着事件或人物关系的进展，发展、变化他的身份、欲望和动作。人物线的起点与终点，分别指开篇事件与高潮事件时主角的身份、欲望与动作的状态。

《杀手里昂》人物声部的起止点

人物要素	开篇事件	高潮事件
身份	冷酷、专业的杀手	舍生取义的英雄
欲望	完成任务	保护女孩
动作	勇斗黑帮	与恶警同归于尽

《杀手里昂》故事开始时，主角是一个冷酷、专业的杀手，只想尽职尽责并保障自身安全，所以他专业做事、低调做人。而当故事结束时主角则变成了一个舍生取义的英雄（身份），为了保护女孩（欲望），与坏警察同归于尽（动作）。

是什么导致了这一变化呢？是因为女孩的闯入，自身爱心萌动，女孩执意复仇，坏警察要斩草除根。是这些人和事让主角主动或被动地发生了改变，人物的这种改变称之为人物弧光。有改变、有弧光的人物才是一个有意思的故事人物。但是，这些都可以先不管它。现在请抓住线条的首尾两端，以后再慢慢拉吧。

笔记：人物线由支柱人物（主角）发展而来。起止点是故事开篇事件与高潮事件时，主角的身份、欲望与动作的状态。

8.4 事件声部

一个故事就是围绕核心问题的一个主事件，而这个主事件又由一些或大或小的交待性事件与其他功能的次事件构成。把这些不同层次的次事件连接起来，就成了事件线。

每一个大小事件都会包裹着一个核心问题，如《杀手里昂》的开篇事件的核心问题是里昂能否搞定"死胖子"，高潮事件的核心问题是，里昂能否从警队的围剿下保护女孩安全。故事的进展正是伴随着大小核心问题的解决过程。故事线条由一个接一个的事件组成，故事进展就是解决一个接一个的问题。

事件线上的大小事件都是需要结果的，尽管有的结果可能来得稍晚一些。一方面，观众的审美心理需要结果，不能所有事件都留下一个尾巴，造成一个悬念，一厢情愿地考验观众的耐心。另一方面，上一个事件的结果是故事往下发展的逻辑与动力原因。这种结果并不是说非得把每个事件都说得明明白白，而是要给事件衔接一个可靠的理由。

故事的核心问题和结果一旦设定，事件线的发展主要由障碍来决定。不同层次与顺序的次事件都围绕着解决相应的障碍展开，阻力决定动力，设计故事本质上就是为人物解决问题设计障碍。它与核心问题、结果共同构成事件声部的三个要素，支撑着事件声部的进程。

事件声部的起止点就是要明确开篇事件与高潮事件中的核心问题、障碍、结果。

《杀手里昂》事件声部的起止点

事件要素	开篇事件	高潮事件
核心问题	里昂能完成工作吗	里昂能保护女孩吗
主要障碍	对方人多势壮	对手强大，环境不利
结果	轻松完成	悲壮完成

里昂搞定"死胖子"是电影《杀手里昂》的开篇事件，是事件声部的开端。该事件的核心问题是，里昂能顺利完成工作吗？这个问题也是观众的关注点，观众不自觉地站到里昂这一边，关心起他的命运来。对手警卫严密是主要障碍，正是这个障碍让里昂的专业技能得以充分展示。"精彩完成"这个结果使得观众的关注得到了满足。

里昂血战警察，与坏人同归于尽是《杀手里昂》的高潮事件，也是事件线的结尾。里昂能保护女孩吗？对手非常强大，目标达成，是高潮事件的问题、障碍和结果。这三个要素的精彩设置造就了该电影精彩的结局。

核心问题是关注点，主要障碍决定事件的吸引力，事件结果体现故事价值。问题、障碍、结果这三个要素不但是每一个事件的支撑点，也是事件与事件连接成线的三个连接点。把握它们，你会看到一条清晰明了的事件声部。

笔记：事件声部是指，由故事次事件连接而成的线，起点是开篇事件，终点是高潮或结局。核心问题、主要障碍、结果是事件声部的三要素。

8.5 主题声部

主题声部由主题发展而来。故事正负价值的积累、对抗，交替上升，最终实现故事主题的过程就形成了主题声部，是故事的表达线。故事主题只有一个，它体现整个故事的价值，在高潮事件中集中表现出来。

但是，故事还有若干次事件，而这些次事件也有各自的表达意义。这些由次事件表现出来的"段落大意"连接成线，最后汇集成"中心思想"，就是故事主题与事件主题之间的关系。

正价值、负价值是主题声部的组成要素。故事主事件揭晓的是正负价值的对抗结果，是故事的最终价值，故事发展中的次事件则是正、负价值对抗前行的过程。明确次事件中正负价值的状态，可以观察到故事的价值转化，对故事创作很有意义。

主题要素	开篇事件	高潮事件
正价值		牺牲与保护，救赎
负价值	以恶制恶，毁灭	

主题声部的起点，是故事开篇事件表现出来的意义，终点是故事结局表现出来的意义。《杀手里昂》的主题由救赎与毁灭两个正、负价值组成。故事开篇刺杀事件表现的是毁灭，故事结局表现的是救赎，故事的中间部分则是救赎与毁灭的对抗与交替。

《杀手里昂》支柱声部构成表

支柱声部	故事要素	开篇事件	高潮事件
人物声部	身份	冷酷、专业的杀手	舍生取义的英雄
	欲望	完成任务	保护女孩
	动作	勇斗黑帮	与恶警同归于尽
事件声部	核心问题	里昂能完成工作吗	里昂能保护女孩吗
	主要障碍	对方人多势壮	对手强大，环境不利
	结果	轻松完成	悲壮完成
主题声部	正价值		牺牲与保护，救赎
	负价值	以恶制恶，毁灭	

笔记：主题声部是由次事件表现出来的意义连接而成，正价值、负价值是主题声部的组成要素。

8.6 织体的七声部

确定人物、事件、主题的起止点后，故事形成了并行的三个支柱声部。而这三个支柱声部下面的身份、欲望、动作（人物），核心问题、障碍、结果（事件），正价值、负价值（主题），这八个支点也是随着故事进展在流动、变化着的。这就像交响乐弦乐声部下面可分成小提琴、中提琴、大提琴、贝司等声部。

身份

欲望

动作

问题

障碍

结果

主题

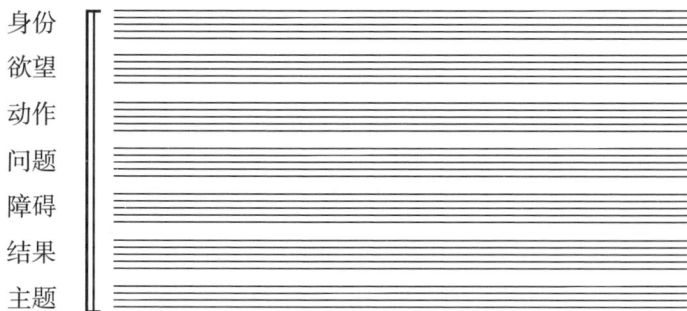

如果把这八条支线流动的运动方式也抽离出来，可以更加清晰地观察到故事的逻辑与动力，使故事创作中的操作更加精准。考虑到主题线的正负价值一般情况下是交替呈现的，可以进行并线处理，所以，我们将身份、欲望、动作、核心问题、障碍、结果、主题七根线条，最终组成整个故事织体的七个要素声部。

这七个声部的故事合唱，包含了一个故事的所有要素，以及这些要素在故事进展中的状态。听故事的人听到的是七个声部交融的声响效果，而故事的创作者，则可以通过它观察到故事的整体与每一个声部每一时刻的细微变化。

《杀手里昂》故事织体工作表

故事声部	开篇事件	高潮事件
身份	冷酷、专业的杀手	舍生取义的英雄
欲望	完成任务	保护女孩
动作	勇斗黑帮	与恶警同归于尽
核心问题	里昂能完成工作吗	里昂能保护女孩吗
主要障碍	对方人多势壮	对手强大，环境不利
结果	轻松完成	悲壮完成
主题	以恶制恶，毁灭	牺牲与保护，救赎

这七个要素声部，构成了故事的总谱，这张总谱就是你的故事工作表，它不仅是你的操作工具，还是保证故事航向的创作地图，指引你走完创作全程。随着创作的深入，会有更多的事件填充到这个工作表中，一幅精彩的故事画卷将在你面前徐徐展开。

织体七声部是从人物、事件、主题三个支柱声部中来，创作者要有能力在总体效果、三声部、七声部中间来回切换，自由出入。

至此，故事的八个要素被开篇事件和高潮事件拉伸成故事的七个声部，形成一道 120 分钟时长的故事谱表。接下来，我们需要在这一眼望不到边的长线中慢慢书写故事的音符。

笔记：身份、欲望、动作、核心问题、障碍、结果、主题，是组成整个故事织体的七个声部。故事织体表是故事创作的总谱。

8.7　拉开两点距离，故事更精彩

开篇事件和高潮事件就像两颗钉子，牢牢钉住故事的首尾两端。如果把这两颗钉子再拉开点距离，故事的中间部分就有了更大的发展空间。方法就是尽量让开篇事件中的人、事、主题与高潮事件中的人、事、主题形成反差。

1. 人物反差

人物反差主要体现在身份、欲望、动作上的对比。《杀手里昂》开始时，主角是一个冷酷、专注的职业杀手，力求保持简单、低调的状态；结束时变成了一个勇斗坏人、舍生取义的英雄。从冷酷到有爱，从低调到高调，从为己到为人，里昂这个人物无论是身份、欲望还是动作都发生了巨大的变化。

当你的主角高潮时是一个无私的人，那就把开始设计得自私一些；高潮时胆大，开始就胆小，高潮时是英雄，开始就是狗熊……当然，你不是要一味地去找反义词，人物是个很复杂的东西，会有很多层面，拉开人物状态使之首尾形成反差还有很多办法可想，但不外乎在身份、欲望、动作三个点上作文章。

2. 事件反差

事件反差主要体现在事件的价值反差。比如：你写的是一个正义战胜邪恶的故事，那故事开始就要设计一个正不压邪的事件。如果高潮是大团圆，那故事就要从四分五裂开始。如果高潮是城市毁灭，那开始就是祥和幸福的生活。《杀手里昂》结局是救赎，故事便从毁灭开始。

3. 主题反差

故事的主题具有正、负两面的价值，是一组对立思想，是通过事件表现出来的。所以，主题反差与事件反差的原理相同。如果故事主题是正面价值占上风，那故事就要从负面价值领先开始。

笔记：确立故事声部时，尽量拉开人物线、事件线、主题线的起点与终点的状态距离，使之形成反差。

8. 例　《翻谱人》的故事声部

第一步：梳理目前已知内容

1. 已明确故事三支柱和八要素

2. "一句话故事"

乐团翻谱人，为了证明交响乐的价值，面对金钱至上观念带来的思想冲击和生存挑战，去保护一个即将解散的乐团，结果失败，故事表现了金钱至上观念下的文化困境。

3. 支柱成线的重要技巧

拉开每条线首尾两点的对比距离。

4. 故事背景

当代中国，某二线城市，金钱至上观念深入人心，过度娱乐化的文艺市场，一个企业主资的交响乐团。

第二步：确立人物线

全局	要素	起点	终点
乐团边缘人	身份	破罐子破摔的乐团弱者	有尊严的艺术家
捍卫艺术尊严	欲望	以公谋私，得过且过	捍卫艺术尊严
保护乐团	动作	敷衍工作	率众抗争

设计思路：

人物的反差重在设计其身份状态的反差。乐团边缘人是主角全局身份状态的总揽，在这个前提下将起、止点的身份状态设计出差别对比，欲望与动作紧贴故事要求，并与身份形成逻辑关系。

这样的人物线设计是在贴合故事构架的前提下，使得主角的身份、欲望、动作，在故事的起点与终点都形成了强烈反差，给故事中间的发展和人物弧光留下了很大空间，他是怎么一步步变成这样的，就有了变幻莫测的可能性。

第三步：确立事件线

1. 高潮事件设计思路

高潮事件的特点

高潮事件，应该是故事冲突最激烈，也是故事最精彩的部分。要能对核心问题有回答，体现正负价值最激烈的对抗，对故事主题的表达要充分。高潮事件是故事众事件中，承载功能最多的事件，直接关系作品成败，是故事设计的难点。

《翻谱人》高潮事件思路

◆ 故事的价值载体

故事的核心问题是保团，核心的价值冲突是金钱至上与文化坚守。高潮事件要充分表现这个故事主题。高潮事件中的正负价值需要一个具体的载体。主角和乐团在保团过程中所表现出来的文化操守和职业尊严，是故事的正价值。

金钱至上的价值载体是什么？主角和乐团在高潮事件中对抗的是什么具体对象？用什么样的对抗方式？这些问题都取决于保团历程的终点站在哪里。保团过程肯定是历尽艰辛，过程先不管它。这里要明确的是乐团最终在争取什么样的生存方式，那得先搞清楚交响乐团有哪些生存方式。

◆ 情况分析

1.企业主资式：主要资金来自某企业独立资助，演出补充；2.政府主资式：主要资金来自政府拨款，演出补充；3.自谋生路式：完全面向市场的自负盈亏；4.混合出资式：政府拨款、社会资助与演出收入三项来源。

把故事中的乐团设置为二线城市的企业主资乐团，故事中主角的主要欲望是要证明交响乐的价值。乐团到底走过了一条怎样的艰辛之路，现在并不是十分清楚，但基本不外乎追求上述四种生存方式。

◆ 作者的选择

到底在追求哪种生存方式时迎来高潮比较有意思呢？我这里还是选择企业主资的方式，原因有二。

首先，交响乐团生存的第二、三、四种模式在二线城市是比较困难的，原因是政府资金和意识相对较弱，市场受众小。所以乐团自救最后还是走上企业主资式的模式比较符合实际。其次，乐团以为可以自主谋生，到最后还是不得不走向背靠大树的原点，更具有讽刺意味。

◆ 分析推导

问题来了，同样是企业主资，为什么上一个企业可以相安无事，而后一个企业会造成价值冲突呢？答案只有一个，两个企业对乐团的价值需求不一样。

如果前一企业资助只是因为乐团的艺术价值，或者就是企业家的个人爱好和情怀，愿意赔钱支持文化事业，自然可以相安无事。

而后一企业却是因为乐团的经济利益，就自然与金钱环境产生联系了。但是，自身难保的乐团，还有什么利益可图呢？当然有，那就是它高雅的身份标签。什么企业需要这个标签呢？急于脱俗的企业。至此，网络直播平台跳进了我的选择视野。

先声明一下，这里不是要刻意贬损网络直播平台，我甚至也很看好直播平台的发展前景。作品要批判的是这个新兴平台，因为自律与监管问题而表现出的乱象，这种乱象已经成了现阶段的重要话题。文艺作品介入热门话题的讨论，是一种创作捷径，也体现了一定的社会责任。

◆ 确定价值冲突

如果是单一花瓶式的标签需求，还不能形成金钱追求与文化坚守的价值对立。于是，再给它施加点压力——企业融资在即。这两个压力给了企业一对互相矛盾的需求，一方面要高雅脱俗，另一方面又要媚俗求财。

因为要脱俗，所以企业需要乐团这个花瓶，又因为投资者不想看到一个没有流量的花瓶，所以企业需要乐团媚俗于这个过度娱乐化的市场。

所以主角和乐团的文化操守、职业尊严与金钱至上的价值观念形成了激烈的冲突。

乐团在尊严与生存之间进行选择，企业在高雅与低俗中间求得平衡，没有绝对的好坏对错，都行走在不得已的边缘。

《翻谱人》高潮事件前提

融资在即的某直播平台，频频爆出低俗事件，迫于监管和舆论压力，急需要一个高雅标签来洗白自己。走投无路的交响乐团成了企业的最佳选择。既有脱俗的形象需求，又要融资的流量信心，高雅艺术怎么迎合大众市场，成了摆在企业面前的难题。

高潮就是要设计一个场景把企业这对互相矛盾的需求，压在生存与尊严同样两难的交响乐团身上。故事需要一个场景来展现压力和反击压力的高潮事件。

《翻谱人》高潮事件描述

打算独资包养乐团的直播企业，决定通过一场声势浩大的直播，一方面反转自身的低俗形象，另一方面向投资方展示平台流量的号召力。

直播进程中，残酷的现实让平台遭遇尴尬，过度娱乐化的市场对高雅艺术并不买账。融资面临威胁的直播平台，不得不要求乐团紧急调整表演方式，以迎合观众需求。效果立竿见影，平台变本加厉。

面对金主得寸进尺的媚俗要求，乐团忍无可忍。主角终于率团反击，把一场不伦不类的高雅音乐会变成彻底无厘头的恶搞。

2. 开篇事件设计思路

开篇事件的特点

好的开篇事件应该尽可能地集成故事的背景、前提、主要人物的交待功能。开篇事件要表现故事主题的负价值。故事需要一个精彩的开篇事件。

《翻谱人》开篇事件思路

结合故事构思和开篇事件的功能要求，开篇定位在一个主角参与的负价值的事件。怎样表现一个玩世不恭的乐团弱者，把主角放到什么样的背景和冲突中，才能更好地达成开篇事件的功能并有较强的观赏性，其实是可以有较多方案选择的。

鉴于故事支柱和高潮事件的设置，这里决定把主角放在乐团排练的背景中。时间是主资企业倒闭前夕，对于这一点乐团全然不知。

在金钱至上观念的冲击下，团员无心本职工作，各自通过手机在关联着这个金钱社会，心不在焉地敷衍着一场本来非常重要的庆典排练。

主角迟到且心安理得，快速表现了他的工作态度。主角的翻谱工种也说明他在专业上的弱势和乐团中的边缘地位。但在商业上成功的主角在队友中却有着超高人气，身在象牙塔的艺术家们与主角的利益勾结，进一步展示了金钱至上观念冲击下的乐团乱象。

主角与指挥以及钢琴独奏演员的冲突，把开篇事件推向高潮。行业弱者的生存强势，使主角与乐团形成一种奇怪的互动关系。两种对立的故事价值，在这里首次发生碰撞。

以上设计基本可达成开篇事件在故事中的功能：

a. 把开篇事件安排在一个场景内完成，尽场景的容量，把故事的部分背景、前提、人物进行交待和展示；

b. 高效交待主角与乐团的状态，以及相互关系。行业弱者的商业能力，为主角后面主导救团作逻辑铺垫；

c. 一场失败的排练所展示出来的乐团乱象，很好地契合了故事中金钱至上的负价值；

d. 交响乐团的排练现场对观众会有一定新奇的吸引力，加之一些鲜为人知的细节和小动作，还有特定领域的冲突内容和冲突方式，都可能给受众耳目一新的故事体验。

《翻谱人》开篇事件描述

某企业十五周年庆典音乐会迫在眉睫，排练现场，交响乐团的成员精神萎靡，一边心不在焉地敷衍着激情澎湃的指挥，一边通过谱架上的手机做各自的事情。

迟到的主角引起现场骚动，排练被迫中断，原来身为翻谱人的主角还是队友们外捞的经纪人和投资理财顾问。休息间隙，这群不务正业的艺术家上演了一场坐地分赃的戏码。

排练继续，百无聊赖的主角一会儿与女队友打情骂俏，一会儿恶搞指挥动作，最后竟然从背后解开了独奏演员的内衣扣，女演员忍无可忍，狠狠甩了主角一耳光后愤然离场。指挥怒不可遏，与主角发生激烈冲突。好端端的排练就这样不欢而散。

3. 事件线表

主事件	事件要素	起点（开篇事件）	终点（高潮事件）
乐团能保住吗	核心问题	排练能顺利进行吗	乐团能保住吗
金钱至上观念的冲击	主要障碍	主角捣乱，人心涣散	乐团的抗争行为
失败	结果	排练终止，不欢而散	金主愤怒，众人狂欢

第四步：确立主题线

全局	主题要素	起点	终点
金钱至上观念下的文化困境	主题思想	金钱至上，文化没落	为了艺术尊严而奋起反击
文化坚守	正价值		捍卫艺术尊严
金钱至上	负价值	金钱至上，人心浮躁	

主题思路：

分析：主题是通过事件来表达的，当事件线确定后，主题的起止点也基本清晰了。但主题作为事件的表达目标，它对事件始终起着引领与修正的作用。

开篇事件表达的思想是"金钱至上，文化没落"的负价值，而故事高潮表达的思想是"为了艺术尊严而奋起反击"的正价值，故事中间部分就是两种价值的对抗交锋。故事主题正是从"赢了尊严，而输了生存"这个悲壮的对抗结果中集中体现出来的。这种反击的意义才是作者选择的主题价值。

第五步：列出故事支柱声部表

《翻谱人》支柱声部表

支柱声部	支点声部	起点	终点
人物声部	身份	乐团弱者	有尊严的艺术家
	欲望	以公谋私，得过且过	捍卫尊严，发泄愤懑
	动作	敷衍工作，恶搞同行	恶搞高雅音乐会
事件声部	核心问题	排练能顺利进行吗	乐团能保住吗
	主要障碍	主角捣乱，人心涣散	乐团的抗争行为
	结果	排练终止，不欢而散	金主愤怒，围观者狂欢
主题声部	正价值		捍卫艺术尊严
	负价值	金钱至上，人心浮躁	

第六步：列出故事织体工作表

《翻谱人》织体工作表

织体声部	起点	终点
身份	乐团弱者	有尊严的艺术家
欲望	玩世不恭，得过且过	捍卫尊严，发泄愤懑
动作	敷衍工作，恶搞同行	恶搞高雅音乐会
核心问题	排练能顺利进行吗	乐团能保住吗
主要障碍	主角捣乱，人心涣散	乐团的抗争行为
结果	排练终止，不欢而散	金主愤怒，围观者狂欢
价值	金钱至上，人心浮躁	捍卫艺术尊严

第9章 关键事件与幕布局

9.1 故事的四个乐章

交响曲的最大结构单位叫乐章，古典交响乐曲一般由四个乐章构成。电影的最大结构单位叫作"幕"。幕这个概念来自戏剧，通过开关大幕的方式把一出戏分成相对独立的几个部分。线性三幕结构的故事当然就是把故事分成三幕了，这三幕的功能分别是建置、对抗和解决。

第一幕的主要任务是建置故事背景、戏剧性前提、主要人物及关系和导入性事件。通俗地说就是：故事发生在什么背景下；是一个关于什么事的故事；是一个关于什么人的故事；故事是怎么引出核心问题的。

《杀手里昂》第一幕讲了些什么呢？ 1.故事的时、空和社会背景；2.里昂的工作和生活状态；3.女孩的生活状态；4.里昂与女孩的朋友圈；5.坏警察们做坏事，逼里昂出手。这一出手就引出了故事的核心问题：里昂能保护女孩吗？

第二幕是故事的主体，围绕核心问题逐步展开。这其中人物要发展变化，事件障碍不断升级，故事思想的正负价值在对抗中不断交替，直到迎来解决核心问题的最大障碍。

《杀手里昂》第二幕围绕里昂保护女孩这个核心问题展开。里昂与女孩从内心到行为都在悄然发生着变化，关系也越来越近。随着女孩不断惹事和里昂偏离职业准则的行为改变，保护女孩的障碍越来越多。故事进展中救赎与毁灭的思想交替上升。最后因为女孩主动寻仇把保护的难度推到极致。

第三幕是故事的高潮与结局。高潮是对核心问题一个集中的解决，对整个故事作一个最终的交待，同时彰显故事主题。为了让高潮来得更猛烈一些，第三幕开始时往往有一个高潮准备，或者叫作高潮导入，主要是第二幕通往高潮的逻辑交待和情绪渲染。结局是高潮过后的情绪平复，大多是高潮延续性的交待，也有部分结局在高潮的基础上再引伸或转折出新的思想。

《杀手里昂》第三幕首先开始的是高潮导入内容。里昂闯警局救人，警察查找线索准备反扑，都是高潮的逻辑交待。而两人感情升华以及事发当天那个幸福的早晨，则是在为高潮的悲剧性作对比渲染。故事的高潮就是那场恶战，里昂与最后一名坏警察同归于尽，最终帮助女孩脱险。"里昂能保护女孩吗？"这个核心问题在这里得到了回答。结局是女孩入学并将盆栽植入大地，故事关于救赎的主题被清楚、完整地表达出来。

第二幕最麻烦，主要因为太长，它占据了故事时长的一半。夜长梦多，路长了就容易跑偏，所以我们把第二幕再均分成两个部分。这样一来整个故事刚好被分成基本相等的四个部分，它们的功能分别是建置、进展、转折和解决，与中国古诗的起、承、转、合刚好吻合。不仅如此，它还和典型交响曲的四个乐章在结构、节奏与速度上有很多共通之处。是冥冥中的巧合？不是，而是古今中外结构智慧的殊途同归。有的理论书籍干脆把这种四均结构叫作四幕。本书采取的是三幕四部分的提法——第一幕、第二幕上、第二幕下、第三幕。

结构对比表

传统交响曲			
第一乐章	第二乐章	第三乐章	第四乐章
三幕式			
建置	对抗		解决
三幕四部分			
建置（起）	进展（承）	转折（转）	解决（合）

笔记：线性三幕是一种四乐章的故事结构，它对应着故事建置、进展、转折和解决这种起承转合的结构功能。

9.2　划分幕的三个关键事件

怎么划分故事的三幕的四个部分呢？那就是事件，还不是一般的事件，而是具有重要价值意义的事件，这里把它称作"关键事件"。重要价值意义是指对故事方向有决定性的作用，该事件一旦发生便不可逆转，故事人物只能向着事件造成的方向前行。就像诺曼底登陆对第二次世界大战的意义一样。《杀手里昂》中，面对女孩的求救，里昂为她打开生命之门就是具有决定性意义的，从此两人就搅和到一起，想甩都甩不开了。

要把故事划分成四个部分就需要有三个关键事件，它们叫作激励事件、转折事件和危机事件，分别发生在前四分之一、中间点和后四分之一处。

```
        激励事件      转折事件      危机事件
     ⏜        ⏜        ⏜        ⏜
  （第一幕）   （第二幕上）   （第二幕下）   （第三幕）
```

1. 激励事件出现在第一幕结尾，是第一幕与第二幕的分界点。当第一幕完成基本交待，挑起故事情绪后，就要开始引出故事主体（主事件）了。激励事件正是担负着引出故事主体的重任。

《杀手里昂》第一幕进行必要的基本交待后，发生了女孩家被灭门事件，这就是故事的激励事件。幸免于难的女孩站在里昂家门口，迫使里昂作出选择。当里昂为女孩打开生命之门的时候，"里昂能保护女孩吗？"这个故事的核心问题便呈现出来。里昂为女孩开门这个动作至关重要，是激励事件的激励点，也是第一幕的结束点，它把故事引向第二幕，也就是故事的主体。

2. 转折事件出现在第二幕的中间点（注：故事中的时间点都是大概位置，不可能精确到分秒），它把第二幕分成上、下两部分。此时，解决核心问题的障碍出现力变或向变，也就是障碍力的大小或方向的改变。

当紧张的激励事件完成后，故事需要舒缓下来，就像古典交响乐曲进入了慢速的第二乐章，第二幕就是这样开始的。当激励事件积累的张力暂时释放后，故事开始针对核心问题重新积累张力，也就是新障碍的出现。当故事进展到中点时，会出现一个重要事件来加强障碍力度，或者改变障碍方向，它就是转折事件。

《杀手里昂》第二幕从两人互报姓名、正式认识，女孩欲拜师报仇开始，这给核心问题埋下了一个隐患，那就是女孩将会惹事。当第二幕进展到中点时，女孩得知仇家身份地址并进行跟踪便是转折事件。因为这个事件重新燃起女孩急切复仇的火焰，这也直接导致随之而来的一系列麻烦，直至搭上里昂的性命。这个事件，是里昂从"低调保护"到"高调宣战"转折点，它迫使里昂作出不得已的选择，此时的障碍不仅力度加强，也出现了方向上的改变。

3. 危机事件出现在第二幕结尾，是第二幕与第三幕的分界点。慢速的第二幕通过转折事件后，开始加速进入下半场，相当于交响曲来到中速或快速的第三乐章。针对核心问题的障碍进入一个新的积累阶段，速度、力度和节奏都开始加强，直到出现一个把主角逼入绝境的障碍。故事在这里必须向高潮发展，主角别无选择。

《杀手里昂》的转折事件把故事引入第二幕（下），里昂不得不正式带女孩入行，从理论学习转入实战练习。但是，里昂为了保护女孩，依然决定独自面对这场战斗。他向经纪人留下遗嘱，开始逐个清理敌人。但女孩并不知情，还以为里昂不肯帮忙，于是独闯警局导致被抓。

"女孩被抓"就是故事的危机事件。因为被抓，女孩身份暴露，因为身份暴露，坏警察肯定不留活口。这和激励事件不同，当时里昂还在为要不要开门犹豫不决，这次，里昂救人可是义无反顾，是人性的必然。这个事件让里昂打破低调的行事准则，也正是这个事件把里昂的身份以及两人关系暴露。警察无论是报复还是灭口都势必进行反扑，一场你死我活的高潮之战已经无法避免。

《杀手里昂》分幕表

幕与点	内容或方向
第一幕	同病相怜的杀手与女孩
激励事件	女孩家被灭门，里昂开门救人
第二幕（上）	里昂接受女孩，收她为徒
转折事件	女孩得知仇家身份地址
第二幕（下）	里昂爱上女孩，帮她报仇
危机事件	女孩被抓
第三幕	里昂为保护女孩，牺牲自己

笔记：故事被激励事件、转折事件和危机事件划分成第一幕、第二幕（上）、第二幕（下）、第三幕四个部分。这三个事件引导着故事方向，对故事进展有决定性的意义。

9.3 故事的幕设计

创作程序进行到现在，我们搞清了哪些事情呢？

1. 故事的基本内容：一句话故事
2. 故事的起点：开篇事件的大致轮廓
3. 故事的终点：高潮事件的大致轮廓
4. 故事的幕结构：幕与关键事件的功能与逻辑关系

幕与关键事件的功能表

幕与点	内容、功能
第一幕	建置，基本交待，导入主事件
激励事件	核心问题的发端，故事主体的发力点
第二幕（上）	进展，开始解决核心问题
转折事件	故事的发展力出现重大的向变或量变
第二幕（下）	转折，新障碍下解决核心问题
危机事件	解决核心问题必须跨越的最大障碍
第三幕	解决，最后对决，交待结果

幕结构基本清晰后，接下来就是设计三幕的内容。而作为第三幕主体的故事高潮在"故事织体"环节已经初步成形。以高潮为目标，以建置、冲突、解决为结构逻辑，故事三幕的设计方向基本可以确定下来。

三幕方向基本确定后，连接、划分三幕的三个关键事件也就有了设计方向。设计中重点注意两个问题：逻辑性与动力性。

1. 关键事件是幕与幕的逻辑连接点，顺理成章的逻辑性是设计关键事件的一个重要要求。你不能违反逻辑，不顾观众感受，对人物、事件随心所欲地进行改变，或频繁使用巧合来维持你的故事进展。

2. 关键事件是故事进展的重要动力，合理是关键事件的基本要求，而对故事发展提供动力是它在故事中更为重要的功能。故事中会有很多事件，或大或小地推动着故事前行。但三个关键事件的推动力更大，且具有决定性的意义。关键事件正是在逻辑性与动力性的双重要求下进行设计的。

创作程序进行至此，三点与三幕出现了一个基本框架，接下来就是向你的框架中填充内容了。内容从哪里来？那张"天大"的灵感分类表应该就挂在你的工作台前，看它！把现在用得着的东西一个一个搬下来。有的素材可能需要变形才能为你所用，多看，有哪些灵感可以通过改造使用。

能用的都用完了怎么办？把"幕方案表"贴在"灵感分类表"的旁边，再来一次加了很多限制的天马行空，你会有新的收获。直到你的幕方案表中的三幕与三个关键事件基本清晰，才能算是完成了这个步骤。

笔记：以建置、进展、转折、解决为结构逻辑设计三幕内容，以逻辑性和动力性为目标来设计关键事件。

9. 例　《翻谱人》的关键事件与幕布局

第一步：梳理目前已确定内容

1. 故事目标（一句话故事）

乐团翻谱人，为了证明交响乐的价值，面对金钱至上观念带来的思想冲击和生存挑战，去保全一个即将解散的乐团，结果失败，故事表现了金钱至上观念下的文化困境。

2. 织体三线和三线的起止点

3. 故事主事件：保住乐团

4. 开篇事件：主角恶搞排练现场

5. 高潮事件：主角率众抗争

6. 三点与三幕的功能、逻辑关系

第二步：明确三幕大致内容

三幕内容：

第一幕：交待保团的由来，主角上位领导保团

第二幕：艰难的保团历程

第三幕：保团的最后一战

设计思路：

当保团这个主事件明确后，按照"线性三幕"建置、进展、转折与解决的结构方式，故事三幕的设计方向比较容易确定下来。

第三步：关键事件设计方向

幕与点	内容或方向
第一幕	相关交待和保团的由来
激励事件	（1）主角被推上保团的主导地位
第二幕（上）	开始艰难地保团历程
转折事件	（2）将保团推向新方向
第二幕（下）	保团历程进入新阶段
危机事件	（3）造成艰难保团的事件
第三幕	保团的最后一战

设计思路：根据关键事件在故事中的逻辑与功能要求，三个事件的设计方向可以基本确定。

第四步：设计幕与关键事件的初步方案

《翻谱人》分幕方案表

幕与点	内容
第一幕	当今，某沿海二线城市，一个企业独资的交响乐团，在金钱至上观念的冲击下人心涣散。作为乐团翻谱人的主角更是无心本职工作，打着乐团旗号在外坑蒙拐骗倒是风生水起。资助乐团的企业破产，乐团面临解散，出于理想与现实原因乐团决定自救。
激励事件	主角由于出色的商业能力，被推上救团领导位置。
第二幕（上）	寻找投资，无人问津，商人并不看好高雅艺术的商业价值。直面市场，票房惨败，交响乐早已被过度娱乐化的文艺市场边缘化。尽管生存艰难，乐团与主角仍然不愿媚俗求存。身心俱疲的艺术家们悲愤地奏响乐团绝唱。
转折事件	意外发现流量潜力，乐团决定抓住网络直播这一线生机。
第二幕（下）	网络直播遭遇骗局，乐团走入绝境，主角负债累累。乐团不得不委身于一直不愿合作的直播平台。面对资方得寸进尺的媚俗要求，乐团的艺术尊严节节失守。
危机事件	金主突然变卦，脚踩两只船，拉入一舞团与乐团PK。
第三幕	强劲的竞争对手对乐团压力巨大，投资商得寸进尺的演出要求一步步逼近艺术家们的心理底线。主角终于忍无可忍，率众奋起反击，得到一场赢了尊严输掉生存的悲壮胜利。

《翻谱人》三点三幕的设计思路：

第一幕

幕功能：

基本交待，导入主事件。落实到作品中就是背景、人物、前提的交待，以及保团的由来。

内容大纲：

1. 受金钱观念冲击的乐团及乐团成员的状态；

2. 主角在乐团的边缘地位以及其商业能力的展示；

3. 乐团面临解散的原因，乐团抱团自救的理由；

4. 主角上位的过程；

5. 其他交待与铺垫。

内容设计：

现实题材的作品，很多背景其实是不用刻意交待的，它已经存在于受众的认识中。

已经确定的"主角恶搞乐团排练"这个开篇事件，基本表现了乐团的思想状态和工作状态，乐团弱势的主角因为其过人的商业能力而与乐团关系扭曲。

接下来，乐团赖以生存的资本靠山倒塌，逼迫乐团必须作出选择：解散还是自救？大家都在作自己的利益权衡。有的因为理想，有的因为现实，最后大家一致（或大多数）决定自救。

一群游走在艺术殿堂的人突然发现都没有自救的技能，平时被乐团边缘化的主角被推上前台。出于对经济利益的追求，再加上报复性的职业虚荣心，经过一番讨价还价，主角半推半就地接手了这个前途未卜的烂摊子。故事主体就这样讽刺地开始了。

第二幕上

幕功能：

故事进展，开始解决核心问题。第二幕就是要交待保团的初步过程，直到出现一个影响故事向变或量变的事件。

内容大纲：

1. 乐团自救的初始历程；

2. 主角的动机转变；

3. 故事的逻辑铺垫和动力积累。

内容设计：

保团之初，理想主义的艺术家们都想寻求一条独立自主的生存之路。作为有丰富市场经验的主角非常清楚这条路是走不通的，但是，为了达到不可告人的个人目的，他还是带队走上了救团的不归路。

首先尝试寻找时下流行的天使投资，失败。负气的乐团决定直面市场的考验，输得更惨。其间，出于坚守高雅艺术的尊严，乐团果断拒绝了网络直播平台抛出的橄榄枝。

有意带队跑偏的主角在挫折中慢慢唤醒心底的艺术自尊心，他的动机也从利用乐团牟私利开始向为证明乐团价值转变。

万念俱灰的艺术家们无意间发现，交响乐居然也有不错的网络流量。乐团决定抓住网络直播这根救命稻草。

第二幕下

幕功能：

故事的发展力出现重大的向变或量变，直到出现一个解决核心问题的重要障碍。全新的救团方式，将迎来一个更大的麻烦。

内容大纲：

1. 利用网络平台，乐团走一条另类的救团之路；

2. 主角开始全情投入，越陷越深；

3. 故事加速进行动力积累。

内容设计：

为了不受制于人，乐团决定独立运营这个自己并不熟悉的新平台。主角倾其所有，注巨资参与这次前途未卜的豪赌。不曾想一个巨大的骗局在等待这群直播菜鸟。硝烟散去，主角血本无归，乐团终于走入绝境。

走投无路的乐团，不得不委曲求全，投身于直播企业的怀抱。变身买方市场的直播企业，为了彰显自己上市的软、硬资本，要求乐团一方面要"高雅其内容"来洗白自己，另一方面还要"通俗其形式"来吸引更多的流量。

金主的过分要求招致乐团强烈反感，不曾想金主留有后手，拉入一个同样处境艰难的芭蕾舞团与乐团 PK，一个强势的竞争对手来到面前。以为忍辱就可以偷生的乐团顿时傻眼，为生存艺术家们不得不重新调整心态，认真准备与同行一决高下。

第三幕

幕功能：

经历最激烈的冲突，迎来核心问题的最终解决。面对生存权与尊严权，主角与乐团作出自己最后的选择。

内容大纲：

1. 冲突准备过程；

2. 爆发点，以及爆发方式；

3. 事件结果。

内容设计：

一场功能复杂的高雅音乐会是故事的高潮，也是第三幕的主体。高潮来临前还需要一些逻辑和动力方面的准备与积累。

主角救团过程中的价值变化使其与生意合伙人背道而驰，直至彻底翻脸。主角社会行骗行迹暴露，老年歌舞队上门讨债。更让人意想不到的是，网络结识的红颜知己竟然就是与自己竞争的芭蕾舞团的主演。

音乐会仓促举行，经过改造的交响乐团流量表现仍不乐观，倒是芭蕾舞团反响不错，现场监测统计部门通过大数据和评论反馈发现，穿得少是芭蕾舞团领先的制胜秘密。金主深思良久，终于下达了"脱"的最高指令。

一直忍辱负重的指挥崩溃了，他脱下燕尾服，狂笑着离开他苦心经营的乐团和一辈子热爱的舞台。梦寐以求的指挥棒终于落到主角手上，为生存还是为尊严，他必须作出选择。

立在舞台正中的主角，冲着现场观众和直播机器吼出了他心底积压已久的愤懑。高雅艺术突然变身为广场歌舞，一场不伦不类的高雅音乐会彻底沦为无厘头的恶搞，迎来一场史无前例的网络狂欢。

第 10 章　该写故事梗概了

10.1　什么是故事梗概

故事梗概就是对故事概略性的描述。"概略性"是个比较抽象的词，前面讲到的故事核心表述和"一句话故事"都可以称为"概略性"描述，只是概略程度不同而已。这两种描述由于过于概略，缺乏很多必要的可读信息，故事的基本面貌不太清晰，主要用来作为作者的创作航标。

梗概需要展现故事的基本面貌，这个"基本面貌"应该包括故事的主要内容和大体结构方式。

主要内容是指："一句话故事"所体现的内容。故事的主角因为什么样的欲望，针对什么样的事件，采取什么样的手段去解决核心问题，他遇到了哪些障碍，结果怎样，表达了什么思想意义。

内容的结构方式是指：在幕这个层面上处理、组织故事内容的方法。包括布局方式、引入方式、积累方式、转折方式、解决方式，简单来说，就是指故事的起承转合。

既然是梗概，字就不能太多，到底多少字也没有一个硬性规定。在把故事基本面貌说清楚的前提下，字越少越好。如果你几十个字可以说清楚，当然可以，不过这不太容易。字数最好不要超过 800 字，它是常规文档一页纸的容量，一满页纸的强制阅读还不至于太难受。如果你要投稿，那就按对方的要求来，很多都要求在 300 到 500 字。怎么把字写少也是一个不错的练习。

笔记：故事梗概就是对故事概略性的描述，要展示故事的主要内容和大体结构方式，字数在 300 到 500 字。

10.2 故事梗概有什么用

故事涉及的创作文本一般是三个，梗概、大纲、剧本。三个文本的功能分别是：梗概看故事，大纲看讲法，剧本看细节。我们常说一个好电影应该是"讲好一个好故事"，梗概呈现的是故事好不好，如果故事不好，讲得再好也于事无补。如果通过梗概呈现的故事不错，接下来再看大纲，看你的故事讲得好不好。这两关过来，才会有研读剧本细节的意义。故事梗概作为故事内容的初步呈现，不但具有推介意义，对于修正创作也很重要。

通过写故事梗概可以在宏观上修正自己的创作。故事梗概就像一幅画的白描轮廓，构图、布局、比例、透视等图画基本要素已经看得比较清楚了，你可以对你的作品作进行整体审视。就像画家画画，不但要凑在画布前一笔一笔地画，还要经常退后审视一下全局。

故事创作是一个细节繁复的活，作者很容易陷入某个局部不能自拔，这时都需要及时退后一步以观全局。你会发现刚才还自鸣得意的局部根本就是一堆垃圾，或者苦思冥想就在这退一步中豁然开朗了。故事创作中，你需要在特写、近景、全景中不断切换。故事梗概就是你作品的第一次全貌展示，趁一切都还来得及，好好看看它。

故事梗概是向外推介作品的最简文体。再简略，阅读者就看不出故事的好坏了，你给别人一个需要无限脑补的"故事说明"，还不如直接让他写得了。如果再具体，就是故事大纲了。如果你写一个介于梗概与大纲之间的东西来，不但尴尬而且功能意义不大。

笔记：故事梗概是作品的初次全貌展示，可以在宏观上修正自己的创作，是向外推介作品的最简文体。

10.3 故事梗概怎么写

当故事的创作步骤进行到"幕布局"环节时，故事的三个支柱和八个支点（故事要素）已经比较完整地结构到了一起，故事的基本面貌已经出现。梗概就是把这个基本面貌概略性地描述出来。

故事梗概的写作可以通过故事的"最简表述"—"简洁表述"—故事梗概这样一个由简入繁的过程来进行写作练习。

1. 故事的最简表述就是"一句话故事"，仅描述故事的八个要素。

例1：

乐团翻谱人，为了证明交响乐的价值，面对金钱至上观念带来的思想冲击和生存挑战，去保全一个即将解散的乐团，结果失败，故事表现了金钱至上观念下的文化困境。

2. 故事的简洁表述就是将故事要素略微展开，适当展示声部弧光，也就是故事要素在故事中的发展、变化。由于受篇幅限制，仅按需展开部分故事要素，且点到为止。

例2：

资助乐团的企业破产，面临解散的交响乐团决定自救。一向不务正业的乐团翻谱人因为其商业能力被推上救团领导的位置。

面对金钱至上观念冲击下的文化市场，救团之路步履维艰。为证明交响乐的价值，主角与乐团一直面临尊严与生存的两难选择。天使投资、直面市场、网络表演，自主谋生路的各种尝试与努力均告失败。

走入绝境的乐团，不得不委身于某网络直播企业。面对金主的出尔反尔和媚俗要求的步步紧逼，主角终于忍无可忍，率众反击，得到一场赢了尊严输掉生存的悲壮胜利。

3. 故事梗概就是在"简洁表述"的基础上，将故事要素进一步展开，并适当表现故事在幕层面的结构方式。最方便的做法是：将分幕方案表的内容连接起来并稍作整理。故事内容就是幕的内容，故事的结构方式就是关键事件主导形成的故事的起承转合。

例3：见（10.例）

笔记：故事梗概就是描述幕层面的故事内容和结构方式。可以通过故事的最简表述—简洁表述—故事梗概的程序进行写作练习。

10. 例　《翻谱人》的故事梗概

第一步：比照分幕方案表

《翻谱人》分幕方案表

幕与点	内容
第一幕	当今，某沿海二线城市，一企业独资的交响乐团，在金钱至上观念的冲击下人心涣散。作为乐团翻谱人的主角更是无心本职工作，打着乐团旗号在外坑蒙拐骗倒是风生水起。资助乐团的企业破产，乐团面临解散，出于理想与现实原因乐团决定自救。
激励事件	主角由于出色的商业能力，被推上救团领导位置。
第二幕（上）	寻找投资，无人问津，商人并不看好高雅艺术的商业价值。直面市场，票房惨败，交响乐早已被过度娱乐化的文艺市场边缘化。尽管生存艰难，乐团与主角仍然不愿媚俗求存。身心俱疲的艺术家们悲愤地奏响乐团绝唱。
转折事件	意外发现流量潜力，乐团决定抓住网络直播这一线生机。
第二幕（下）	网络直播遭遇骗局，乐团走入绝境，主角负债累累。乐团不得不委身于一直不愿合作的直播平台。面对资方得寸进尺的媚俗要求，乐团的艺术尊严节节失守。
危机事件	金主突然变卦，脚踩两只船，拉入一舞团与乐团 PK。
第三幕	强劲的竞争对手对乐团压力巨大，投资商得寸进尺的演出要求一步步逼近艺术家们的心理底线。主角终于忍无可忍，率众奋起反击，得到一场赢了尊严输掉生存的悲壮胜利。

第二步：梗概写作

《翻谱人》故事梗概

当今，中国，某沿海二线城市，一支由某企业独资组建的交响乐团。

主角是交响乐团的助理指挥，因为不受首席指挥待见，沦为翻谱人。在金钱至上的社会大环境下，乐团人心涣散，破罐子破摔的主角利用乐团身份在外坑蒙拐骗，倒是风生水起。

乐团的东家企业破产，乐团面临解散，出于对职业梦想的坚持和现实生活的压力，乐团决定自救。主角由于出色的商业能力，被推上救团领导位置。

寻找投资，无人问津；直面市场，票房惨败；试水网络，遭遇骗局。生存之路一条条被堵死，乐团不得不委身于一直不愿与其合作的某网络直播平台。

涉黄丑闻缠身且融资在即的该直播平台，为扭转形象并提升流量，决定好好利用交响乐团这个难得的高雅标签。一场"高雅其内容、通俗其形式"的大型网络直播进入筹备。

面对资方得寸进尺的媚俗要求，乐团的艺术尊严节节失守。可资方仍然不满足乐团的妥协，突然变卦，拉来一支同样处境艰难的芭蕾舞团与乐团PK，争夺这一个几近屈辱的生存机会。

强劲的竞争对手对乐团压力巨大，资方得寸进尺的演出要求一步步逼近艺术家们的心理底线。主角终于忍无可忍，率众奋起反击，得到一场赢了尊严输掉生存的悲壮胜利。

第11章　幕的织体

11.1　织体、逻辑、动力

好故事的标准一向众说纷纭。在"织体"的语境下，"符合逻辑、进展有力"是评价故事好坏的重要标准。"故事织体"就是以逻辑性和动力性为目标，在不同结构层次和纵横两个方向上组织故事要素的方式。

1. 故事的结构层次。

一幅书法作品，至少有三个结构层级：行、字、笔画，"行"、"字"、"笔画"就是三个由大到小的结构单位。字内讲究的是笔画的安排与呼应，行内是字与字的结构关系，行与行则是作品整体最大的结构趣味。

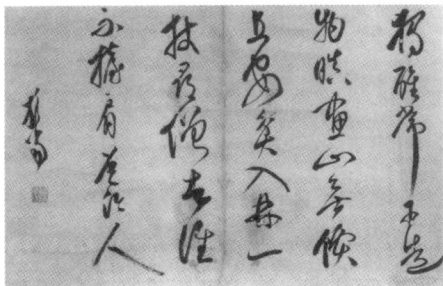

故事，也至少有三个结构层级，它们是幕、序列、场景。"幕"、"序列"、"场景"就是故事的结构单位。故事的织体就是要搞清楚，故事的各个要素在不同结构层级内的运行方式。

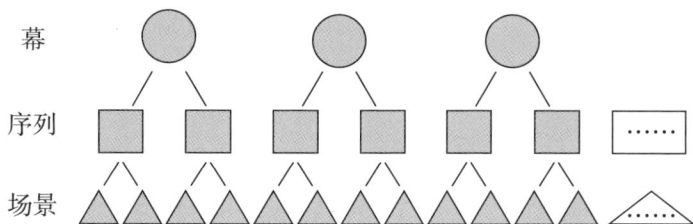

2. 织体的编织方向。

不同的结构层级，故事要素都会在纵、横两个方向上产生关联。纵向指的是结构单位内部，不同要素之间的作用关系。横向指的是相邻单位间同一故事要素的作用关系。比如，以"幕"为结构单位时，"问题"这个故事要素要与幕内其他故事要素（身份、欲望、动作……）纵向相关，同时又要与上、下幕的"问题"产生横向关联。这里所谓的纵横，是参照的时间轴坐标，我们也尽量在对应织体工作表的列表中，保持同样方向。

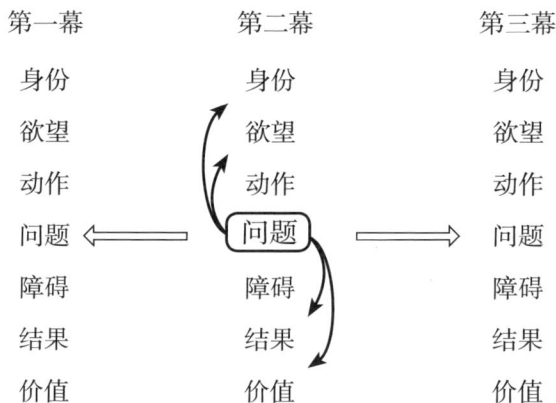

3. 织体的编织目标。

逻辑性和动力性是织体的目标。逻辑性是故事的"生命线"，决定故事能否被接受，它是由故事要素间的因果关系决定的。动力性是故事的"生命力"，决定故事的吸引力，它是由结构单位内部的张力和单位结果的不稳定性决定的。

保证逻辑性与动力性是故事创作的每一个结构层级的核心任务。上一层织体结构得到的逻辑性与动力性，是下一层织体结构逻辑与动力的保证。创作过程中及时发现与解决该层逻辑与动力问题，可以少走弯路。

当逻辑性和动力性发生在各个结构层次的各个故事要素之间时，其关系将会非常复杂，我们根本无法一眼洞穿。借助"织体"这种形式，把故事的主要要素分解成七个流动的声部，才能够清晰地观察到故事内部的逻辑与动力，为故事创作的精准操作提供可能。

4. 幕的织体。

幕是故事的最大结构单位。三个关键事件把故事切割成三幕四个部分，接下来故事便进入幕织体的阶段，也就是编织以幕为单位的各个故事要素。

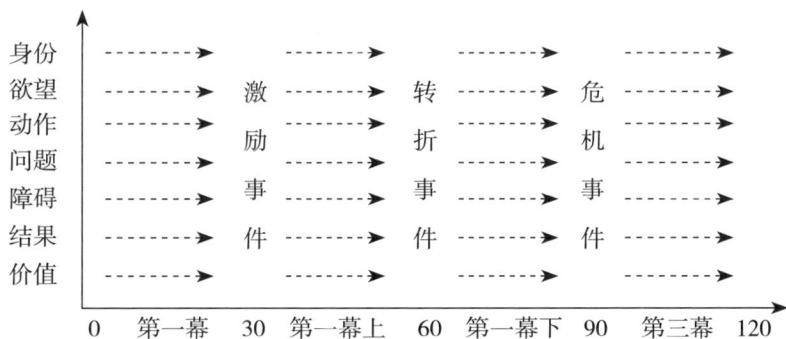

身份　- - - ->　　　　- - - ->　　　　- - - ->　　　　- - - ->
欲望　- - - ->　激　- - - ->　转　- - - ->　危　- - - ->
动作　- - - ->　励　　　　折　　　　机
问题　- - - ->　事　　　　事　　　　事
障碍　- - - ->　件　- - - ->　件　- - - ->　件　- - - ->
结果　- - - ->　　　　- - - ->　　　　- - - ->　　　　- - - ->
价值　- - - ->　　　　- - - ->　　　　- - - ->　　　　- - - ->

0　第一幕　30　第一幕上　60　第一幕下　90　第三幕　120

幕织体坐标图例

幕织体工作表样

	第一幕	激励事件	第二幕上	转折事件	第二幕下	危机事件	第三幕
身份							
欲望							
动作							
问题							
障碍							
结果							
价值							

"幕织体"的编织过程，就是把"幕单位"的故事要素，拆解置入到这个层次分明、条理清楚的关系网络中，方便作者把握故事要素在幕结构层级的纵、横两个方向上运动的逻辑性与动力性，让人在眼花缭乱的故事迷宫里如履坦途。

笔记：故事的结构单位至少有"幕"、"序列"、"场景"三个层级，逻辑性和动力性是织体的目标，"幕的织体"就是以逻辑性和动力性为目标，在幕结构层面和纵横两个方向上，组织故事要素的方式。

11.2 幕内编织

幕内编织就是把一幕作为一个整体的时间维度，将各个故事要素有动力、符合逻辑地结构在一起，属于时间轴上的纵向编织。

1. 幕内逻辑编织，是指理顺幕内各故事要素之间的因果关系。

身份、欲望、动作……这些故事要素是有因果关系的。什么身份的人才会有某种欲望，只有在这种欲望的驱动下才会采取某种动作，因为什么样的障碍来对抗人物动作，才有了这样的结果，这样的结果，体现了什么样的故事意义。

这是一个环环相扣的逻辑链条，尽管每个环节都会有很多可选方案，但是，你选择的方案一定不能游离在逻辑的框架之外，这是故事创作必须遵守的规则，或者说是必须要受到的限制。你的想象力就是要被限制在逻辑的框架之内。

这里，设计一幕"小偷偷钱包"的简单故事，将故事要素作如下设定：小偷（身份）想求财（欲望）偷钱包（动作），他能得到钱吗（核心问题），尽管乘客们发现了（障碍），但他还是顺利得手（结果），表现当下人们的自私与冷漠（意义）。

声部	内容
身份	小偷
欲望	求财
动作	偷钱包
问题	能得到钱吗
障碍	乘客发现
结果	顺利得手
意义	自私与冷漠

这是一个逻辑通顺的结构。但是，如果把其中的"身份"变成杀手，或者把"动作"变成偷纸巾，又或者把"结果"变成失手了……

逻辑编织的对比方案（下划加粗字体为变量）

内容	方案 2	方案 3	方案 4
身份	小偷	**杀手**	小偷	小偷
欲望	求财	求财	求财	求财
动作	偷钱包	偷钱包	**偷纸巾**	偷钱包
问题	能得到钱吗	能得到钱吗	能得到钱吗	能得到钱吗
障碍	乘客发现	乘客发现	乘客发现	乘客发现
结果	顺利得手	顺利得手	顺利得手	**失手了**
主题	自私与冷漠	自私与冷漠	自私与冷漠	自私与冷漠

再试着从人物向主题推导，你会发现逻辑链条断裂了，故事变得滑稽而不可信。当然，这种极端失准的情况是不会发生的，因为在幕结构阶段，人、事、主题（什么人，做什么事，有什么意义）这个基本逻辑框架还是有的。

但是，当你把人、事、主题拆解成具体的故事要素后，会发现，各要素之间还有着微妙而丰富的可能性，正是这些可能性最终成就一个优秀的作品。当然，前提是各个故事要素及其关系都必须运行在逻辑框架之内。说到底创作的可能性与逻辑性是对立统一的，故事创作就是要寻找想象力与逻辑要求的平衡点。

《杀手里昂》的幕织体表

	第一幕	激励事件	第二幕上	转折事件	第二幕下	危机事件	第三幕
身份	冷酷专业的杀手		不得已的临时教师		有爱的护花使者		舍生取义的英雄
欲望	尽职工作、简单生活		全身而退		保护女孩的身心安全		不顾一切地保护女孩安全
动作	独来独往、低调行事	女孩家被灭门，里昂开门救人	劝退女孩，敷衍教学	女孩得知仇家身份	阻止女孩复仇	女孩被抓	破釜沉舟，抗击恶警
问题	里昂能独善其身吗		里昂能摆脱女孩吗		里昂能阻止女孩复仇吗		里昂能保护女孩吗
障碍	麻烦的邻居，不羁的女孩		职业准则与后果考量		女孩复仇的决心		经纪人出卖，对手强大狠毒
结果	救下女孩		爱上女孩		独自为女孩复仇		保护女孩牺牲自己
意义	毁灭下的救赎曙光		身不由己地被动救赎		阻止毁灭，身心得到救赎		无情的毁灭，悲壮的救赎

比如《杀手里昂》的第一幕单来说就是：不想惹麻烦的杀手却惹了麻烦。"杀手救下女孩"当然是该幕的重要任务，是故事构思之初就定下的方案。但在这个构思统领下的故事要素却还有很多种创作可能。比如，为了加大保护难度，适当降低杀手的能力。或者为了强化救女孩的必要性，设计女孩长得很像杀手的前女友。又或者为了使故事有更多的悬疑，杀手把女孩拉进门却又从窗户推出去……

各种方案到底哪个更优，你必须要考虑三个条件。1.故事的表达目标；2.逻辑性；3.故事的精彩程度。一句话，把你想讲的故事，在合乎逻辑的前提下尽量讲得精彩。故事创作的难度往往就在于这三者的统一，逻辑性强的不精彩，想要精彩却丧失了逻辑性，既精彩又有逻辑的故事最后却偏离了你的表达初衷。

正因为这三者统一的要求下，你的整个创作过程都可能面临着不断的修改与调整。比如：想加强主角的主动性，把主角定位为一个高调的杀手，喜欢享受工作后和警察的猫鼠游戏；或者你把故事核心事件调整为替天行道，铲除坏人；又或者故事的表达意义改为以恶制恶。

无论是因为表达还是动力的原因，只要你调整一个层级的一个故事要素，就可能引发连锁反应，迫使其他层级的其他要素也跟着变化来适应新的逻辑安排。盯紧不同层级的各故事要素的逻辑链条，你才可能不至于迷失方向。

检验幕内各故事要素逻辑是否通顺，可以把幕的要素连接成一句话，然后看这句话通还是不通。这有点像"一句话故事"的表达方式。如《杀手里昂》的各幕就可以写成四句话。

第一幕：冷酷专业的杀手一向独来独往、低调行事，只想尽职工作、简单生活，恰恰遇上麻烦的邻居和不羁的女孩，他能独善其身吗？关键时刻他却救下了女孩。故事表现了毁灭下的救赎曙光。

第二幕上：不得已的临时教师敷衍教学、劝退女孩，只想全身而退，面对女孩的死缠烂打，里昂能摆脱她吗？结果里昂爱上了女孩。故事表现了身不由己的里昂对女孩的被动救赎。

第二幕下：有爱的护花使者为了保护女孩的身心安全而阻止女孩复仇，面对女孩复仇的决心，里昂能阻止得了吗？结果里昂独自为女孩报仇。故事表现了里昂为阻止毁灭，对女孩的身心救赎。

第三幕：舍生取义的英雄不顾一切地保护女孩的安全，他破釜沉舟，抗击恶警，面对经纪人的出卖和强大狠毒的对手，里昂能保护女孩吗？结果里昂为了女孩牺牲自己。故事表现了无情的毁灭，悲壮的救赎。

故事必须要有逻辑性，这是一个客观、理性的创作认识，但是，对逻辑性的认定看似一个见仁见智的事情，但它恰恰可以检验作者故事感觉的好坏和创作能力的高下。

通过对故事要素的编织，理顺每一个结构层级的逻辑，幕织体阶段，就要做好幕的逻辑，这对于顺利进行后续创作意义重大。否则，每个环节、步骤都留下一些问题，当你的故事写完时估计积累了无数麻烦，你驾驶的这条故事破船已经很难再调头了。

故事光有逻辑性是不够的，动力性才是故事魅力的源泉。

2. 幕内动力编织就是通过设计幕故事要素中身份的难易、欲望的强弱、动作的正反、障碍的大小，来控制解决核心问题的难度。难度越大，幕内张力越大，动力性越强。反之愈弱。核心问题与身份、欲望、动作、障碍的关系决定了幕的动力。

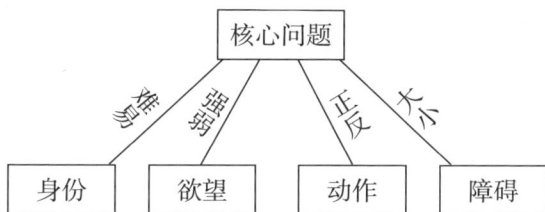

所谓身份难易，是指人物的"身份状态"，对于解决核心问题的难度。比如：老练小偷和菜鸟小偷对于"能得到钱吗"这个问题的难度是不言而喻的；顽固不化的小偷，和准备洗心革面的小偷，两者的身份状态也是不同的。

所谓欲望强弱，是指人物对于解决核心问题的欲望程度。比如：小偷今天圆满完成任务，下班前顺道再增加点收入来锦上添花；或者是连续三天没有得手，一家老小饥寒交迫，就靠这一次偷窃来雪中送炭。这两者的故事动力也是不能相提并论的。

所谓动作正反，是指动作对解决核心问题的作用方向。有利于解决问题的动作叫正动作，不利于解决问题的动作叫反动作。我们容易有一个误解：主角采取的动作一定是有利于问题解决的。其实不一定。

有两种情况，一种是当主角欲望与解决核心问题不一致时，他的动作可能与问题解决无关，甚至相反。比如：故事的核心问题是主角会胜利到达彼岸吗？因为只有到达彼岸，故事才能继续。可主角的欲望却是江心垂钓，对于到达彼岸没有动力。另一种情况是好心办坏事，出发点是好的，但客观上却对问题的解决起了反作用。比如：本想帮忙打架，却一拳打在自己人身上。

障碍大小是最好理解的，也是其他教科书都反复提及的动力手段。"光天化日下众目睽睽"与"黑暗隐密中仅此一人"对偷盗得钱的障碍差异是显而易见的。历尽千难万险去达成目标是故事的常用手段。障碍这个故事要素对于增加故事的动力，作用巨大，最容易起作用，最方便介入，也是最容易出问题闹笑话的。

所以增强故事动力的方法可以浓缩成四句话：身份难、欲望强、动作反、障碍大。从下面表格中的要素对比，动力强弱一目了然。

动力强弱对比表

	动力弱	动力强
身份	资深小偷	菜鸟小偷
欲望	免费乘车	填饱肚子
动作	偷老人卡	抢司机
问题	能得手吗	能得手吗
障碍	乘客们在睡觉	乘客都是警察
结果		
意义		

当然，故事动力并不是越强越好。动力强时，往往是故事情绪的积累期，而情绪释放时则动力比较弱。故事必须张弛相间，才能画出一条时起时落的故事曲线，才符合人的审美需求。有目地控制故事动力的强弱，才是最重要也是最麻烦的技巧。

3. 幕内编织的优先顺序。

幕内编织应该按照表达目标、逻辑性、动力性的优先顺序来。讲你想讲的故事，这是创作者创作故事的首要任务，这一点不搞清楚，后面的所有工作都将失去意义。逻辑性是让受众接受故事的前提，除非你纯粹为了自娱自乐，否则，有逻辑保障的故事，是你始终需要坚守的底线。有了这两个前提，再来讨论故事能否讲得精彩，才有意义。动力性则正是区分作品高下的重要砝码。

4. 幕内编织的优先原则。

已知主导，亮点优先。

所谓已知主导是指逻辑上，由已知推导未知。动力上，已知主导未知，未知适应已知。所谓已知，是首先想到的，它是激发你进行创作的动力，创作者要相信自己的第一反应。故事创作是一个漫长而艰苦的过程，人不会有无穷无尽的灵感，很多故事要素是在已知条件下长出来的。这个推导过程有时是近乎纯理性的计算。

比如"杀手保护女孩"这个故事灵感，仅包含一个标签身份和一个动作目标，什么样的杀手，为了什么，怎么去保护，结果怎样，故事有何意义呢？这些可能都是未知数。我们都希望有一个最优的方案链条自动跳出来，把剩下的问题都搞清楚，但这不太可能。慢慢去想，去推导，一定会有收获。

所谓亮点优先是指在逻辑和动力编织的过程中，当面临需要修改的时候，尽量保留那些精彩的故事要素。已知的并不一定是精彩的，如果你在已知主导的推导过程中发现了一个亮点，但这个亮点与其他要素在逻辑、动力、表达上发生了冲突，那就尽量保留亮点要素，而去修改其他要素。

比如：

身份	欲望	动作	问题	障碍	结果	意义
欲金盆洗手的小偷	高调谢幕	直播偷窃全程	偷窃能成功吗？	目标是警局	偷窃成功直播失败	人性本善

"准备金盆洗手的小偷打算来一次高调的谢幕演出，以表达人性本善的故事主题"是故事创作的出发点，"身份"、"欲望"和"意义"便是故事的已知要素。所谓已知主导就是指以这三种要素为前提，去推导、设计动作、问题、障碍、结果等另外四个故事要素。

设计完成如上表后，你突然发现，如果将"结果"改成"直播成功、偷窃失败"更有意思，那么"结果"这个故事要素就成了这幕故事的亮点要素。如果你觉得这个亮点必须保留，那就以"结果"作为一个新的参照要素，去推导、修改其他故事要素。这便是"亮点优先"。

当然，对于亮点的判断是个见仁见智的问题，你的鉴赏力将在创作过程中持续接受考验。再有，当这些亮点与故事表达、逻辑、动力发生不可调和的矛盾时，你必须忍痛割爱，故事创作本来就一直伴随着取、舍的两难选择。

幕编织是一个在"幕内容"框架内再次创作的过程。在此步骤中，尽量不要突破前面的内容框架。尽管否定与重建在创造性工作中难以避免，但如果过于频繁或幅度过大，说明你的前一步骤留下的漏洞太多。随着创作的深入，作者受到的限制会越来越多，而这些限制正是你自己设置的。因为后面无计可施，就不断地去修改变前面的设置，这是不可取的。扎实走好每一步，面对逐步缩小的创作空间，才能从容面对，游刃有余。

笔记：幕内逻辑编织，是指理顺幕内各故事要素之间的因果关系。幕内动力编织针对的是身份的难易、欲望的强弱、动作的正反、障碍的大小。幕内编织应遵照表达目标、逻辑性、动力性的优先顺序，以及"已知主导，亮点优先"的原则。

11.3　幕间编织

幕内编织完成后，开始设计各要素以幕为单位进展的逻辑与动力。就是要搞清楚几条织体线是怎么发展并贯穿三幕的，这种贯穿是否符合逻辑，是否有进展的动力。

1. 幕间逻辑编织是指，理顺以关键事件为节点，各故事要素在幕连接上的合理性。

故事的各个要素在故事的进展中不断地发展、变化着。故事以幕为单位进展时，关键事件则是这种发展变化的重要推手。上一幕的各故事要素通过紧随其后的关键事件，是否具备发展为下一幕故事要素的可能性。

以"身份"这个要素为例，我们可以用一句话表述，用"关键事件"把"身份"这个故事要素进行跨幕连接，来检验幕连接的逻辑性。

《杀手里昂》身份幕逻辑：

冷酷专业的杀手因为救下女孩，成了不得已的临时教师；又因女孩找到仇家执意报仇，他又成了一个护花使者；当女孩被抓后，为救女孩他成了一位舍生取义的英雄。

这就是"身份"这个故事要素，以关键事件为节点，在幕连接、进展上的合理性。关键事件是促成要素改变的重要原因，但要素的变化一定要在逻辑的框架内。欲望、动作、问题都可以用同样的逻辑推导，也必须在逻辑支持下贯穿三幕。障碍与结果则属于动力编织设计的范畴。

2. 幕间动力编织是指，通过调整主角欲望与单位结果之间的鸿沟，来控制幕的稳定性。

稳定是审美的基本需求。放在桌边的茶杯，打开的书本，挂在嘴角的口水，都给人一种不稳定感。由于人的趋稳本能，你会把茶杯放回桌子中间，合上书本，擦掉口水。稳定还是很多空间和视觉创作的基本原则。稳定的好处是满足、平衡、安定、安全等，但稳定的弊端就是缺乏动力。

一个故事要想不断地发展下去，就需要不断地创造不稳定因素，当不稳定因素消失时，故事也就结束了。在不稳定的状态下运行，故事才会有生命力。陪国王睡觉的少女，正因为掌握了这个技巧，才捡回一条性命，留下一段传奇。

故事的稳定与否取决于主角欲望与结果间的鸿沟，鸿沟越大，稳定性越差。"欲望"就是想要什么，"结果"就是有没有得到。道理很简单，主角想要什么，却要不到，于是就一直想要得到。这种不稳定就是故事发展的动力。

《杀手里昂》第一幕，里昂想低调、简单，结果是救下女孩，捡了个烫手山芋。第二幕上，里昂想摆脱女孩，结果却爱上她了。第二幕下，里昂想保护女孩，结果女孩被坏人抓了。三幕前故事一直运行在欲望与结果撕裂的不稳定中，直到第三幕，里昂付出生命的代价，赢得保护女孩成功的稳定结果。

故事的受众是寄情于主角来感受故事的，只有等到主角达成愿望，听众和看客们才肯安心退去。所以要控制单位故事的稳定性，主要在于设计影响主角欲望和单位结果的因素。

要拉开欲望与结果的鸿沟，先要搞清楚影响欲望和结果的故事要素是什么。身份决定欲望，动作和障碍决定结果。

◆ 欲望由身份决定。

什么样的人或者人在什么状态下才会有什么样的欲望。警察想抓坏人，小偷想偷东西，这是由"标签身份"决定的。爱心萌动会有爱的举动，恶念涌出会有恶的动作，这是由"阶段状态"决定的。

坏人有善时、好人有恶念，是人性的正常表现。身份与状态的排列组合，使人的"身份状态"出现无数种可能，这为欲望的种类与强弱提供了无数可能性。故事因此才可能丰富多彩。想要什么样的欲望，你得先设计一个与欲望相匹配的身份状态。

◆ 结果由障碍与动作决定。

障碍影响结果很好理解，想买东西没带钱，想要睡觉有人吵，想当骗子没剧本，这都是障碍。而主角的动作本质上也是障碍的一部分，想北上却往南走，想救人却反而害了他，对，主角的这种反动作事实上成了他实现欲望的障碍。就像我们常说的一句话：出发点还是好的，但结果背道而驰。有什么用？有用，那就是设计一个丰富多彩的故事。

另外主角的能力也直接影响动作的效果，进而对解决问题的结果产生影响。比如主角路见不平，挺身而出，却因为能力不济反而被打得落荒而逃。主角的能力造成的动作强度影响了事件结果。

所以，控制幕进展的动力强弱，关键在于设计人物欲望与结果的差距。差距大动力强，如：主角很想要，结果不但得不到，甚至还更糟糕。差距小动力弱，如：主角不是太想要，而结果也还不错。为了使这种欲望与结果顺理成章，就要在身份、动作、障碍三个要素上作文章。

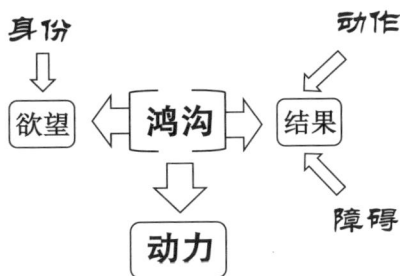

幕间动力图

《杀手里昂》幕间动力分析表

第一幕	身份	冷酷专业的杀手	欲望	尽职工作、简单生活
	动作	独来独往、低调行事	结果	救下女孩
	障碍	麻烦的邻居，不羁的女孩		
第二幕上	身份	不得已的临时教师	欲望	全身而退
	动作	劝退女孩，敷衍教学	结果	爱上女孩
	障碍	女孩死缠烂打		
第二幕下	身份	有爱的护花使者	欲望	保护女孩安全
	动作	阻止女孩复仇	结果	女孩被抓
	障碍	女孩复仇的决心		
第三幕	身份	舍生取义的英雄	欲望	不顾一切地保护女孩
	动作	破釜沉舟，抗击恶警	结果	为女孩牺牲自己
	障碍	经纪人出卖，对手强大		

3. 幕间编织是一个更加宏观、整体的创作过程。横看成岭侧成峰，"逻辑通顺"和"进展有力"是要素跨幕编织的原则，通还是不通，有力还是无力，

靠什么来判断？靠你的感觉、常识、经验……或者是其他一切貌似与故事无关的积累，这些都不属于技术的范畴。

幕间连接与幕内编织经常是有矛盾和冲突的，幕间的逻辑与动力性要求改变某些故事要素时，就会牵一发而动全身。如果要改变某一个故事要素，可能很多要素都要跟着变，直至变得"幕故事"通顺、有力为止。在不断修改的过程中，你可能要舍弃一些非常精彩的要素（亮点要素），要科学抉择，果断割舍，否则，积累的问题将是灾难性的。

幕编织完成后发现，如果出现大的改动，只能回头修改幕内容，当然故事梗概也要改了。如果与前面的幕内容和故事梗概已经出现很大偏离，甚至与创作初衷背道而驰，说明程序衔接是有问题的。没有办法，返回到第一章，重新来过，除非你想写成一个新的故事。

笔记：幕间逻辑编织是指，理顺以关键事件为节点，各故事要素在幕连接上的合理性。幕间动力编织是指，通过调整主角欲望与单位结果之间的鸿沟，来控制幕的稳定性。身份决定欲望，动作和障碍决定结果。

11. 例 《翻谱人》的幕织体

第一步：制作"幕织体"工作表

将"幕"单位下的故事要素置于"幕织体"工作表中

《翻谱人》的幕织体工作表

	第一幕	激励事件	第二幕上	转折事件	第二幕下	危机事件	第三幕
身份	乐团边缘人		乐团的救世主		委曲求全的艺术商人		有尊严的艺术家
欲望	利用乐团身份个人敛财		实现乐团价值，迎来新生		不择手段地救团		捍卫尊严，发泄愤懑
动作	对内敷衍工作，对外坑蒙拐骗		直面资本，投身市场		放下身段，投身网络直播		恶搞高雅音乐会
问题	主角和乐团还混得下去吗	主角上位，领导救团	乐团有价值吗	乐团决定自行网络直播	乐团能赢来转机吗	庆典音乐会变成选秀PK	乐团能保住吗
障碍	金钱至上，人心涣散		过度娱乐化的市场品位		资本制约，职业尊严		不计后果的对抗行为
结果	主角风生水起，乐团面临散伙		融资无望，票房惨败		负债累累，进退维谷		围观者的狂欢
意义	金钱至上观念下的艺术危局		艺术价值的穷途末路		强势金钱面前的艺术困境		艺术尊严的悲壮反击

第二步：写出四幕的"一句话幕故事"

第一幕：

乐团边缘人，对内敷衍工作，对外坑蒙拐骗，一门心思利用乐团身份为个人敛财。乐团则遭受金钱至上观念的冲击，人心涣散，主角和乐团还混得下去吗？结果主角风生水起，乐团面临散伙，故事表现了金钱至上观念下的艺术危局。

第二幕上：

乐团的救世主，为实现乐团价值，迎来新生，直面资本，投身市场，面对过度娱乐化的市场品位，乐团会有价值吗？结果融资无望，票房惨败，故事表现了艺术价值的穷途末路。

第二幕下：

委曲求全的艺术商人，放下身段，投身网络直播，只为不择手段地救团，面对资本制约和乐团的职业尊严，乐团能赢来转机吗？结果负债累累，进退维谷，故事表现了强势金钱面前的艺术困境。

第三幕：

有尊严的艺术家，为了捍卫职业尊严，发泄内心愤懑，恶搞高雅音乐会，有了这种不计后果的对抗行为，乐团还能保住吗？结果迎来围观者的狂欢，故事表现了艺术尊严的悲壮反击。

第三步：理顺幕内要素的逻辑性

1. 反复推敲幕内故事要素的逻辑性。

2. 本着已知主导、亮点优先原则进行要素修改。

第四步：调整幕内要素的动力性

1. 反复推敲幕、设置各幕的动力需求。

2. 在逻辑保障的前提下，通过调整身份难易、欲望强弱、动作反正、障碍大小，来获得想要的各幕动力。

第五步：理顺幕间要素的逻辑性

一句话表述各故事要素的幕逻辑

身份：乐团边缘人因为上位主导救团，成了乐团的救世主，又因为不得不进行网络直播，成了一个委曲求全的商人，最后因为金主出尔反尔，决定反击的主角成了一位有尊严的艺术家。

其他要素（略）

第六步：理顺幕间要素的动力性

第一幕	身份	乐团边缘人	欲望	利用乐团身份个人敛财
	动作	敷衍工作，坑蒙拐骗	结果	主角风生水起，乐团面临散伙
	障碍	金钱至上，人心涣散		
第二幕上	身份	乐团的救世主	欲望	实现价值，迎来新生
	动作	直面资本，投身市场	结果	融资无望，票房惨败
	障碍	过度娱乐化的市场品位		
第二幕下	身份	委曲求全的艺术商人	欲望	不择手段地救团
	动作	放下身段，投身网络直播	结果	负债累累，进退维谷
	障碍	资本制约，职业尊严		
第三幕	身份	有尊严的艺术家	欲望	捍卫尊严，发泄愤懑
	动作	恶搞高雅音乐会	结果	围观者的狂欢
	障碍	不计后果的对抗行为		

第七步：纵览幕织体表，再次调整各幕、各要素

说明：每一个步骤都可能会改变某些要素，牵一发而动全身。不断地重复第三至第五步骤，直至"幕故事"通顺、有力为止。

第八步：回头修改幕内容

对比修改前后的幕内容，分析故事逻辑性与动力性的差异。

第九步：回头修改故事梗概

幕内容修改了，故事梗概当然也要修改。

第12章 让人物关系一目了然

12.1 人物是有关系的

当创作进行到"幕织体"阶段时，我们的故事居然只有"主角"一个人物。其他人呢？其他人物其实早已经存在了，只是暂时还不能让他们出场。因为"线性三幕"的故事中，主角是故事逻辑线和动力线的核心，只有把以主角为核心的故事的主干逻辑和主导动力先搞清楚，才能给即将出场的其他人物铺平道路。还有就是，除主角以外的人物一旦出场，就会涉及故事创作中一个非常麻烦的问题——人物关系。

人一上百，形形色色。人物只要出现两个，他们就会产生关系、爱恨情仇、尔虞我诈、对错是非，人物越多关系就越复杂。故事的本质是人物的行为动作，而人物关系对人物的行为有着巨大的影响力。

人们围观街头冲突，大多数人都是冷眼旁观的看客，突然有人叫喊着冲入人群，不用问，他一定与某个当事人有关系。当然，也可能是警察，那他就与所有当事人都有关系了。女朋友浇你一盆水与楼上邻居浇你一盆水，你所作出的反应是截然不同的，因为人物关系不同嘛。女孩全家被灭门，里昂犹豫万分。后来女孩被警察抓住，里昂勇闯警局救人时却没有丝毫犹豫。为什么？此一时彼一时，两个人物的关系变了。

设计一个人物，不能只单纯地设计这个人物个体，必须把人物放置到庞大、复杂的关系网中，对人物关系的设置与人物设置同等重要。合理的人物关系是故事逻辑的基础，精彩的人物关系安排是故事动力的重要推手。人物不能脱离人物关系而孤立存在。

笔记：人物是有关系的，人物关系对人物行为影响巨大，对故事的逻辑性、动力性至关重要，人物不能脱离人物关系而孤立存在。

12.2 人物关系有什么用

生活中的人物关系有什么用，这几乎不是个问题，大家关心的主要是怎么拉上关系和怎么利用这种关系。各种社交软件可以说是关怀备至，只要下个软件注个册，平时八竿子打不到的人物都蜂拥而来，哭着喊着要跟你发生关系。在故事创作中，人物关系不但是故事的逻辑基础，还是故事动力的重要来源。

合理的人物关系是故事逻辑的基础。比如，儿子重病需要器官移植，母亲挺身而出为他提供器官，一切顺理成章。如果提供活体器官的是一邻居，除了医学和伦理问题，逻辑上也很难说通。如果要把这个逻辑理顺，作者得花大量笔墨作背景交待和情节铺垫。所以，是母子这对人物关系，为母亲的救助这个动作，提供了自然、合理的逻辑。

又比如，一琵琶女冒死到炮火连天的战场寻找一根琴弦，为的是给某男子演奏一曲。那我们就会问为什么？值得吗？如果仅仅因为男子要死了，他想听琵琶，女子心地善良，这个逻辑显然是不通的，因为女子要冒的风险和可能付出的代价过高。假如他们的关系不一般，比如姐弟、恋人那种可以为对方去死的关系，逻辑就通了。或者干脆就是女子想死于敌人炮火的英雄情结，也行。

人物关系还可以为故事发展提供动力。比如老板和员工，领导和下属，情敌、友商之间基本都是天敌的关系，不需要过多的铺垫，梁子就结下了。几乎可以一出场就是对头，接下来对着干，产生冲突，推动故事发展就自然而然了。

笔记：人物关系是故事的逻辑基础和故事发展的重要动力源泉。

12.3 人物关系的分类

人物关系纷繁复杂，要搞清楚他们的关系，必须进行科学合理的关系分类。我们可以把人物关系按关系性质来分类，比如：私生活关系，生活关系，职业关系，职业外关系。也可以按关系远近程度来分，比如：亲人、朋友、同事、路人。如果你是卖保险、搞传销或者过日子，这样分类就可以了。

但是，故事创作不行，因为这种关系并不能清楚显示人物对故事的作用。比如：母亲是主角最亲近的人，可她在故事中可能以一种背景人物的性质存在，对故事没有实质性的影响力。反而可能是一个路人掀起的波澜，驱动着主角一路前行、欲罢不能。

故事中的人物关系应该按"力学"关系分类。这里借用一个物理学名词，所谓"力学"是指人物对故事的作用力。故事里的人物如果要对故事进展有用，就必须有力。

公园里一个拉二胡的老头在影片中反复出现，不干别的，就是埋头拉琴，那这个老头不是戏剧性人物，他要么是一种背景性存在，要么是为表达某种寓意，因为他没有"力"。如果有一天，老头把路过的主角叫住，偷偷塞给他一个锦囊，还使了个眼色，于是老头就有了"力"——对故事发展有了贡献。

人物关系应该分成"处事人物关系"和"相互人物关系"两类。围绕问题的解决形成动力与阻力的人物关系，叫处事人物关系；围绕主角的利益、情感、价值形成相向与相背的人物关系，叫相互人物关系。

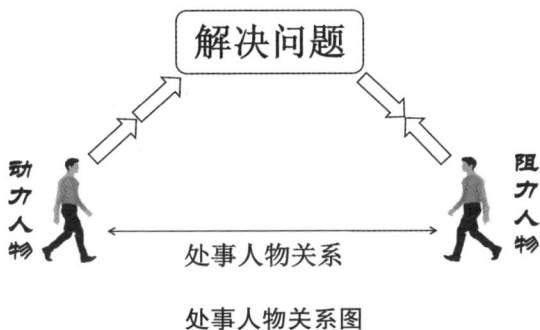

处事人物关系图

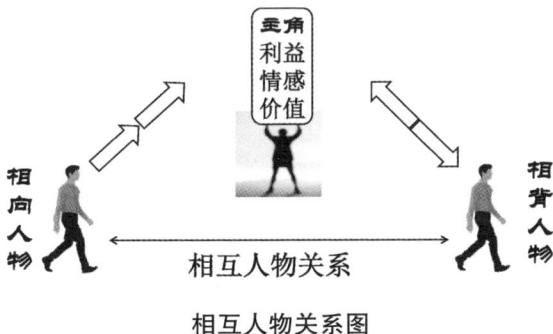

相互人物关系图

1. 面对一个具体事件，有不同力向的人就构成处事人物关系。处事人物关系中包含动力人物与阻力人物。

故事中大大小小有很多事件，如主事件、关键事件、路标事件，故事的进展就是解决这些事件。解决事件就会形成冲突，什么在冲突？主要是人与人在冲突。一部分人（或是一个人）要解决这个事件，另一部分人则在阻碍事件的解决。于是我们可以把这两拨人分成对抗的两组，驱动问题解决的叫动力人物，阻碍问题解决的叫阻力人物，驱动和阻碍这两种针对问题的发力方向称为力向。

以《杀手里昂》为例，围绕保护女孩这个核心问题，把动力人物与阻力人物列出来，构成一个处事人物关系表。

《杀手里昂》"主事件"处事人物关系表

围绕核心	动力人物	阻力人物
保护女孩	里昂、女孩	经纪人、恶警、女孩

其中里昂、女孩是动力人物，原因很简单，里昂想保护女孩，女孩想被保护。阻力人物中，警察的力向是明显的，对头嘛，经纪因为不想里昂惹事也是阻力人物。女孩复杂一点，她时不时找点麻烦，客观上成了里昂保护自己的阻力人物。于是处事人物关系一目了然。

2. 相互人物关系是指以主角为核心的利益关系、情感关系、价值关系。这三种关系基本涵盖了人与人之间的所有关系。

所谓利益关系就是基于人欲望的一种得失关系，是一种最接近于动物性的人物关系。利益关系具有超强的动力性，是形成戏剧冲突的重要人物关系。情感是人心理与生理的态度体验，情感关系则是基于这一体验的评价与反应。情感关系是最为细致、复杂的人物关系。价值关系是人在精神层面，基于思维和取向所表现出来的相互关系，是最为稳定和持久的人物关系。

理论性的文字容易让人眼晕，翻开经济学、心理学、哲学辞典，把利益、情感、价值细究下去，没有个一年半载根本就出不来。故事创作不是搞理论研究，简化它！把人物关系中最对立的部分找出来。

简单来说，利益关系讲得失，情感关系谈爱恨，价值关系论对错。所以，相互人物关系也可以理解成得失关系、爱恨关系、对错关系。故事人物的所有关系本质上都是在围绕着得失、爱恨、对错来运行。按这个标准把故事中的人物进行对位，多么复杂的人物关系也一目了然了。

利益关系	情感关系	价值关系
得失	爱恨	对错

《杀手里昂》因为人物少，它的相互人物关系也比较简单，依然以表格的形式来呈现剧中的人物关系。因为相互人物关系是主角为核心或者说依附对象的，所以主角不必出现在表格中。

《杀手里昂》相互人物关系表

关系种类	相向	相背
利益关系	女孩、经纪人	警察、经纪人
情感关系	女孩、经纪人	警察
价值关系	女孩	警察、经纪人

在利益方面，女孩与里昂的利益是一致的，不难理解，警察与里昂的利益关系相背也合情理。但经纪人有其两面性，一方面他从里昂的工作中与里昂共同得利，这是利益相向的一面，但里昂要钱时，他又希望少给甚至不给，这就是利益关系相背的一面。

情感方面不多说，经纪人与里昂也是有感情的，这个从影片中可以看出。

价值关系方面，女孩是里昂的粉丝，非常认同他的职业，且求学欲望强烈。所以在杀手职业这个价值层面上，女孩与里昂保持高度一致。警察对杀手职业其实是放任甚至合作的，但杀手挑战警察，这种自己人对付自己人的做法警察是不认同的，所以价值相背。电影中可以看出，经纪人对里昂为保护女孩而破坏杀手的职业准则很不认可，这是他与里昂价值相背的地方。

相互人物关系的复杂性主要表现在，利益、情感、价值这三种关系的交织。也正是这种交织产生了丰富的人物纠葛，为故事发展提供动力与逻辑的同时，也为故事发展提供了无数的可能性。可以说，故事因人物关系而精彩。

笔记：人物关系分别以事件和主角为核心，可以分为处事人物关系和相互人物关系。处事人物关系中包含有动力人物和阻力人物，相互人物关系包括利益关系、情感关系和价值关系，每种关系下包含有相向人物与相背人物。

12.4　人物关系的设置目标

1. 处事人物关系的设置目标

处事人物关系的设置目标在于，围绕故事事件的冲突需求，设置出故事的对抗力。把围绕核心问题的动力与阻力，进行层次、平衡、变化方面的设计。

◆ 力的层次

力的层次是指，不同人物在达成目标的欲望与手段上是有差异的。比方说，同样为动力人物，但想解决问题的欲望和行动能力都会有强弱之分。有的人会全力以赴，有的可能是随波逐流，有的则介于二者之间。同时，不同人物对解决问题的能力也有大小之分。比如说打架，武艺高强的，谈笑间樯橹灰飞烟灭，无缚鸡之力的，怎么抓咬挠踹也于事无补。

简单来说，人物的欲望强、能力强则力大，反之则力弱。力的层次把握体现在对人物欲望、能力的设置上。把处事关系的对抗力设计出层次来，不但人物会丰富多彩，故事也可以变化多端。

◆ 力的平衡

力的平衡就是，让对抗的双方能够旗鼓相当。设计一个对抗力基本平衡的处事人物关系，可以增加人物的冲突力度，不但可以让故事更精彩，还能够让故事更好地发展下去。比如两军对垒，一方有十万之众，另一方才十几个人，这故事不可能好看，而且很快就演完了。如果一方十万人，另一方两万，看着也悬，要是给弱势方一些天势、地利来提高对抗力，故事又可以精彩地演下去了。

◆ 力的变化

力的变化就是，让人物的力向发生变化或者多重化。力向变化在故事中是常有的事，本来是动力的人物却变成了阻力人物，或相反，比如叛徒或投诚者。力向的多重化是指，故事人物具备动力和阻力双重功能，他既对解决问题有力，同时又是解决问题的障碍，比如双面间谍。

这种人物力向的变化与多重性可以让故事扑朔迷离，引人入胜。但这种设计，一定要理顺逻辑关系，千万不能像变魔术一样，说变就变，想变成什么样就变成什么样。在合乎逻辑的前提下，丰富的人物力向设计可以让故事精彩、曲折。

简单来说：力的层次来自人物欲望、能力的差异，力的平衡是指对抗阵营的总力相当，力的变化，则是人物个体力向的转变与多重性。

2. 相互人物关系的设置目标

相互人物关系的设置目标在于，设置故事对抗力的人物关系原因，为故事动力与阻力的层次、平衡、变化提供逻辑支持。抛开人物个人力度原因（能力大小、欲望强弱），对抗双方的力为什么会有程度上的不同，怎么才可以平衡对抗，为什么会产生力向的变化。究其根本，利益、情感、价值这三个相互人物关系在其中起了重要作用。

为了说明复杂的相互关系对力的影响，这里设计一个简单故事《战票房》。两部电影同时上映，展开宣传攻势，争取排片与观众，角逐票房。《A 电影》的三个参与人员为 A 投资、A 导演、A 主演，《B 电影》的人员则为 B 投资、B 导演、B 主演。

这六个人物的处事人物关系很简单，针对《A 电影》能否票房领先这个核心问题，A 方三人为动力人物，B 方三人为阻力人物。我们假设票房是个你多我少的游戏规则。

《战票房》处事人物关系表

围绕核心	动力人物	阻力人物
《A 电影》票房获胜	A 投资、A 导演、A 主演	B 投资、B 导演、B 主演

上表我们能清楚看到六人针对核心问题的立场与力向，但是，力量与人数并不成正比，因为每个人发的力可能不一样大。什么关系会影响个人的力度呢？

为了分析相互人物关系对抗力力度的影响，我们来设置这样一种情形：1. A 主演的片酬已经到手，而她却是《B 电影》的投资人之一；2. A 主演和 B 导演是男女朋友关系；3. A 导演对自己这部过度商业化的作品并不满意，反而很欣赏《B 电影》的艺术价值。关系列表如下：

《战票房》相互人物关系表

利益关系		情感关系		价值关系	
相向	相背	相向	相背	相向	相背
A 投资 A 导演	B 投资 B 导演 B 主演 A 主演	A 投资 A 导演	B 投资 B 导演 A 主演 B 主演	A 投资 A 主演	B 投资 B 导演 B 主演 A 导演

从上表可分析出：因为利益、情感关系的原因，A 主演的动力性最弱，她几乎已经站到动力与阻力摇摆的边缘；因为价值关系的原因，A 导演的动力性次之；而在 A 方，动力性最强的就是 A 投资。

通过对相互人物关系的设置，在看似人数旗鼓相当的对抗中发现，A 方的动力要明显小于 B 方的阻力。这就是相互人物关系对处事人物关系中力的影响。而且，这里只作了一个最简单的关系设置，在正式的故事创作可以复杂得多。

力量一边倒的故事不是个好故事，因为对抗性弱，故事缺乏冲突的张力与发展的动力。怎么办？我们同样可以通过设置相互人物关系中的利益、情感、价值，来调节、平衡动、阻双方的对抗力。

我们依然以《战票房》这个故事为例。A 方眼看就要输了，故事不好看，也快演不下去了，赶紧调整一下关系。1. B 投资其实在《A 电影》中也有投资，且占比不小；2. B 主演对投资方要求演员站台宣传的做法很反感，所以并不卖力。关系表如下：

（下划加粗字体为改变项）

利益关系		情感关系		价值关系	
相向	相背	相向	相背	相向	相背
A 投资 A 导演 **B 投资**	B 投资 B 导演 B 主演 A 主演	A 投资 A 导演	B 投资 B 导演 A 主演 B 主演	A 投资 A 主演 **B 主演**	B 投资 B 导演 A 导演

这样一来，动阻双方的对抗力又趋于平衡，《A 电影》又有了胜出的希望。这就是利用相互人物关系的设置，来平衡对抗双方力度的一种方式。

相互人物关系的设置还可以让故事人物的力出现变化与多重性。如故事进展中，B 主演突然和 B 投资翻脸，从《A 电影》的阻力人物倒戈为动力人物。还有上表中的 B 投资就是一个脚踩两只船，具有双重力向的人物。

至此，我们可以得出一个结论：同一力向中的人物，相互人物关系的相向关系越多力越大，反之力越弱。

然而，就每一种相互人物关系中，关系产生的力度又与这种关系的筹码有关。比如说杀父之仇就比微博骂战的情感筹码大；共同投资比一起拼车的利益筹码大；声讨人贩子比抵制狗肉节的价值筹码大。所谓筹码，通俗地说，就是更能增强或者撕裂人物关系的原因。

重要说明：相互人物关系对人物力的影响其实是不可能量化的，以上只是一个分析模型，强调的是关系对力有影响，千万不能成为计算公式。

笔记：处事人物关系的设置目标在于，围绕故事事件的冲突需求，设置出故事的对抗力，为精彩、曲折的故事进展提供动力。相互人物关系的设置目标在于，设置对抗力的人物关系原因，为故事对抗力的层次、平衡、变化提供逻辑支持。人物关系对力影响巨大，但绝不是影响力的唯一原因。

第 13 章 人物走到幕里来

13.1 人物为何姗姗来迟

目前为止，你的故事除了主角，其他人物还没有现身，他们在哪里呢？他们隐藏在事件中。《翻谱人》的开篇事件是交响乐团的排练，里面就有人物。乐团寻找投资、直面市场、试水网络的各个事件，都会牵涉到很多人物。最后与直播平台的合作、斗争，更是离不开人物。只不过他们暂时都是作为事件的推手而模糊存在。当然，你的灵感分类表中应该也有很多人物，有多少能用，怎么用，也还是个未知数。

为什么不在故事设计之初就将人物明确下来呢？这就是故事创作的简化智慧与程序科学的要求。在整体布局阶段，你不能抓住太多的线头齐头并进，就像建房子不会一边砌墙，一边搞装修，而是先集中精力搞定砖石结构。

如果先把所有人物都确定下来，他们还会成为限制你进一步创作的障碍。墙砌到一半砌歪了，你不但要拆墙，还要把墙上的装饰材料、电线、水管也一起拆除。你一想成本太高，太麻烦了，歪了就歪了吧，应该不会有什么大问题。或者你过早设置了两个西门庆、李瓶儿式的人物，它就容易带着你向《金瓶梅》的路子去走。所以说，不是不让他们出来，只是时候未到。

现在时候到了，幕织体基本理清了故事要素以幕为单位的运行方式，故事的主要人物可以陆续出场了。怎么出场，有多少人要出场，这要取决于故事事件以及事件中的人物关系。

笔记：故事创作之初，将人物隐没在事件中，有利于整体结构设计，人物应该在幕织体完成后，开始出场。

13.2 处事人物，因事而来

故事人物为何而来？无非两个原因，要么是来搞事的，要么是来平事的。所以，人物都是因事而来，是来参与事件的。如果明确了事是什么，与事对应的人就呼之欲出了。当创作进展到幕结构阶段，每一幕的大致内容与核心问题已经基本清晰，围绕"幕"问题的解决，所形成的处事人物关系的人物可以开始出场了。

故事创作是一个由整体到局部的过程，随着故事的不断具体化，牵扯的人物会越来越多。事件由整体到局部的创作过程，决定了人物设计由主到次的顺序。所以，创作过程中设计人物的顺序是以其对故事重要与否为依据，并不等于人物在故事中出场的顺序。幕结构阶段出场的人物，都是对幕有重要作用力的人物。处事人物关系中的"事"就是该幕的主事件。

我们设计一个简单的三幕故事，来作辅助说明。先把每一幕的内容与核心问题用表格列出来。

《李主角的自拍机》幕核心问题表

幕次	幕内容	核心问题
第一幕	李主角与张合伙一起开公司做自拍无人机，可是找不到投资人。后来王投资看好该项目，投资并派不认可该项目的女监督做项目监督。	李主角能得到资金吗？
第二幕	李主角全力投入工作，女监督渐渐认可了项目并爱上李主角。因设计理念不同，张合伙愤然携图纸离开，并也争取到王投资的资金支持。	李主角能做成吗？
第三幕	事实证明李主角的设计思路是对的，他在女监督的支持下，在张合伙之前制作完成并试飞成功。	李主角能抢先成功吗？

针对每一幕的核心问题，我们把驱动问题解决的动力人物，和作为问题解决障碍的阻力人物一个个找出来，并给他们取一个身份标签式的名字，分

别叫李主角、张合伙、王投资、女监督。再以幕为单位，列一个处事人物关系表。

《李主角的自拍机》处事人物关系表

幕次	核心问题	动力人物	阻力人物
第一幕	李主角能得到资金吗？	李主角、张合伙、王投资	女监督
第二幕	李主角能做成吗？	李主角、女监督、王投资	张合伙、王投资
第三幕	李主角能抢先成功吗？	李主角、女监督、王投资	张合伙、王投资

正是每一幕的核心事件把这些人聚集到一起，有的人是为了成事，有的则是为了坏事。从上面的表格我们能看到，在幕结构层次上，有哪些重要人物出场了。针对每一幕的核心问题，他们选择了什么样的立场与力向。至于他（她）为什么是这个力向？力度多大？力向有无变化？就需要通过相互人物关系的设置，来说清这些问题。

笔记：围绕每一幕的"事"，设置处事人物关系，人物就在这两股抗力的需求中出场。

13.3　相互人物，"关系"影响"力"

针对每一幕的核心问题，相应的人物被设计出来，并且分成动力与阻力两个阵营站好了队。接下来，我们就根据故事进展中每一幕的要求，来设计相互人物关系，使得故事所需抗力有层次、能平衡、变化多。

相互人物关系的设置要明确三点：1.针对核心问题人物为什么会这样发力？2.发了多少力，为什么？3.人物的力有无变化？这个设置过程一部分是依据故事框架下的逻辑要求，另一部分是创造性的艺术想象。以《李主角的自拍机》第一幕为例，我们来对相互人物关系进行推导和设置。

针对能否得到投资这个问题，动力人物是李主角、张合伙、王投资。李主角和张合伙不用说，王投资为什么会投资呢？无外乎情感、利益、价值这三个原因。如果是情感，会有很多种可能性，如父子、朋友、师生等等。如果是利益就非常简单了，认为投资可以赚钱。如果是价值原因，就是看好、认同项目或他们的理念，在这里与利益理由基本差不多。这三个原因，怎么选择呢？没有标准答案，在这里我们选利益原因。

　　第一幕的阻力人物只有女监督一个人。我们也按情感、利益、价值三个原因，来设计她反对投资的理由。这里选价值原因，就是女监督不看好无人自拍机这个设计理念。

　　那第一幕中，一个阻力人物凭什么可以对抗三个动力人物呢？钱又不是她出的，凭什么？还是从情感、利益、价值中来找原因。过程省略。这里选择的原因是她与王投资的感情，从而控制他的投资。为什么有如此之大的情感力量，其实留下的选项已经不多了，这里设计成她是王投资的女儿。据此可以得出一张第一幕的相互人物关系表。

《李主角的自拍机》相互人物关系表（第一幕）

利益关系		情感关系		价值关系	
相向	相背	相向	相背	相向	相背
张合伙、王投资	女监督	张合伙	女监督、王投资	张合伙、王投资	女监督

　　（注：因为相互人物关系是以主角为核心，所有人物都以主角为比照对象，所以主角不必出现在表格中。）

　　从上面的相互人物关系的设置中，我们不但可以看出人物力向的原因，还可以看出人物的力度与力度原因。

　　除主角外，张合伙的动力性最强，因为他与主角的利益、情感、价值三种关系都是相向的。为什么会这样？我们来为这种关系设置一个原因：他与李主角是大学同学（感情），都相信科技可以改变世界（价值），所以合伙开公司（利益）。而王投资的动力性则较弱，一方面，他与李、张二人并无感情可言，又因为他的宝贝女儿反对，拉低了他的支持力度。

　　通过第一幕的过程示范，只是想呈现相互人物关系对人物的力的影响，从而影响故事抗力的原理，绝对不能作为关系设置的模板。

　　根据相互人物关系的设置原理，加上艺术创作，来把这个故事所有三幕的相互人物关系设置出来。

《李主角的自拍机》相互人物关系表

幕次	利益关系		情感关系		价值关系	
	相向	相背	相向	相背	相向	相背
第一幕	张合伙、王投资	女监督	张合伙	女监督、王投资	张合伙、王投资	女监督
第二幕	王投资、女监督	张合伙	女监督	王投资、张合伙	女监督、王投资	张合伙
第三幕	女监督、王投资	王投资、张合伙	女监督	王投资、张合伙	女监督	张合伙、王投资

从整个故事的相互人物关系中，我们可以清晰地看到，随着故事的进展，几个人物相互关系的变化，也正是因为这种相互关系的变化，改变了人物的力向与力度。

笔记：通过对相互人物关系中利益、情感、价值关系的设置，来影响人物的力向、力度以及力的变化，从而影响针对故事事件的动力与阻力。

13.4 人物属性决定人物关系

相互人物关系明确的是人物间利益、情感、价值的向背关系，至于为什么会产生这种关系，则与人物的身份、欲望和动作有关。只有弄清楚人物的身份、欲望、动作，一个合格的故事人物才算是粉墨登场。

人物因事而来，因为对事抗力的需求而设置相互关系。为了使这种人物关系合理化，我们就要赋予人物相应的属性或者叫人物设置。其他人物的属性设置要以他与主角的关系为依据，服从主角的需求，受到主角人物属性的限制。人物属性包括身份、欲望、动作。

以女监督这个人物设置为例。女监督是一个什么样的人，才会在第一幕与李主角利益相背、情感相背、价值相背。综合其他原因，可以将女监督设置成这样一个人：父亲投资公司财务主管（身份），为了保障本公司利益（欲望），阻止公司向李主角投资（动作）。（其他人物设置过程略）

《李主角的自拍机》第一幕人物属性

人物	身份	欲望	动作
李主角	科技公司大老板	实现项目	寻找投资人
张合伙	科技公司二老板	实现项目	协助李主角融资
王投资	投资公司老板	想从李公司受益	投资科技公司
女监督	投资公司财务	保障本公司利益	阻止父亲投资

　　人物属性也会随着故事进展而发生变化。故事进展到第二幕的时候，面对新的问题，部分人物的力向发生了改变，是什么造成的这种改变呢？当然是人物属性的变化导致的。

　　依然以女监督为例，当她当上科技公司的项目监督后，在故事进展的过程中，通过深入了解，她不但接受了项目，还与主角产生了感情。她的身份变了，欲望和动作也发生了变化。

《李主角的自拍机》第二幕人物属性

人物	身份	欲望	动作
李主角	科技公司大老板	实现项目	研究开发
张合伙	科技公司二老板	怀疑主角，想自己单干	盗窃资料离开
王投资	投资公司老板	想从两个项目中受益	同时支持两个公司
女监督	科技公司监督	希望项目成功	支持并爱上李主角

　　由此可见正是人物属性决定着人物关系，人物关系还会随着人物属性的变化而发生变化。

　　从逻辑推理来说，应该先有人物属性，再有人物面对问题选择力向的原因。但在创作的过程中，我们往往是把这个顺序反过来的。故事事件需要什么力向的人物，我们再通过设计人物属性，为他的力向寻找合理性。这是由"事件主导"的创作方式决定的，"人物主导"的创作方式不在本书讨论之列。

　　笔记：人物属性包括身份、欲望、动作，人物属性决定人物关系，人物属性影响人物的力向和力度以及力变。

13.5 给人物取名不必着急

故事中的人物是需要有名字的，取一个好名字可以为故事增色不少。你可能为你的人物已经准备了非常响亮的名字，也可能还没有想好。没有关系，名字无非是个人物符号，张三、李四该干嘛干嘛。如果张三是个杀手，不会因为叫托尼就变成了理发师，叫小明就成了少先队员。

在创作阶段，如果用一个与身份有关的符号来替代名字，不但省事，还可以把这个符号与人物身份快速对位。如：杀手、心机女、皇后、忧虑男孩、艺术总监、翻谱人……这些"符号名字"可以一直用到你想到理想的角色名字为止，然后在大纲或剧本写作阶段，在文档中搞个批替换就成了。

笔记：不要急着给故事人物取名，在创作阶段使用标签式的人物名称，对创作会更有帮助。

13. 例　《翻谱人》幕人物出场

第一步：列出幕内容及核心问题

幕次	幕内容	核心问题
第一幕	主角如鱼得水，乐团面临散伙	主角和乐团还混得下去吗
第二幕（上）	市场救团，举步维艰	乐团有价值吗
第二幕（下）	网络救团，柳暗花明	乐团能赢来转机吗
第三幕	恶搞高雅，守卫尊严	乐团能保住吗

第二步：幕人物初步方案

幕次	幕内容	人物
第一幕	主角如鱼得水，乐团面临散伙	指挥、小提、小号、钢琴
第二幕（上）	市场救团，举步维艰	指挥、小提、小号、钢琴、传总
第二幕（下）	网络救团，柳暗花明	指挥、小提、小号、钢琴、传总、网总
第三幕	恶搞高雅，守卫尊严	指挥、小提、小号、钢琴、传总、网总、芭女

幕人物的初步思路

根据幕初步方案，以及高潮与开篇事件的设计，除主角以外的主要人物可以做一个大致的设置。

指挥（男）：乐团不可或缺的人物，乐团价值最坚定的守卫者。

小提（女）：乐团首席，乐团团员总体价值和利益的代表。

小号（男）：主角的头号粉丝，主角与乐团的润滑剂和关联者。

钢琴（女）：主角为之翻谱服务的对象。

传总（女）：文化传播公司老总，主角与市场的关联者。

网总（男）：网络直播公司老总。

芭女（女）：高潮事件中与乐团 PK 的芭蕾舞团的主角。

第三步：分幕设计处事人物

幕次	核心问题	动力人物	阻力人物
第一幕	主角和乐团还混得下去吗	指挥、小提、钢琴	主角、小号
第二幕（上）	乐团有价值吗	指挥、小提、小号、钢琴	主角、传总
第二幕（下）	乐团能赢来转机吗	主角、指挥、小提、小号	网总、传总、钢琴
第三幕	乐团能保住吗	主角、小提、小号	指挥、网总、传总、芭女

幕人物力的原因

第一幕：

指挥、小提、钢琴是认真工作，希望乐团生存发展的，是动力人物。

主角的阻力原因不再赘述，小号作为主角的铁杆粉丝，也是有样学样，属于阻力人物。

第二幕（上）：

指挥、小提、小号、钢琴都是希望乐团有价值、能生存的。

主角则有一个转变过程，从开始利用乐团牟私利到后来真心救团的转变，这里暂且作为阻力人物处理。传总是一直否定乐团价值，怂恿主角弃艺从商的阻力人物。

第二幕（下）：

主角、指挥、小提、小号为了乐团的出路，都已经旗帜鲜明地站到了一起，是动力人物。

网总、传总为了利益或情感的原因，一直在为乐团自救设置障碍，是阻力人物。作为乐团主力钢琴的离开，她也成为阻力人物。

第三幕：

主角、小提、小号依然是保团的动力人物。

指挥临时罢工，对于保团是阻力人物。芭女是竞争对手，阻力无疑。网总、传总对乐团施加压力，已经事实上构成了保团的阻力。

第四步：分幕确定相互人物关系

幕次	利益关系		情感关系		价值关系	
	相向	相背	相向	相背	相向	相背
第一幕		指挥、小提、小号、钢琴	小号、小提	指挥、钢琴	小号	指挥、小提、钢琴
第二幕（上）	传总	指挥、小提、小号、钢琴	传总、小号、小提	指挥、钢琴	传总、小号	指挥、小提、钢琴
第二幕（下）	指挥、小提、小号	网总、传总、钢琴	小号、传总、小提	指挥、网总、钢琴	指挥、小提、小号	网总、传总、钢琴
第三幕	指挥、小提、小号	网总、传总、芭女	小号、小提、指挥、芭女	网总、传总	指挥、小提、小号、芭女	网总、传总

注：设计思路太过繁琐，这里不再细说。

第五步：分幕人物属性表

幕次	人物	身份	欲望	动作
第一幕	主角	乐团边缘人	利用乐团个人敛财	敷衍工作，坑蒙拐骗
	指挥	无奈的艺术总监	提振乐团士气、水准	尽力管理，专注业务
	小提	有心无力的乐队队长	尽职工作，提升乐团	辅佐指挥，团结队员
	小号	随波逐流的主角粉丝	向主角学习生财之道	敷衍工作，讨好主角
	钢琴	骄傲的艺术强人	表现自我	目空一切，专注工作
第二幕（上）	主角	乐团的救世主	实现乐团价值	寻找投资，试水市场
	指挥	坚定的乐团守护者	有尊严地保住乐团	坚守底线，积极配合
	小提	坚定的乐团守护者	有尊严地保住乐团	坚守底线，积极配合
	小号	信心满满的商场新手	借机实现个人价值	竭尽所能，配合主角
	钢琴	自私自利的小人	抛弃乐团，独自发展	权衡利弊，犹豫进退
	传总	八面玲珑的文化商人	拓展市场，做大生意	拉拢主角，共同发展
第二幕（下）	主角	委曲求全的艺术商人	不择手段，保住乐团	投身网络直播
	指挥	忍辱负重的艺术家	隐忍退让，保住乐团	放下身段，努力迎合
	小提	摇摆的乐队队长	有尊严地保住乐团	左右权衡，犹豫配合
	小号	心灰意懒的失败艺人	听天由命，随波逐流	得过且过，机械附和
	钢琴	决绝的背叛者	摆脱包袱，另谋生路	离开乐团
	网总	四面楚歌的企业老板	转变形象，获取投资	积极促成与乐团合作
	传总	心怀不满的怨妇	希望主角悬崖勒马	支持主角，索要回报
第三幕	主角	有尊严的艺术家	捍卫尊严，发泄愤懑	恶搞高雅音乐会
	指挥	绝望的艺术家	捍卫尊严，拒绝妥协	悲壮离开
	小提	有尊严的艺术家	支持主角，捍卫尊严	协同主角，共同抗争
	小号	激情重燃的斗士	支持主角，捍卫尊严	协同主角，共同抗争
	网总	扬眉吐气的高雅商人	利用乐团，达成目的	打压乐团，媚俗观众
	传总	心怀仇恨的女人	报复主角	为主角设置各种障碍
	芭女	进退两难的竞争者	战胜对手，赢得机会	协助主角，共同抗争

第 14 章　高潮大纲

14.1　故事高潮很重要

故事就是无中生有地制造一种情绪，将受众裹胁其中，最后把它释放掉。故事高潮就是释放故事情绪的过程。

一个人走进影院，是没有附带任何故事情绪的。当然，也有观众受电影宣传的影响，可能会带着一定的故事情绪或情绪期待。电影开始后，他被声画吸引着进入电影制造的某种情绪，随着故事进展，这种情绪不断积累升级。当情绪积累到极致时，电影必须要将它释放掉，来满足观众的心理期待。

如果故事高潮没有充分释放故事情绪，就像一只蚊子在你腿上叮了一个多小时然后飞走了，却没人帮你挠一下，或者挠的地方不对。《杀手里昂》如果没有高潮之战：恶警带着大部队包围里昂住所，蒙面特警小心翼翼地推开房门，发现人去楼空；画面一转，里昂和女孩远走高飞，从此过上了幸福的生活。这种欲哭无泪的观影感受，我们应该可以想象得到。

从故事创作的角度来看，高潮是故事创作的重心，是故事设计的动力目标和逻辑目标。在整体布局完成后，故事创作进入到一个以高潮为中心的逆向设计过程。故事高潮决定了故事整体的动力需求和逻辑需求。

比方说，你需要一个十米高的人造浪，所以你要求鼓风机送出十级大风，十级风就是十米浪的动力要求（这里假设一级风对应一级浪）。如果你要浪从东往西拍打，风就要从东向西吹送，风向就是浪向的逻辑要求。高潮就是这个从东向西拍打的十米浪，把它定下来了才好决定鼓风机的位置与功率。

笔记：精彩的故事需要高潮，高潮影响观众的观影体验，决定故事的创作方向。高潮是故事创作的动力目标和逻辑目标。

14.2　高潮大纲怎么写

在故事创作的文体里面没听说过高潮大纲，高潮大纲是个什么东西，干嘛用的？高潮大纲是对故事高潮的目标性描述，是给作者自己看的。高潮大纲以能够清楚描述场面为标准，不能抽象得像梗概，也不必细化到具体的动作描述甚至对白。只需把场面中相关要素明确表述出来，能够为最终剧本的写作提供准确、可靠的操作依据。

高潮大纲的要求：按时间顺序，以主动人物为线索，以动作回合为单位，分人物、原因、动作、内容、反应等五项内容来记录故事进展。

时间顺序好理解。主动人物是指故事进展的每一环节动作的主导者，也就是该环节动作的发起人。有点像打麻将，首先出牌的人可以理解成主动人物。动作回合是指主动人物发起动作，和相关人物对该动作的反应。麻将中主动人物出牌后，另外三人会依据这张牌来打自己的牌，这叫反应。直到有一个人碰牌或吃牌，该回合结束。碰、吃者成为新的主动人物首先出牌（主导动作），牌局进入下一回合。

再说武侠小说中的一个回合，不是说拿刀互相砍一下，而是两人从搅在一起到分开为止为一个回合。有的回合可能很短，有的也可能长一些。首先拍马冲锋的人就是该回合的主动人物。我们也把这种人物互动的回合叫作故事"环节"。

人物、动作、内容三项就是对整个环节细致的情节记录。"反应"其实也是"内容"的一部分，把它单独列出，是为了清楚显示该动作的后果，这一"后果"则可能成为下一环节的逻辑或动力。所谓"原因"是相对于"动作"而言的，它除了有动力人物本身的欲望，还包括各种外部条件。而且，"原因"中还包含着很多故事先期积累的信息。

《杀手里昂》高潮大纲表（部分）

人物	原因	动作	内容	反应
警察	要突破房门	控制女孩	询问情况，获取钥匙、暗号	女孩顺从、警察小队斗志昂扬
里昂	警察轻敌，里昂智慧	消灭一队	警察冒进，里昂关门打狗	二队恐惧，恶警气急败坏
恶警	对手厉害	再加增援	警察倾巢出动，严阵以待	警察诚惶诚恐，女孩担心
里昂	警察重视，里昂技高一筹	消灭二队	警察小心进攻，里昂血战受伤	警察极度惊恐，更加小心
里昂	保护女孩，志在必得	夺回女孩	里昂主动出击，劫持人质，警察交出女孩	警察崩溃，误杀队友，呼叫后援，女孩悲喜交加
警察	高度重视，必须剿灭	总攻准备	大部队、重装备	里昂准备拼死一搏
⋮	⋮	⋮	⋮	⋮

这种表格式的记录方法，可以让我们从"表行"中清楚环节的组成与结构，还可以从"表列"中看清高潮的积累与进展。这种纵横交织，使得高潮的逻辑与动力一目了然。

高潮大纲表已经把高潮所包含的各个要素都清楚表达出来了，如果你觉得有必要，也可以把这些要素连接起来，形成一篇文章。只是它不是给别人看的，仅作为你目前的创作成果和之后的写作目标。

笔记：高潮大纲是按时间顺序，以主动人物为线索，以动作回合为单位，分人物、原因、动作、内容、反应等五项内容来记录故事进展，并以表格的方式呈现出来。它让高潮的逻辑与动力一目了然。

14.3 高潮大纲有什么用

高潮大纲已经是故事比较细致的呈现了，在创作步骤尚处在分幕结构的阶段，为什么这么急于将高潮先细化出来，原因有两点。

1. 高潮是故事最精彩的部分，率先作细部设计，可拥有更大的设计空间和自由度。这种因为顺序在前而获得的空间和自由度，让一个精彩的高潮成为可能。成功的高潮不一定能成就好故事，但一个高潮不好的故事一定好不到哪里去，好高潮是好故事的必备条件。

创造性的工作都有一个共性，步骤越在前，自由度越大；步骤越往后，所受到的限制越多。

就像一首歌曲的创作，第一句是最自由的，想怎么写就怎么写。第二句就不行了，它受到了第一句的调式、节拍、节奏、旋律走向的限制，自由度大大降低，就像古诗中的第一句定下了字数、平仄、韵脚一样。同理，三句、四句……空间被压缩得越来越小，等进入歌曲高潮的写作时，可供作者选择的方案已经非常少了。这就是为什么有的歌曲前两句好听，但是高潮上不来，让人觉得不过瘾。而高潮又偏偏是歌曲最需要有感染力的地方，很多歌曲就是因为有一个精彩的高潮而打动人心并广为传唱的。

怎么办？很多作曲家的办法就是先写高潮，把歌曲高潮雕琢得尽善尽美后，再来创作歌曲的前面部分。当然，这样一来，其他部分的创作又会受到高潮乐句的限制。没有办法，鱼与熊掌只能得其一，就看你是想要一首虎头蛇尾的歌，还是一个让人热血沸腾的高潮。如果虎头又能虎尾，那就能成为经典了。

2. 把故事的高潮放在前面设计并明确，还有一个好处，就是这个已经被细化的高潮能够很好地成为整个故事创作的目标。所有人物最后在高潮处是个什么状态，所有人物关系在高潮时是怎么交织的，一直牵肠挂肚的核心问题最终是以什么方式解决的，故事主题最后是怎么集中、强烈地表达出来的。

当高潮中的这些具体内容以大纲的方式清晰表现出来后，无论你走在创作的哪个步骤，与人物、事件、主题相关的所有设计都有了一个明确的目标。这个目标比一句话故事要精确、明了很多。

这就好比一句话故事明确了红军长征的目的地是陕北，而高潮大纲这个目标，则细化到各个方面军最终在什么时候，分别要到达哪个县的哪个村，男女各多少人，怎么安排住宿。

笔记：率先写作高潮大纲，可以为高潮的创作留有最大的自由度；率先成型的高潮，还可以成为整个故事创作的精确、清晰的目标。

14. 例 《翻谱人》的高潮大纲

第一步：回顾织体线条中关于高潮事件的描述

打算独资包养乐团的直播企业，决定通过一场声势浩大的直播，一方面反转自身的低俗形象，另一方面向投资方展示平台流量的号召力。

直播过程中，残酷的现实让平台遭遇尴尬，过度娱乐化的市场对高雅艺术并不买账。融资面临威胁的平台，不得不要求乐团紧急调整表演方式，以迎合观众需求。效果立竿见影，平台变本加厉。

面对金主得寸进尺的媚俗要求，乐团忍无可忍。主角终于率团反击，把一场不伦不类的高雅音乐会变成彻底无厘头的恶搞。

第二步：为丰富高潮内容，结合灵感分类表，引入新的故事素材

1. 为丰富对高雅艺术的解读视角和高潮的情绪层次，需要引入一个老年歌舞团队。这样，面对同一个交响乐团，就展开了由艺术坚守者、艺术经营者、艺术爱好者、玩弄艺术者组成的社会众生相。也可以让高潮进展的层次更为丰富，情绪更为激烈。

2. 突出手机在艺术娱乐化中扮演的角色。

第三步：结合幕织体的设置，安排故事高潮的情节布局

情节线条：

危机事件：不满乐团抗争的网总，临时引入一个同样生存艰难的芭蕾舞团与之竞争包养机会。

高潮场景选择在豪华剧院，内容便是两个高雅艺术团体斗艺的PK演出过程。该场演出在网总平台的所有聊天室进行现场直播，在线网友的点击与礼品赠送作为评分标准，并有实时统计与反馈。比赛分自由曲目、个人秀、规定曲目三个环节。

主要冲突产生在平台的媚俗要求和乐团的尊严坚守之间。

情节布局：

（起）准备就绪的乐团和芭蕾舞团进入，分列舞台两侧候场，两个竞争对手在这里第一次面对面。主角惊讶地发现，他神秘莫测的网恋女友竟然是芭蕾舞团的主要演员。

（承）演出开始，两个团体轮番上场。乐团一开始就处于下风，实时反馈表明芭蕾舞团在服装上优势明显。为保持高位流量，网总决定让乐团换装。

（转）面对怪异裸露的演出服，乐团成员们惊呆了。为保全乐团一路忍辱负重，饱尝妥协退让之痛的老指挥疯了。他脱光衣服，折断指挥棒，狂笑着退场。

（合）主角拿起朝思暮想的指挥棒，在乐团期待的目光中上场。他决定反击，撕下企业高雅的遮羞布。一场由主角开始，乐团、老年歌舞队、芭女次第加入的广场式歌舞恶搞随即展开。

故事高潮在热烈、恶搞、火爆的现场气氛中结束。

第四步：列出高潮大纲表（部分）

人物	原因	动作	内容	反应
主角芭女	演出即将开始，准备停当。	候场	比赛即将开始，乐团和舞团进入后台，分列两侧候场。直播系统开始运转。	主角大惊，芭女羞怯。场外老人们围堵剧场，记者们蜂拥而至。
主持人	演出开始。	开场	演出开始，主持人夸张开场，介绍各项事宜。	网总忐忑，传总冷静，两团紧张，现场观众活跃，网络反响渐热。
舞团	出色表演，争取机会。	开演	舞团率先表演，紧张芭女渐入状态，舞团表现出色。	主角惊羡，乐团紧张，网总满意，传总得意，现场热烈，网络流量上涨。
乐团	出色表演，争取机会。	开演	乐团开始表演，团员压力大，略慌乱。指挥镇定，钢琴与主角闹笑话，表演进行。	芭女担心，网总紧张，传总冷笑，现场反应平平，流量下滑。反馈系统即时显示。
传总	提升流量，报复主角。	出主意	向网总提议乐团在下一比赛环节脱衣换装。	网总思考良久，终于同意传总意见。
芭女钢琴主角	环节设置，个人PK。	钢琴、芭女同台斗艺	钢琴狂放开始，芭女犹豫跟进，翻谱主角成为笑柄。尴尬、激烈、耳目一新。	现场反应升温，网络流量上涨，网总焦虑，传总跑向后台。

续表

人物	原因	动作	内容	反应
传总	网总要求，谄媚观众，提升流量。	要求团员换装	传总传达网总决定，要求团员换怪异、暴露服装。	指挥惊呆，团员无所适从，网总焦急地等待，场上个人秀在继续。
芭女	压抑，发泄。	疯狂之舞	钢琴和芭女都进入最炫技的疯狂段落，芭女疯狂舞蹈、尽情发泄。	现场反应热烈，网总焦急等待，团员同情，主角眼角有泪，传总焦急等候乐团答复。
指挥	艺术尊严被践踏，精神崩溃。	狂笑离场	指挥折断指挥棒，一件件脱衣，狂笑着退场，最后赤身裸体走向进场门，剧场门开。	乐团悲愤，传总漠然，工作人员不知所以，保安开门，老年歌舞队涌入。
主角	尊严底线失守，指挥崩溃。	震惊	个人秀结束，主角下场，见传总拿来的服装，目送指挥赤裸离开。	乐团期待主角表态，传总不语，老年团欲上前讨债，感觉不对。
……	……	……	……	……

第五步：总结高潮中故事创作的目标要素

1. 芭女最后是支持主角的；

2. 芭女隐藏身份的合理性；

3. 老年歌舞队要来到现场并与主角互动；

4. 传总出现在高潮现场并成为打压主角的主力；

5. 对指挥的心理压迫需要积累；

6. 网总对高雅标签和流量的双重需求；

7. 合适乐团并有贯穿性的音乐选择；

……

第15章 故事路标

15.1 故事路标的意义

有一次马拉松比赛出现了很搞笑的事情，第二名居然带着后面所有选手跑偏，集体踏上一条没有终点的旅途。估计跑第一的家伙开始有点发懵，越跑越觉得不得劲，可能最后都跑得有点怀疑人生了。幸好他没有跑偏，否则组委会的奖金都发不出去了。想象一下等在终点线的记者和亲友团的表情，那肯定是一幅非常好玩的画面。

这个事件告诉我们：路标很重要。马拉松赛道肯定是有路标的，之所以出现跑偏应该是路标出了问题，要么不明显，要么间距太大，要么位置安排不合理。如果是人工指路，那更是一切皆有可能。

科学地设置路标非常重要。作为专业选手，路标既是他的方向指引和心理安慰，还是他进行战术安排的依据。作为业余选手，路标不但可以为你指明方向，还可以通过分割任务，增强达成目标的信心。

标准马拉松赛全程40多公里，业余选手得整整跑上半天，半天的重体力活要想坚持下来确实不容易。如果把这个40多公里的长度分解一下，每2公里设一个路标，途中就是20个路标。你会突然发现，2公里不长啊，数完20个路标也不多啊。一个漫长得似乎不可企及的任务，通过路标的分解，一下子就有了实现的可能。不但是长跑，很多时间跨度长、任务重的学习和工作，都可以借鉴这种方法来进行心理激励。

但是，路标的间距怎么设置是有讲究的，太密集了也不行，比如每 100 米一个路标，单位任务倒是轻松了，但想想 400 多个路标估计得把人数晕。路标设置太宽了更不行，比如全程就两个路标，那还不如不要路标呢。到底什么样间距的路标是合适的呢？推而广之，就是处理总任务与分解任务应该是个什么比例关系的问题。

120 分钟的故事对于作者来说，无疑是一次长跑。其间有太多的歧路与陷阱。如果能科学、合理地设置路标，可以让作者满怀信心，有迹可循地跑完故事创作的全程。对于观众来说，故事路标是他们欣赏故事的过程中，一个一个被等待的惊喜，也是一个个撩拨情绪的抓手，吸引他们穿梭于浩瀚的故事迷宫。维基·金（Viki King）在《21 天搞定电影剧本》中提出路标概念是非常有意义的。本书将对路标作更加具体化和可操作的诠释。

道路路标可能是一个铁牌、一块石碑，或者一根木棍，那故事的路标是什么材质的呢？故事的路标材质是"事件"——是对故事的逻辑、动力与方向上有重要意义的事件。《杀手里昂》中女孩家遭灭门，女孩被抓，里昂勇斗恶警都是对故事发展具有重要意义的事件，我们把这种对故事的发展方向有路标意义的事件叫路标事件。

在一个完整的路标事件中，真正具有方向引导意义的可能只是事件中的一个环节或一个动作。如，主角无意中触动一个机关，孙猴子拔起定海神针，里昂为女孩打开生命之门……我们把这个有决定意义的环节或动作称之为路标点。

所以，我们可以进一步确定，对故事起路标作用的往往是路标事件中的路标点。这些路标点通过自己不同的路标功能，为故事发展点起一盏盏航标灯，照亮故事前行的路。

笔记：故事路标是对故事进展有重要意义的事件，路标事件的路标点是创作者顺利完成创作的依靠，是吸引观众的故事抓手。

15.2　故事的 10 个路标

目前为止，我们已经明确了的重要事件有多少呢？故事织体构建之初，已经明确作为故事起点与终点的开篇事件和高潮事件，对故事作用重大；幕结构中提到的激励事件、转折事件、危机事件这三个关键事件，把故事分成有转折意义的三幕四部分，它们对故事的重要意义不言而喻。所以，到目前为止，已经基本明确的重要事件共有五个。

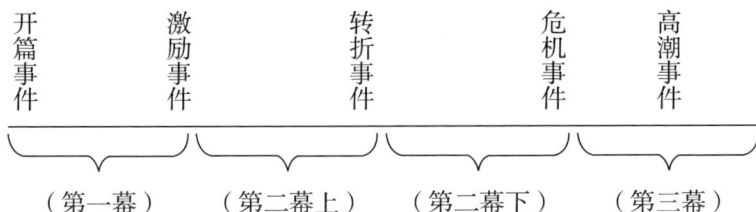

开篇事件	激励事件	转折事件	危机事件	高潮事件
（第一幕）	（第二幕上）	（第二幕下）	（第三幕）	

五事件图

这五个事件可否成为故事的路标呢？可以，但是还不够。按照时长为120分钟的电影来看，五个事件的间距大约在30分钟。这个时长基本是人有意注意的极限值，是人在有一定目标支持和意志努力的前提下，所能持续注意的时长。听故事、看电影时，人大多在一种比较被动的状态，肯定不会像学习或工作时，有明确目标驱动的主动意志力。

传统线性三幕把人在观影时的注意时长定在15分钟左右，所以，路标事件就按这个标准来设置，每个故事大约10个路标。一个120分钟的故事用这10个能引起关注的事件每隔15分钟敲打一下观众，收拢他们即将分散的注意力，引诱他们走完故事全程。

这10个路标事件基本平均置入三幕四部分中，并分别作功能性命名。第一幕：开篇事件、切入事件、激励事件；第二幕上：进展事件、转折事件；第二幕下：再转事件、危机事件；第三幕：导入事件、高潮事件、结局。

每一个事件基本能从命名大致体现其功能，但是也不要过于机械地去理解。下面通过坐标图表来说明各路标事件的大致时间点（120分钟故事为例）和功能意义。

（一）开篇事件	（二）切入事件	（三）激励事件	（四）进展事件	（五）转折事件	（六）再转事件	（七）危机事件	（八）导入事件	（九）高潮事件	（十）结局
5分钟	15	30	45	60	75	90	100	110	120
（第一幕）			（第二幕上）		（第二幕下）		（第三幕）		

故事路标时间轴

故事路标表

幕	时间点	路标名称	功能	例《杀手里昂》
第一幕	5	开篇事件	快速引起关注，进行基本交待	里昂搞定"死胖子"
	15	切入事件	继续基本交待，导向核心问题	恶警来到女孩家
	30	激励事件	核心问题的发端，故事主体的发力点	女孩家遭灭门
第二幕上	45	进展事件	核心问题解决之初，推动故事发展	里昂取枪，正式收徒
	60	转折事件	故事的发展力出现重大的向变或量变	女孩发现仇家身份
第二幕下	75	再转事件	故事某要素的转变，故事转向新的领域	里昂正式带女孩实践
	90	危机事件	解决核心问题必须跨越的最大障碍	女孩被抓
第三幕	100	导入事件	为高潮作逻辑与动力方面的准备与导入	里昂闯警局救人
	110	高潮事件	解决故事核心问题，释放故事情绪	里昂大战警察
	120	结局	继续释放故事情绪，交待人物与事件结果	女孩入学

　　关于路标事件有几个问题要搞清楚：1. 这里的路标事件有可能是一个完整事件，也可能只是一个起决定作用的路标点。2. 事件时间点不是精确定位，只是大概位置，当然也不能误差太多。3. 当故事时长不是 120 分钟时，路标时间点按比例作相应调整。

　　笔记：故事有 10 个路标，它们分别是：开篇事件、切入事件、激励事件、进展事件、转折事件、再转事件、危机事件、导入事件、高潮事件、结局。对故事发展起导航作用。

15.3 路标事件的置入

开篇事件、高潮事件、激励事件、转折事件、危机事件在前面的步骤中已经基本确定下来。那么，另外的五个事件怎样在各自的位置上，发挥它们作为路标的功能呢?

◆ 切入事件

切入事件是处于开篇事件和激励事件之间，起着承上启下的作用。开篇事件是为了在快速抓住观众的同时，进行故事基本情况的交待。切入事件的"承上"作用主要是指，继续着开篇事件进行故事人物、背景和前提的交待。

《杀手里昂》中的切入事件是恶警来到女孩家，这个事件就继续交待了即将出场的主要反面人物"恶警"和他的马仔们，这是人物交待。另一方面，恶警是因为怀疑女孩父亲偷毒而来，女孩家惹上这么个凶神恶煞的坏警察，后果一定会很严重。恶警的警告与最后通牒，又是故事非常重要的戏剧性前提，也是背景交待的一部分。

切入事件的"启下"作用，主要是指它对于激励事件的导入作用。通俗地说，就是切入事件与激励事件存在一定的因果关系，大部分情况下，切入事件是通向故事主体的激发点。

在《杀手里昂》中的切入事件里可以看到，女孩父亲摊上事了，而且是大事。那么，问题也接踵而至了，恶警的最后通牒是来真的还是闹着玩的? 女孩父亲会怎么应对呢? 灾难会降临这个家庭吗? 如果灾难来了，女孩能幸免吗? 如果不能幸免，她会怎么样? 通过这个问题链的推导，恶警来女孩家这个切入事件与里昂救女孩就有明显的关联。

作为承上启下的切入事件，重要性不言而喻，但它又比不上三个关键事件的分量。因为无论是承上还是启下，它的选择自由度是比较大的。而且对故事所发出的力，并不是不可逆转的。也就是说并不能因为切入事件，故事就一定要朝着某个方向前进。比如，里昂看到自己的邻居居然惹了大麻烦，他如果马上搬家，那故事就会朝着完全不同的方向发展了。

◆ 进展事件

进展事件处于激励事件与转折事件之间，是第二幕的第一个路标事件。当激励事件推出故事的核心问题后，接下来就是针对核心问题开始采取行动了，这个行动往往是不太激烈的。因为激励事件已经把故事情绪推到了一个比较紧张的高度，故事讲述需要将这种紧张情绪稍稍舒缓一下，就像歌曲不可能老是在高音上行走。

当故事的张力缓解到一定程度，观众的情绪慢慢平服后，故事又需要出现一个钩子来吊一下观众的胃口，重新唤起观众的注意力。进展事件就是在这种情况下出现的，它是对故事核心问题解决的延续，一般不会让故事方向发生重大改变，更多是为故事提供逻辑支持与动力积累。

《杀手里昂》的进展事件是里昂取枪，正式收女孩为徒，这一事件应该说是比较顺理成章的。里昂救下女孩，拾了这么个烫手的山芋，杀又杀不得，甩又甩不开，再加之女孩几次要求拜师学艺，里昂无奈加心软就答应了。

这里的进展事件实际上有一定的欺骗性，观众以为故事会朝着女孩学艺成功、自己报仇雪恨的方向发展。其实不然，这一切入事件的主要作用是为两人感情升温找一个契机，两人在教与学的过程中，形成了深厚的师生、父女、男女的混杂情谊，为故事后面的发展提供逻辑和动力。

所以，进展事件是慢速的故事上半场来的一次相对有力度的变化，以不太激烈的方式把故事向前推动。它的主要功能是为故事创造更可靠的逻辑基础，同时，也为故事的发展积蓄力量。

◆ 再转事件

转折事件把故事带入到速度较快的下半场，故事快速地积累张力，观众的情绪又被持续推高时，再转事件出现了。故事在再转事件这里出现变化或转机，这种变化会适当放松故事被压缩的张力，让故事转向一个新的领域。也正是这个再转事件，开始把故事导向危机事件。

《杀手里昂》的再转事件是里昂带女孩正式入行、开始实习。这里看起来是进展事件的一个延续，其实不然。因为里昂从一开始就没打算把女孩培养成杀手，而只是在她死缠烂打下的权宜之计，尤其通过教学开始积累起来的感情，更坚定了里昂保护女孩的决心。

但是女孩通过转折事件，知道了仇家的真实身份，逼迫里昂为其报仇。在女孩轮盘赌的威胁下，里昂不得不在纠结中作出选择。这里转折的意义主要表现在由救赎到毁灭的主题转折，把故事推向不得不帮女孩报仇的新领域。

所以再转事件的这个"转"有时候是人物在变，有时候是主题在转，但都是通过事件表现出来的。不管是主动还是被动，这种转变都会把故事推向一个新领域，朝着危机事件的方向发展。

◆ 导入事件

导入事件的全称应该是"高潮导入事件"。故事通过危机事件，使得核心问题到了不得不解决的时候，也到了最为艰难的地步，高潮事件已经不可避免地将要发生。为了让高潮来得再猛烈一些，故事在这个时候还要作一些情节交待和动力积累。导入事件出现在危机事件与高潮事件之间，为的是让高潮事件更合理，更有力，给观众一个酣畅淋漓的情绪释放。

《杀手里昂》的导入事件是里昂进警局救女孩。一向谨小慎微的里昂，看到女孩留下的字条，没有丝毫犹豫，直接杀到警局救出女孩。他的这个行为已经是在向警察公开叫板了。这个事件也为后来警察的倾巢出动提供了依据：一是太可恨，二是太可怕。高潮的大阵仗就更加顺理成章。

很多情况下导入事件和高潮事件是一体的，也就是说，激励事件过后就是故事高潮。但这种高潮经常会有这么一个特征：高潮前半部分不是在释放情绪，而是继续在积累情绪。

比如：一个故事的高潮是主角打坏人。它的前半部分往往是主角一直处于下风，处于被动、挨打的状态，直到高潮后半部分，主角才开始逐渐反转势头，迎来高歌猛进。此时，观众的故事情绪才开始得到释放，直到坏人被打败，高潮结束。我们可以把这种故事高潮的情绪积累阶段，也当成导入事件来看。

◆ 结局

故事是需要结局的，一是为安抚观众激动的故事情绪，二是对故事相关人和事做个收尾工作。有的结局很短，如，勇斗坏人的高潮结束后，主角跨马飞奔，迎着如血的残阳绝尘而去，越来越远，开始出字幕。可能就几十秒钟，也是个结局，无非就是告诉观众，主角独自离开了，没有带走他心爱的姑娘。有的结局很长，感觉是要再讲一个故事，没有关系，这都不是重点，重点是结局是否对故事主题有延伸或转折意义。

结局分三种，第一种是交待性结局。高潮事件结束后，相关人物的命运和归宿怎么样，几件观众关心的事件是怎么安排的。如：男、女主角最后好上了吗？身受重伤的坏人到底死了没有？违反军纪逞英雄的主角被部队开除了吗？……这些人物命运和事件安排都有一个共性，那就是它们不会改变故事的表达。这种不对故事主题产生影响的结局，就是交待性结局。交待性结局可以看作是高潮的尾巴。

第二种是延伸性结局。这种结局尽管也是作人物命运和事件安排，但是，这些安排把故事的主题作了进一步的强化或延伸。《杀手里昂》的结局如果是里昂牺牲，女孩成功逃脱的话，那它只是交待性结局，强调的是里昂牺牲自己救助女孩的主题。而电影的结局中加入了女孩入学并把盆栽植入大地，这时，主题不但强化了里昂对女孩的救赎——女孩上学找到归属；另一方面延伸出女孩对里昂的救赎层面——里昂寄情于盆栽也找到了他的归属。

第三种是转折性结局。这种结局往往是出人意料的。观众本以为高潮事件已经解决了核心问题，人物结局也基本可以推断，但故事却给了你一个意想不到的转折。如：主角终于打死了坏人并把他葬身火海，一个正义战胜邪恶的主题完美表达出来。可是，故事的结局是：烧成灰烬的废墟中，镜头推向一支乌黑的手，突然，这支黑手的一根手指轻轻抽动了一下。这太吓人了，太出乎意料了。不管创作者是想玩惊悚还是为了拍续集，主题显然不能是正义战胜邪恶了，只能是：正邪之战，任重道远啊。

还一种所谓开放性的结局，就是不告诉你最后人物的命运和事件安排，让观众去猜，去脑补，也可以叫创作延伸。这种结局本质上属于交待性结局，因为不交待就是一种交待，就像没有结果也是一种结果一样。

笔记：开篇事件、高潮事件、激励事件、转折事件、危机事件已经在前面步骤明确。确立故事的路标就是把切入事件、进展事件、再转事件、导入事件与结局追加、置入故事中。

15.4　故事路标与大众心理

1. "故事波"高低起伏

电影是给人看的，故事的讲述方式就要符合人的心理需求。人的心理既有个性，又有共性，大众电影的故事讲述方式应该符合大众心理。人的心理有个共性规律，那就是期待刺激，但是又不能长时间被刺激，这是生理局限决定的。很简单，你的心跳可以加快，但不能一直加快，反之亦然。

符合人心理需求的情绪线条，有如围绕水平线的正弦波，应该是时起时落的。故事路标正是正弦波抛起的那些高点，紧随其后的就是波线下行。这里把如波浪高低起伏的故事曲线，称作"故事波"。

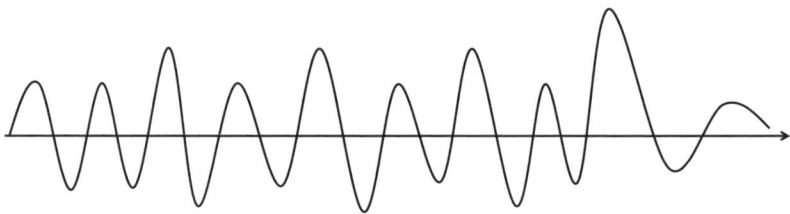

故事波图样

2. 故事波的首尾波峰

故事应该有起有落，但何时起何时落却可能众说纷纭。但有一点可以肯定，就是开头和结尾应该在"故事波"的高点上。

看看那些借体检之名卖假药的就知道了。骗子们基本一上来就会抛出个坏消息：你有病。一下子把人的情绪煽起来。然后再告诉你一个好消息：他有药。接下来就是娓娓道来，开始介绍药的功效。结尾就是你花大价钱抱着一堆假药，情绪高涨、乐呵呵地走了。骗子不一定懂编剧，但他们懂人的心理。

开篇事件就是在故事开头，起着煽动观众情绪的作用，在抓人的同时来进行故事相关要素的交待。很难想象《杀手里昂》这样开场：里昂行走在大街上，看见一家超市，进去买瓶牛奶。他走出超市边走边喝，又来到经纪人的店内问，近期有没有活干，经纪人说，小活不用你干，大活暂时没有。随着经纪人的目光，里昂轻轻瞟一眼墙上自己霸气的宣传海报，悄然离开，经过电影院时，去买了张票，一个人傻呵呵地看起电影来。这样的开篇也达到了故事交待的目的：里昂是个技艺高超的职业杀手。但观众们的观影体验却大不一样了。

故事的结尾一定要让观众的情绪最后高涨起来，并得到满足的快感，这个不用多说了。只是强调一下，这里所谓的结尾就是指故事的高潮部分，并不是指故事的结局。很多性急的观众基本在高潮结束就起身离场了，电影的大部分结局只不过是礼节性地安慰一下那些心理素质不好的观众，让他们稳稳神，血压降下来后再走。

3. 故事波的波峰频率

故事这条正弦波是以高点开始，然后又结束在高点上，中间就是上下波动的过程。那么这种波动、起落多久发生一次合适呢？这是个非常见仁见智的问题。有的可能四五十分钟波动一次，有的则可能非常快。

"线性三幕"的大多数案例基本把这个波动间隔定在 15 分钟左右，也就是故事路标设置的间隔。为什么会这样，我想应该是前人在不断摸索的过程中，找到的一个能符合最多人群心理的折中方案。

4. 故事波峰的等次

故事波的震动间隔倒是有了经验参照，但其震动强度则是一个纯感性的东西，几乎无法言说。但有一条，这种震动一定不能是有规律的。过山车为什么比荡秋千刺激？很简单，秋千启动后，你可以准确地预知它前后两个摆点。但过山车就不同，不同的轨道方向、坡度、弯道角度产生的作用力，会让你猝不及防，所以刺激。再坐一次如何？就相当于一部电影看两遍，刺激性大大减弱。

尽管故事波的震动强度无法量化，但还是可以把几个规律性的点找出来的。

1. 故事线的最强震动应该在高潮事件上，它是故事波的峰值所在；2. 激励事件、转折事件和危机事件应该是第二梯队，这三个关键事件的波峰都在高潮事件之下；3. 其他路标事件则处于第三梯队，波峰又在关键事件之下。

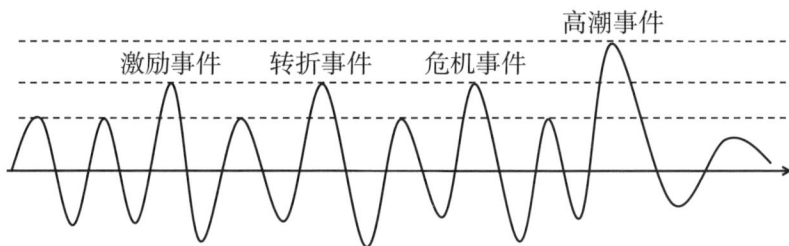

故事波峰等次图

还有一点很重要，这条故事的波线并不是平滑的，无论是上升或是下降线条又可能内含着小的起伏。

笔记： 故事是有起伏的，路标事件是故事波的波峰，线性三幕的每次起伏间隔大约 15 分钟，起伏强度大致分为三个档次。

15. 例 《翻谱人》路标确立

第一步：列出已经明确的 5 个路标事件

时间点	路标名称	功能	内容
5	开篇事件	快速引起关注，进行基本交待。	人心涣散的乐团排练，被主角恶搞，不欢而散。
30	激励事件	核心问题的发端，故事主体的发力点。	乐团决定自救，主角被推上救团领导位置。
60	转折事件	故事的发展力出现重大的向变或量变。	票房惨败之后，乐团决定抓住网络直播这一线生机。
90	危机事件	解决核心问题必须跨越的最大障碍。	直播企业不满乐团抗争，将包养改成与芭蕾舞团 PK 选拔。
110	高潮事件	解决故事核心问题，释放故事情绪。	乐团悲壮反击，恶搞高雅音乐会。

第二步：设计切入事件

事件功能：

承上启下，导向核心问题。

设计思路：

有了开篇事件那场人心涣散的排练之后，故事给了观众一种期待，那就是乐团在下一次排练时人物们的表现。

庆典彩排就是乐团在故事中的第二次排练，当再次迟到的主角心急火燎地赶到排练场，一个意料之外的事件发生了——资助企业破产，乐团面临解散。

这一事件直接导向核心问题：解散还是自救？——怎么救？——救得了吗？

第三步：设计进展事件

事件功能：

缓和激励事件的紧张情绪，针对核心问题开始采取行动。

事件设计：

激励事件是乐团决定自救，主角被推上领导地位，接下来就是主角一显身手的时候。

故事给主角设置了一个商业伙伴，一个文化传播公司的女老总（传总）。传总的功能是比较丰富的，一方面与主角有暧昧的情感关系，同时作为商业伙伴还与主角有利益纠葛，传总成了主角非常重要的救团资源。

传总正在举办的总裁培训班，成了主角救团的第一站。向培训班的企业家们推销乐团并获取投资，是主角为达成个人目的而为乐团出的一个馊主意。

该事件开始进展得相对比较平缓，随着演出和推销的进程，乐团的期待与现实的心理落差越来越大，故事的动力开始重新积累。

这里还有一个重要人物出现，就是迫于监管压力，急于摆脱低俗形象的某网络直播平台的老总（网总）。他是培训班上唯一一个向乐团抛出橄榄枝的老板，因为企业形象的原因，他的邀请被骄傲的乐团果断拒绝。

第四步：设计再转事件

事件功能：

转折事件后的变化与转机，故事转向新领域，并导向危机事件。

事件设计：

转折事件是乐团发现自身的流量潜力，决定进行网络直播。为了保持经济独立和艺术尊严，乐团依然不接受网总的合作邀请。这是穷途末路的乐团最后一次自救的机会，主角和乐团押上了全部身家。

一群网络菜鸟贸然携巨资下海试水，结果遭遇骗局，血本无归。加上背后捣乱的网总，以及中途翻脸的传总，这次试水不光是救团失败，而且让主角和乐团陷入巨大的债务危机。正是在这个背景下，锲而不舍的网总又来了。

负债累累的乐团不得不投身于网络平台求包养，就是故事的再转事件。故事由乐团试图自主谋生进入到寄人篱下的新领域。也正是这个事件，导向故事的高潮。

第五步：设计导入事件

事件功能：

为高潮事件作进一步的逻辑准备和动力积累。

事件设计：

网总临时变卦，拉入一个同样生存艰难的芭蕾舞团与乐团 PK，是故事的危机事件。十拿九稳的包养变成同行相残的选拔赛，这对企图保团的主角和乐团都是一个不小的压力。

为了让这个压力再大一点，这里再作一个重要设置。那就是故事中与主角相恋的女主角，原来正是芭蕾舞团的成员，而且是主要成员。这使故事由原来的同行相残升级为情人相残，故事的动力无疑会大大加强。至于怎么自圆其说，那是前面故事设置的事。

恋人是 PK 对手这一导入事件，还为高潮事件最后的情节设置和情绪释放作出了准备和铺垫。

第六步：设计结局

事件功能：

继续释放故事情绪，交待人物与事件结果。

事件设计：

高潮事件的结果是严重的，因为主角和乐团的反击，乐团包养愿望落空。而且作为女主角的芭女也和主角站到一起参与恶搞，所以芭女也不被网总所接受。至于芭蕾舞团是不是被包养可以不作交待。

最后一搏失败的乐团被解散，乐团成员各奔前程，男女主角重新开始有尊严的艺术人生，就是故事的结局。

创作进行至此，这个结局并不太令人满意，所以并没有将结局具体化。随着后阶段新的故事素材的涌现，结局有了很大变化。因为这里是创作程序展示，修改后的结局不在这里细说。

第六步：制作故事路标工作表

《翻谱人》故事路标表

幕次	时间点	路标名称	功能	内容
第一幕	5	开篇事件	快速引起关注，进行基本交待。	人心涣散的乐团排练，被主角恶搞冲击，不欢而散。
	15	切入事件	继续基本交待，导向核心问题。	庆典彩排之夜，资助企业破产，宣布乐团解散。
第一幕	30	激励事件	核心问题的发端，故事主体发力点。	乐团决定自救，主角被推上救团领导位置。
第二幕上	45	进展事件	核心问题解决之初，推动故事发展。	总裁培训班尴尬献演，投资天使一毛不拔。
	60	转折事件	故事发展出现重大的向变或量变。	票房惨败之后，乐团决定抓住网络直播这一线生机。

续表

幕次	时间点	路标名称	功能	内容
第二幕下	75	再转事件	某故事要素的转变，故事转向新的领域。	直播豪赌失败，主角负债累累，转投直播平台求包养。
	90	危机事件	解决核心问题须跨越的最大障碍。	直播企业不满乐团抗争，将包养改成与芭团 PK 选拔。
第三幕	100	导入事件	为高潮作逻辑动力的进一步准备。	主角情人原来是 PK 对手。
	110	高潮事件	解决故事核心问题，释放故事情绪。	乐团悲壮反击，恶搞高雅音乐会。
	120	结局	继续释放故事情绪，交待相关结果。	男女主角重新开始有尊严的艺术人生。

第16章　序列织体

16.1　什么是序列

　　一般来说，古典交响曲可分为乐章、乐段、乐句、乐节四个结构层次。故事的层级结构同样如此，除了前面提到的幕、序列、场景外，在场景下还有"环节"一级。这里的"环节"与麦基《故事》中提出的"节拍"不尽相同。幕——序列——场景——环节，就是故事结构的四个层级。

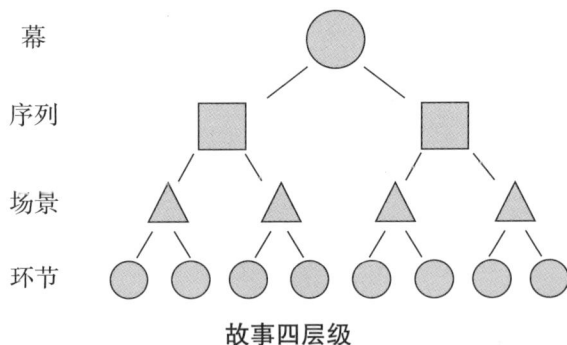

故事四层级

　　麦基在《故事》中对序列的定义是，比场景负荷着更大价值改变的场景组合，统领着所含场景价值链条的动态单位。很多初学者要读懂这个概念恐怕不太容易，这里我把序列作一个简明、通俗地定位，并作适当改造。序列是一个以路标事件为核心，小于幕、大于场景的故事结构单位。所以，序列对故事的价值意义也是小于幕，大于场景的。

三个关键事件把故事分割成三幕四部分，而十个路标事件则把故事分解成十个序列。其中，每个序列可能只包含一个路标事件，也可能还包含具有路标功能的其他事件或"环节"。

如《杀手里昂》中的第三序列就只由"女孩家遭灭门"这一个路标事件（激励事件）构成，里昂开门救女孩后，故事便进入第二幕了。但电影的第四序列，除了"里昂取枪，正式收徒"这个"进展事件"外，还包括了"女孩拜师、纠结之夜、开枪拜师、搬家再拜师"等事件或环节。而这些事件或环节同"进展事件"一样，具有故事"进展"的功能，那就是里昂答应收徒的起伏过程。

尽管同样具有路标功能，但一个序列中，路标事件才是对故事价值改变意义最大的那个事件（或环节）。《杀手里昂》的"进展"序列中，前面的环节都是女孩在软磨硬泡，只有最后到了"里昂取枪"这个环节，才形成收徒决定，这个决定对故事进展很有价值。所以序列的价值与功能主要体现在该序列所包含的路标事件上。

因为路标事件是序列的核心，也是形成序列功能的重要部分，所以当故事的路标事件确定后，故事序列也就基本框定了。

笔记：序列小于幕、大于场景，是故事第二层级的结构单位。它包含一个路标事件以及与该路标事件功能相同的其他事件、场景、环节。

16.2　故事的 10 个序列

既然序列是以路标事件为核心构成的，那么 10 个路标事件当然就构成了 10 个序列，序列名称与路标名称基本一致，其功能也与路标事件有共通之处。下面表格体现了序列的相关要素。

故事序列表

幕次	起点	序列名称	功能	序列内容
第一幕	0 分钟	开篇	开始基本交待，挑起故事情绪	故事开始——切入事件前
	5	切入	继续基本交待，导向核心问题	切入事件及其前后
	15	激励	交待激励事件的逻辑与动力原因	切入事件后——激励事件

续表

幕次	起点	序列名称	功能	序列内容
第二幕上	30	进展	开始解决核心问题，逐步释放激励事件的张力	激励事件后——进展事件
	45	转折	故事出现重大的向变或量变，再次积累张力	进展事件后——转折事件
第二幕下	60	再转	逐步释放转折事件的张力，故事转向新的领域	转折事件后——再转事件
	75	危机	交待危机事件的逻辑与动力原因	再转事件后——危机事件
第三幕	100	导向高潮	导向高潮事件，故事情绪积累到极致	危机事件后——高潮事件前
	110	高潮	解决故事核心问题，释放故事情绪	高潮事件
	120	结局	继续释放故事情绪，交待人物与事件结果	结局

两个需要注意的问题：1.序列开始时间并非精准定位；2.序列名称与功能不能作太过机械的理解。

笔记：10个路标事件把故事分解成10个序列，它们分别是：开篇、切入、激励，进展、转折，再转、危机，导向高潮、高潮、结局。

16.3 序列的织体

"序列织体"就是以逻辑性和动力性为目标，在序列这个结构层次和纵横两个方向上，组织故事要素的方式。其原理、方法与幕的织体基本相同。

故事路标明确了，并利用故事的路标事件把故事分解成10个序列后，接下来就需要对这10个序列进行编织，使序列的内部以及序列之间的故事要素形成逻辑性与动力性连接。

身份 ┄┄➤ ┄┄┄┄➤ ┄┄┄┄➤ ┄┄┄┄➤ ……
欲望 ┄┄➤ 开 ┄┄┄┄➤ 切 ┄┄┄┄➤ 激 ┄┄┄┄➤ 进 ……
动作 ┄┄➤ 篇 ┄┄┄┄➤ 入 ┄┄┄┄➤ 励 ┄┄┄┄➤ 展 ……
问题 ┄┄➤ 事 ┄┄┄┄➤ 事 ┄┄┄┄➤ 事 ┄┄┄┄➤ 事 ……
障碍 ┄┄➤ 件 ┄┄┄┄➤ 件 ┄┄┄┄➤ 件 ┄┄┄┄➤ 件 ……
结果 ┄┄➤ 件 ┄┄┄┄➤ 件 ┄┄┄┄➤ 件 ┄┄┄┄➤ 件 ……
价值 ┄┄➤ ┄┄┄┄➤ ┄┄┄┄➤ ┄┄┄┄➤ ……

　　　开篇　　　切入　　　激励　　　进展　　　……

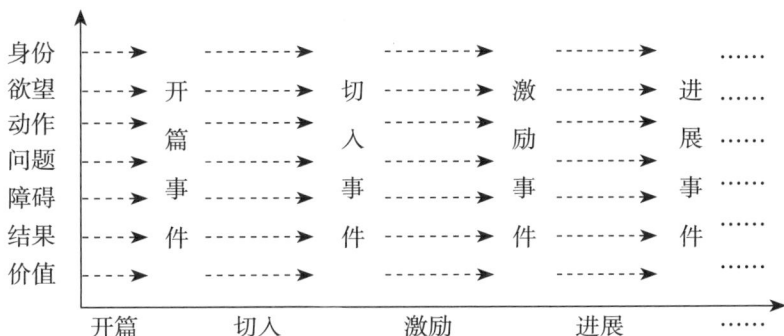

序列织体坐标图例（部分）

序列织体工作表样（部分）

	1. 开篇	开篇事件	2. 切入	切入事件	3. 激励	激励事件	4.……
身份							
欲望							
动作							
问题							
障碍							
结果							
意义							

（总表含：10 序列、10 事件，共 20 列）

　　"序列织体"的编织过程，就是把"序列单位"的故事要素，拆解置入到这个层次分明、条理清楚的关系网络中，方便作者把握故事要素在序列结构层级的纵、横两个方向上运动的逻辑性与动力性。

　　笔记： "序列织体"就是以逻辑性和动力性为目标，在序列结构层面和纵横两个方向上，组织故事要素的方式。

16.4　序列内编织

　　序列内编织就是把一个序列作为一个整体的时间维度，将单位内各个故事要素有动力、符合逻辑地结构在一起。属于时间轴上的纵向编织。

1. 序列内逻辑编织，是指理顺序列内各故事要素之间的因果关系，原理与幕内逻辑编织相同。

故事要素的因果关系：什么身份的人才会有某种欲望，只有在这种欲望的驱动下才会采取某种动作，因为什么样的障碍来对抗人物动作，才有了这样的结果，解决核心问题的最后结果，体现了什么样的故事意义。

检验序列内各故事要素逻辑是否通顺，可以把每一序列的要素连接成一句话，然后看这句话通还是不通，这和"一句话幕故事"道理一样，我们把它称为"一句话序列故事"。一个作品有十个序列，就可以写出十句序列故事。

比如《杀手里昂》的第三序列

	03 序列，激励
身份	冷静的旁观者
欲望	独善其身，担心女孩
动作	旁观，谨慎窥视
问题	里昂会阻止坏人的暴行吗
障碍	职业准则，个人性格
结果	里昂救了女孩
意义	救赎开端

第三序列一句话故事：

冷静的旁观者（身份）想要独善其身，但又担心女孩的安危（欲望），因为职业准则和个人性格的限制（障碍），他通过锁孔谨慎旁观（动作），他会阻止坏人的暴行吗（问题）？结果里昂开门救下女孩（结果），开始两人的救赎之旅（意义）。

其他序列也可以进行同样的逻辑分析。

2. 序列内动力编织就是通过设计序列故事要素中身份的难易、欲望的强弱、动作的正反、障碍的大小，来控制解决核心问题的难度。难度越大，序列内张力越大，动力性越强，反之愈弱。原理与幕内动力编织相同。

身份难易，是指人物的"身份状态"，对于解决核心问题的难度。欲望强弱，是指人物对于解决核心问题的欲望程度。动作正反，是指动作对解决核心问题的作用方向。障碍大小是阻碍问题解决的力量。身份难、欲望强、动作反、障碍大可以增强序列内部动力。

这里把《杀手里昂》第三和第四序列的动力作对比分析。

《杀手里昂》的第三、四序列动力对比表

	03 序列，激励	04 序列，进展
身份	冷静的旁观者	左右为难的临时监护
欲望	独善其身，担心女孩	摆脱女孩，回归常态
动作	旁观，谨慎窥视	劝退女孩，被动接受
问题	里昂会阻止坏人的暴行吗	里昂能摆脱女孩吗
障碍	职业准则，个人性格	女孩倔强，渐醒的爱
结果	里昂救了女孩	里昂收女孩为徒，开始教学
意义	救赎开端	救赎的迷茫与纠结

身份难：冷静的旁观者去行侠仗义更难，还是不得已的临时保姆摆脱女孩更难。

欲望强：不想招惹是非的人更想挺身而出，还是想回归常态的人更想摆脱女孩。

动作反：用谨慎旁观的手段阻止暴力靠谱，还是用疏远劝诫的方法摆脱女孩更可行。

障碍大：杀手的个性与职业要求对自己意气用事的阻力更大，还是死缠烂打的女孩和自己下意识的爱，对摆脱女孩的障碍更大。

通过上面四个对比，不难看出"激励"序列比"进展"序列的内部动力更大。这也符合这两个序列在故事中的结构功能。激励序列是第一幕的最后部分，担负着揭开故事核心问题的责任，用比较大的内部动力可以很好地完成这一任务。进展序列则是第二幕的开始部分，是从故事的第一个顶点开始下行，适当减弱内部动力有利于释放激励事件的张力。

3. 序列内编织也应该按照表达目标、逻辑性、动力性的顺序，以及"已知主导，亮点优先"的原则。

笔记：序列内逻辑编织，是指理顺幕内各故事要素之间的因果关系。序列内动力编织针对的是身份的难易、欲望的强弱、动作的正反、障碍的大小。序列内编织应遵照表达目标、逻辑性、动力性的优先顺序，以及"已知主导，亮点优先"的原则。

16.5　序列间编织

1.序列间逻辑编织是指，理顺以路标事件为节点，各故事要素在序列连接上的合理性。

以《杀手里昂》第三、四、五、六序列为例，分析"身份"这个故事要素在序列间的变化逻辑。

《杀手里昂》序列间逻辑分析表（部分）

	03 激励	激励事件	04 进展	进展事件	05 转折	转折事件	06 再转
身份	冷静的旁观者		左右为难的临时监护		爱意萌发的杀手教师		有真爱的情人
欲望	独善其身，担心女孩		摆脱女孩，回归常态		想爱又怕爱		希望女孩摆脱仇恨
动作	旁观，谨慎窥视		劝退女孩，被动接受		开始教学，感受生活		阻止女孩陷入复仇
问题	里昂会阻止坏人的暴行吗	女孩家被灭门，里昂开门救人	里昂能摆脱女孩吗	里昂取枪，正式收徒	里昂会爱上女孩吗	女孩返家再遇仇家	会帮女孩报仇吗
障碍	职业准则，个人性格		女孩倔强，渐醒的爱		经纪人劝诫，自身理智		职业准则，后果考量
结果	里昂救了女孩		里昂收女孩为徒，开始教学		爱上女孩		里昂带女孩正式入行
意义	救赎的开端		救赎的迷茫与纠结		心灵的相互救赎		救赎与毁灭的较量

我们可以用一句话，用"路标事件"把"身份"这个故事要素进行跨序列连接，来检验它在序列连接中的逻辑性。

《杀手里昂》的"身份"逻辑：

里昂这个冷静的旁观者，因为救下女孩，不得已成了女孩的临时监护人。

又因为答应收她为徒，使里昂转变成一个爱意萌发的教师。再因为女孩搞清楚仇家身份后，执意要报仇，里昂作为一个有真爱的情人，努力阻止女孩复仇……

这就是"身份"这个故事要素，以路标事件为节点，在序列连接、进展上的合理性。欲望、动作、问题都可以用同样的逻辑推导。障碍与结果依然属于动力编织重点设计的范畴。

2. 序列间动力编织是指，通过调整主角欲望与单位结果之间的鸿沟，来控制序列的稳定性。

一个故事要想不断地发展下去，就需要不断地创造不稳定因素。故事的稳定性取决于主角欲望与结果间的鸿沟，鸿沟越大，稳定性越差。身份决定欲望，动作和障碍决定结果。来看一下《杀手里昂》三、四、五序列的稳定性。

03 激励序列，里昂想独善其身却最终救下女孩，卷入麻烦。

04 进展序列，里昂想尽早摆脱女孩，最终却不得不收下这个麻烦的弟子。

05 转折序列，里昂想抗拒女孩的爱，最后却也付出了自己的爱。

分析结果与欲望的鸿沟，每一个序列的动力性就很容易看出来了。

《杀手里昂》序列动力（部分）

03 激励	身份	冷静的旁观者	欲望	独善其身，担心女孩
	动作	旁观，谨慎窥视	结果	里昂救了女孩
	障碍	职业准则，个人性格		
04 进展	身份	左右为难的临时监护	欲望	摆脱女孩，回归常态
	动作	劝退女孩，拒绝教学	结果	里昂收女孩为徒
	障碍	女孩的执着		
05 转折	身份	爱意萌发的杀手教师	欲望	想爱又怕爱
	动作	开始教学，感受生活	结果	里昂爱上女孩
	障碍	经纪人劝诫，自身理智		

（其他序列：略）

哪个序列的鸿沟更大，哪个稳定性更差，可以从上面这个对比表格中清晰解读，而且身份、动作和障碍在中间所起的作用，也是显而易见的。

控制序列进展的动力强弱，原理与"幕动力"相同。关键在于设计人物欲望与结果的差距。差距大动力强，差距小动力弱。为了使这种欲望与结果顺理成章，就要在身份、动作、障碍三个要素上作文章。

笔记：序列间逻辑编织是指，理顺以路标事件为节点，各故事要素在序列连接上的合理性。序列间动力编织是指，通过调整主角欲望与单位结果之间的鸿沟，来控制序列的稳定性。身份决定欲望，动作和障碍决定结果。

16. 例 《翻谱人》的序列织体

第一步：制作"序列织体工作表" 《翻谱人》的序列织体工作表

序列	身份	欲望	动作	问题	障碍	结果	意义
01 开篇	乐团弱者	以公谋私，得过且过	敷衍工作，恶搞队友	排练能顺利进行吗	主角捣乱，人心涣散	排练不欢而散	金钱至上，文化没落
开篇事件	乐团排练不欢而散						
02 切入	纠结的艺术骗子	骗取金钱，安置心灵	亵渎艺术，攫取名利	主角能混得下去吗	道德底线，艺术情结	主角捞钱事业风生水起	艺术沦为骗取金钱的幌子
切入事件	乐团面临解散						
03 走向激励	全力以赴的艺术骗子	专心致志，弃艺从商	勾结传总，专心行骗	主角何去何从	乐团需要，主角艺术情结	主角决定参与救团	名利取舍的左右为难
激励事件	决定救团，主角上位						
04 进展	心怀叵测的艺术总监	借高雅艺术谋取个人名利	为乐团寻找天使投资	乐团能找到投资吗	主角动机，艺术价值	无人问津	私利驱动下的艺术拯救
进展事件	决定商演卖票						
05 转折	有尊严的乐团管家	全力以赴，实现乐团价值	逐步发力，争取票房	乐团有票房吗	市场品味，艺术价值	演出票房惨败	艺术价值的穷途末路
转折事件	乐团决定自行网络直播						
06 再转	不能自拔的商业赌徒	实现高雅艺术的功利两全	押上身家，玩命一搏	乐团有流量吗	巨额现金需求，尊严底线	主角与乐团负债累累	一线生机下的失败豪赌
再转事件	接受网总的合作邀请						

续表

序列	身份	欲望	动作	问题	障碍	结果	意义
07 走向危机	委曲求全的失败者	乐团被包养，个人止损	忍气吞声，努力迎合	乐团能被包养吗	企业得寸进尺	网总变卦	金钱控制下的艺术屈从
危机事件	庆典音乐会变成选秀 PK						
08 导入高潮	恪尽职守的翻谱人	顾全大局，达成目标	做好本职工作	乐团能顺利演出吗	主角四面楚歌，乐团人心浮动	坏事接踵而至	尊严全失的无尽悲凉
导入事件	情人竟然是对手						
09 高潮	有尊严的艺术家	捍卫尊严，发泄愤懑	率众抗争，恶搞高雅音乐会	乐团还保得住吗	乐团的抗争行为	网总愤怒，众人狂欢	为了艺术尊严而奋起反击
10 结局	待定						

注：为方便排版，将工作表的 X 轴和 Y 轴互换了方向。

第二步：写出十序列的"一句话序列故事"

01 开篇序列：

乐团弱者只想得过且过，敷衍工作，恶搞队友，面对主角捣乱和乐团人心涣散，排练还能顺利进行吗？结果排练不欢而散，故事表现了金钱至上下的文化没落。

其他序列：略

第三步：理顺每一序列内要素的逻辑性

1. 反复推敲序列内故事要素的逻辑性。

2. 本着已知主导、亮点优先原则进行要素修改。

第四步：调整序列内要素的动力性

1. 反复推敲、设置各序列的动力需求。

2. 在逻辑保障的前提下，通过调整身份难易、欲望强弱、动作反正、障碍大小，来获得想要的各序列动力。

第五步：理顺序列间要素的逻辑性

身份：乐团弱者因为恶搞导致排练不欢而散，因为他是一个不安本职却也心怀理想的艺术骗子。当乐团面临解散时，他决定收起情怀专心做一名纯粹的骗子。成为救团领导后，他仔细权衡个人得失，此时他是一个居心叵测的艺术总监。乐团决定商演卖票后，渐进的使命感让他成了一名有尊严的乐团管家。当乐团决定自行网络直播后，急功近利的他成了不能自拔的商业赌徒。直播失败，不得不接受网总合作邀请后，他是一个委曲求全的失败者。网总翻脸，包养变成选秀 PK，不能抗争的他只能是一个恪尽职守的翻谱人。面对网总过分的要求和与情人竞争的残酷现实，决定反击的他是一位有尊严的艺术家。

其他要素：略

第六步：理顺幕间要素的动力性

01 开篇	身份	乐团弱者	欲望	以公谋私，得过且过
	动作	敷衍工作，恶搞同事	结果	排练不欢而散
	障碍	主角捣乱，人心涣散		
02 切入	身份	纠结的艺术骗子	欲望	骗取金钱，安置心灵
	动作	亵渎艺术，攫取名利	结果	主角捞钱事业风生水起
	障碍	道德底线，艺术情结		
03 激励	身份	全力以赴的艺术骗子	欲望	专心致志，弃艺从商
	动作	勾结传总，专心行骗	结果	决定参与救团
	障碍	乐团需要，主角艺术情结		

（其他序列：略）

第七步：纵览序列织体表，再次调整各序列、各要素

说明：每一个步骤都可能会改变某些要素，牵一发而动全身。不断重复第三至第五步骤，直至"序列故事"通顺、有力为止。

第八步：回头修改序列内容

对比修改前后的序列内容，分析故事逻辑性与动力性的差异。

第九步：回头修改前面步骤的相关内容

修改前面创作步骤中所有受到影响的内容。

第 17 章　序列人物

17.1　处事关系人物更多

　　故事结构进入到序列层级后，会有比幕事件更细致的序列事件显现出来。针对每一序列的核心问题，又可能有新的人物出场，"新"人物与"旧"人物一起驱动或阻碍问题的解决，从而构成围绕序列事件的处事人物关系。

　　比如《杀手里昂》第一幕，只需要里昂、女孩、恶警三个人物就可以完成这一幕的故事架构，说清楚这一幕前因后果的大概内容。但是，当第一幕被分解成开篇、切入、激励三个序列时，为了把每一个序列的事件表述清楚，就需要涉及更加具体的人物，如里昂的工作对象，女孩的家人，恶警的马仔。还需要搞清楚这些人物在每一个序列事件中所起的作用，在故事中的逻辑意义与动力意义。

　　序列的结构层级下，故事涉及的事件更多，出场的人物也更多。序列下的处事人物关系与"幕处事人物关系"的设计原理相同，就是围绕序列核心问题，设计动力与阻力人物，以及人物的力在层次、平衡、变化方面的安排。

　　笔记：针对 10 个序列的核心问题，设计具有处事关系的人物，新人物因为新事件而出场。人物设计原理、方法与幕人物设计相同。

17.2　次要人物设计原则

故事人物是有主次之分的。就像一部电影会单独打出主要角色和演员的字幕，而其他次要角色则绑在一起搞字幕滚动。曾几何时，我们的电影又分出领衔主演和主演，有点像金奖和一等奖的区别。有的名演员甚至只露下脸，也被打上主演的标签。所以，按电影的演员表来区分人物主次是不太靠谱的。

我们把对故事"幕核心问题"的解决，起重要动力或阻力作用的人物叫主要人物，其他人物则称之为次要人物。

次要人物又是有等级区分的，一般来说，随着结构层级的深入，事件价值意义的降低，新出人物的重要性也可能会逐步减弱。

故事次要人物的设计要本着宁少勿多、高效利用、长线作用三个基本原则。

1. 宁少勿多

在不影响故事讲述的前提下，人物越少越好。受时长限制的电影故事，每多出现一个人物，就需要在人物交待、刻画、关系编织上多占用一些时间，也就不可避免地挤占事件设计上的时间份额。

一个故事要作好充分的起承转合，是需要时间与笔墨的，不能在单纯的人物介绍上花太多功夫。比较高明的做法是以事带人，就是把人物表现放在事件展示中，事件说清楚的同时人物也得到充分展示，二者谁都不耽误。当然，这对作者的功力是个考验。

人物设置过多对故事的清晰讲述是有影响的，最后可能的结果是人物没搞清楚，故事也没说清楚。所以我们看到很多长篇名著改编的电影故事，要么大刀阔斧地减少人物，要么就把它拍成连续剧。当然也有的长篇名著本身人物就不多，看来作者早就作好要拍成电影的准备了。

2. 高效利用

故事人物的功能是为事件服务，或者是为其他人物服务的。为事件服务是指为事件的形成与解决提供动力或阻力，为人物服务是指对其他人物进行烘托、对比或延伸。

人物的高效利用，就是让人物尽可能为更多的事件或人物服务。一个人物一旦设计出来，能参与的事尽量多地参与。比如这里刚帮主角打完架，接着又去送一封重要信件，完了又帮男女主角做回红娘。

再有就是让次要人物尽量多地与其他人物产生关联，比如他是主角的帮手，同时又是主角对手的表弟，还和女主角是中学同学。

这样做的好处首先是人物节省，他一个人把三个人的事都干了，其他两个人物就不用出场了，节省了花在人物身上的时间和笔墨。高效人物的第二个好处就是人物刻画，该人物参与的众多事件和关联的众多人物，事实上也达成了充分展示该人物的目的。

高效人物利用不当时，就会产生"怎么老是你"的坏印象。所以，想要高效利用人物，一定要在人物设置，尤其是人物关系设置上大做文章。再有就是千万别勉强，当高效利用人物稍显牵强时，要果断舍弃。

3. 长线作用

所谓长线作用就是人物在故事中出现的时间跨度尽可能长一些。如果有可能，让故事中相对重要的次要人物尽量早点出场，同时也让他们在故事中"杀青"的时间尽量后移。

首先，人物的建置是需要时间的，长跨度可以让人物建置更充分。第二，好不容易建置起来的人物，刚给观众混熟脸就死掉或者消失掉，是巨大的浪费。并不是说故事人物都要是金刚不坏之身，而是说在设计故事时，应该将人物成本考虑在内。

人物的长线作用本质上也是人物的高效利用。尽量赋予人物更多的功能，让人物与更多的人和事产生关联，给予人物长线存在的理由。当然，因为故事需要人物该走的还是要走，该死的还是要死，你可以让他来得稍早一些，走得稍晚一些。

笔记：次要人物设计三原则：宁少勿多、高效利用、长线作用。

17.3 相互关系更复杂

序列人物相比幕人物，在数量上可能会有一定的增加。将新增加的人物置入故事的人物关系网中，会使得相互人物关系更加复杂。会产生更多的利益、情感、价值的相互纠葛。

当事件以序列为单位发展变化时，人物的相互关系也可能随之发生着变化。按序列来编排所有出场人物的相互关系，可以让你在序列这个结构层面上，洞察并牢牢把握住故事进展的逻辑与动力。

序列层级的相互人物关系与幕层级原理相同，也是为人物的力服务的，为人物力的方向、力的大小、力的变化提供基础。也就是：1. 针对核心问题人物为什么会这样发力；2. 发了多少力，为什么；3. 人物的力有无变化。

笔记： 序列层级的相互人物关系与幕人物关系原理相同，设置人物间利益、情感、价值关系，为人物在序列事件中力的原因、力的多少、力的变化提供依据。

17.4　序列人物的属性

针对序列核心问题，产生处事人物关系，动、阻力双方的次要人物悉数登场。通过相互人物关系的设置，更加清楚故事对人物的需求。为了让人物满足这种需求，我们就必须设计与之相匹配的人物属性。

序列人物属性的设置与幕人物原理相同，这里不再赘述。

17.5　给人物取个名字吧

创作进行到序列织体程序，故事中的主、次人物基本全部亮相。如果故事人物总数不多（如《杀手里昂》），继续使用"身份标签"式名称完全没有问题。如果人物数量过多，多到标签名称已经无法准确清晰地指向角色，就必须考虑给人物取名了。

给故事人物取什么样的名字，取决于作者对故事人物有哪些要求。如：故事喻意、个性风格、音韵优美、影射现实……或者兼而有之，或者什么要求都没有，就是单纯确定个符号。

方法也是五花八门，有搜肠刮肚苦思冥想的，有翻辞海的，有打开地图抛骰子的，有根据名人字号改头换面的，还有恶搞身边友人的……只要不违反法律、道德和公序良俗，怎么样都行。

当然，你也可以只给部分人物取名，另一部分依旧使用标签名称，等大纲或剧本写作阶段再慢慢完善也未尝不可。

笔记： 序列织体编织完成后，可以给故事人物取名，也可以人物名称与标签名称夹杂使用。

17. 例 《翻谱人》序列人物出场

第一步：列出序列内容及核心问题（节选 02 序列）

列次	序列内容	核心问题
02 序列	主角不务正业，借乐团名义在外坑蒙拐骗	主角能混得下去吗

第二步：序列新增人物方案（02 序列）

列次	序列内容	新增人物
02 切入	主角不务正业，借乐团名义在外坑蒙拐骗	王姐，刘爷，马总

序列人物的初步思路

切入序列由三部分构成：1. 主角借广场歌舞团艺术指导之名，骗取广场老人钱财；2. 总裁培训班上主角用高雅艺术忽悠老板们；3. 乐团宣布散伙。该序列新增的次要人物是主角行骗和忽悠的对象或受害者。

王姐（女）：老年广场歌舞队队长，是广场老人的代表。

刘爷（男）：老年歌舞队成员，是两个关键线索的载体。

马总（男）：某企业老板，是总裁培训班上的活跃分子。

第三步：分序列设计处事人物（02 序列）

列次	核心问题	动力人物	阻力人物
02 切入	主角能混得下去吗	小号、传总、网总、王姐	指挥、小提、钢琴、刘爷、马总

02 序列人物力的原因

对于主角在外行骗和忽悠，小号是追捧支持的；传总是合作伙伴，是主角行骗最大的助力者；网总一直想拉主角入伙；王姐被骗还在帮主角数钱，所以他们都是该序列的动力人物。

交响乐团的指挥、小提、钢琴对主角的外捞行为要么痛恨，要么鄙视，要么嫉妒，他们都属于阻力人物。

刘爷是广场老人中最清醒的，对于主角的行骗事业是有阻力的。马总是总裁培训班的活跃分子，经常捣乱并对主角的忽悠提出质疑并进行恶搞，也是该序列的阻力人物。

第四步：分序列确定相互人物关系（02 序列）

列次	利益关系		情感关系		价值关系	
	相向	相背	相向	相背	相向	相背
02 切入	传总、网总、小号	指挥、小提、钢琴、刘爷、马总、王姐	小号、小提、王姐、传总	指挥、钢琴、刘爷、马总、网总	小号、传总、网总、王姐	指挥、小提、钢琴、刘爷、马总

注：设计思路太过繁琐，这里不再细说。

第五步：序列人物属性表（02 序列，仅新增人物）

人物	身份	欲望	动作
王姐	老年歌舞队队长	参与艺术，传播文化	服从并配合主角
刘爷	老年歌舞队成员	锻炼身体，延年益寿	积极参与，偶有质疑
马总	某企业老板	提高修养，提升企业文化	积极参与，恶搞高雅

第18章 故事大纲

18.1 什么是故事大纲

所谓大纲就是内容要点，故事大纲就是故事的内容要点。这与梗概的概略性描述有很大不同。梗概看故事，大纲看讲法。梗概强调的是内容，故事讲的是什么；大纲强调的是内容的表现方式，故事是怎么讲的。当然，大纲肯定是包含梗概内容的，所以，对大纲完整的表述应该是：看故事和故事的讲法。

梗概就像是一幅人物画的白描轮廓，只是勾勒出人像的轮廓与基本面貌；大纲则是人物的素描画，可以从中看到画的结构、层次和部分细节，并通过它表现出人物的情绪与状态。

笔记：故事大纲就是故事的内容要点，是对故事和故事讲法的描述。

18.2 故事大纲有什么用

1. 故事大纲是故事交流和推介最重要的文本。

故事大纲是故事性公文，本质上属于应用文体。所以，它的受众群体是比较窄的，基本上面对的是电影工业各工种的相关人员。阅读的目的也就两个，一来看这个故事是否可以进入工业流程，二来是为了让各工种人员开工前对故事有个大致了解。

　　部分故事的需求方可能要看故事梗概，但所有人都是要看故事大纲的。因为大纲包括了故事内容和故事内容的结构方式，读者可以通过大纲了解故事全貌。你是否"讲好了一个好故事"，从大纲可以一目了然，梗概则未必。

　　2. 故事大纲对后续创作有用。

　　故事大纲是对故事的一个整体、全面和系统性的描述，能够判断故事好坏的要素基本已经出现，故事前提、人物设置、人物关系，故事结构、节奏、关注线条基本清楚。故事讲得好不好，已经能看出来了。

　　作者写作故事大纲的过程，实际上是一次整体反观自己作品的机会。你自己可能觉得故事讲得不错，可你的故事到底是怎么讲的，只有通过大纲来一次向别人介绍的实战，很多意想不到的问题才可能浮出水面。有人觉得自己口才好，站到台上讲一次，你会发现是真好或者不好。就好像你买了个手机觉得非常好，当你向别人具体说出怎么好的时候，它的问题也被你悄然发现。

　　作者阅读自己的大纲，画面感肯定强过一般读者，基本相当于观众在看电影了，会有比较具体的画面在脑海掠过。这个过程很容易发现故事的问题，不但是结构性的问题，还有故事内容本身存在的问题。

　　大纲阶段发现问题并进行修改是成本最低的，就算是推倒重来，你还省掉了后面大量的脑力和体力劳动。记住，越往后你可能越没有修改作品的勇气。趁果树还是树苗的时候，砍了它，等开花结果再发现种错了种子就太晚啦。

　　大纲有问题，问题并不在大纲中，大纲只是一个描述工具罢了。首先必须清楚，这是属于哪种性质的问题，是逻辑问题还是动力问题，是结构逻辑问题还是内容逻辑问题，是结构动力问题还是内容动力问题。

　　从故事三支柱到序列织体理一遍，仔细准确地把问题找出来。记住，找出问题比解决问题要难得多。问题找对了，怎么改相对容易很多，实在无法修改，大不了推倒重来。"心若在梦就在，大不了从头再来……"

　　笔记：故事大纲是故事交流和推介最重要的文本。作者通过故事大纲可以整体审视自己的作品，对故事的后续创作有指导意义。

18.3　故事大纲怎么写

　　1. 展现故事的内容。

　　故事大纲的首要任务就是描述故事全貌，这比梗概的概略性描述要详细很多。当然，也没必要细致到场景细节。故事创作进行到序列织体阶段时，故事全貌已经基本清楚。所以，大纲的内容可以理解成就是呈现故事序列层面的内容。当然还会有适当的取舍与丰简处理。

线性三幕的故事大纲，可以就按时间顺序进行内容呈现。这是一种可以讲清故事内容，并且比较保险的做法。

2. 展现故事的结构。

线性三幕故事的结构在幕层面上就是所谓的起承转合，在序列层面上就是开篇、切入、激励等十个功能序列。展现故事的结构就是要展现故事的结构性逻辑与结构性动力。在幕结构层面，大纲要说清楚起承转合这个逻辑链条的合理性，还要说清楚起承转合环节发展时的推动力。

在序列层面上，就是要呈现序列连接的逻辑合理性，以及路标事件对序列进展的推动作用。

3. 展示故事主题。

主题是故事的灵魂，是故事存在的意义，你的故事想表达什么，必须在大纲中说清楚。为了使主题清晰，可以直接表述，如：最终正义战胜了邪恶。也可以间接表述，就是通过文字要能看出来故事的主题是什么。千万不要把主题隐藏起来，让人去猜。

4. 以主角为线索，以主角为中心。

线性三幕的故事是主角为故事主线的，大纲也要以主角为线索来介绍故事。大纲不但要以主角的行为作为线索，而且大纲中的每一个事件或环节，都尽量与主角相关。一般说来，没有主角参与或与主角无关的枝节情节可以舍弃。

除个别对故事讲述不可或缺的人物，故事大纲中其他人物的介绍，要以与主角关系的密切或重要程度作为处理依据。故事人物关系的介绍也要以主角为核心，只描述对主角塑造有必要，对故事进展有意义的人物关系。

5. 取舍与侧重。

大纲对故事表述的取舍与侧重本质上是个节奏问题。什么多写点，什么少写点，什么时候展开，什么时候转折；把必不可少的故事构件保留，把一些不影响故事理解的部分舍掉，对精彩部分多花点笔墨，把平凡的部分轻轻带过，这都是节奏问题。

大纲节奏与故事节奏是不同的，因为大纲毕竟对整个故事是有一定提炼的，这也是大纲可以取巧的地方。通过取舍、侧重，让大纲比故事更精彩，如果相反则说明你的选择是有问题的。

6. 细节与抒情。

大纲的篇幅可以容许适当的细节展示，但不能太多。细节选择有两个原则，一是很重要，二是有意思。所谓很重要是指对故事进展有重要作用的细节，比如《杀手里昂》中遭灭门的女孩向里昂求助，万分纠结的里昂最终开门救人的细节就对故事进展有重大意义。

所谓有意思的细节是指有新意、有趣味，或者特别有吸引力的细节。如里昂一直精心呵护着的盆栽、喝牛奶，从来不上床睡觉，还有女孩逼迫里昂的轮盘赌，都属于有意思的细节。

大纲也是可以适当抒情的，但必须非常小心。毕竟故事的主要任务是画面描述与信息传递，而情感则是观众自己从画面与信息中再度创作的产物。作为中立客观的故事介绍，大纲还是要谨慎抒情，再说，大纲的文字限制也不允许我们情感泛滥。

所以故事大纲要在合适的地方，适当抒情。所谓合适的地方是指与故事主题相扣的地方，比如里昂为女孩打开生命之门，从此两颗冷漠的心开始了相互救赎之旅。这里是一个点题的地方，是可以抒点情的。

所谓适当抒情是指抒情仅对主题进行强调，尽量不涉及其他。如《杀手里昂》的主题是救赎与毁灭，如果你来点美国警察有败类，民主不一定是个好东西的感慨，就有点不合适了。

7. 写法：画面感、简洁。

故事大纲是故事创作中最考验编剧文字功力的文本。它和故事梗概与剧本写作有一定不同，除了一般性的故事描述外，甚至可以适当发挥一下作者在散文、议论、抒情方面的特长。与梗概和剧本相比，故事大纲也是在结构方式和表达方式上最为自由的一个文本。画面感和简洁是大纲写作的两个基本原则。

我们经常说故事讲得绘声绘色，是指故事可感，这种感主要是视觉再现的画面感。画面感是故事创作的基本要求，对大纲的限制尽管宽松些，但是，让读者从大纲中感知画面依然是引导读者接受故事的有效手段。

简洁是必需的，没有人愿意花太多时间去了解一个前途未卜的故事。在表述清楚、完整的前提下控制字数非常必要。再者，简洁的文字不但是尊重读者，也是向读者展示笔力的机会。把文字写少是门硬功夫，没有办法，多看多练吧。

8. 适当添加附件。

为了方便故事介绍，可以单列人物小传和背景介绍来加速读者对故事的了解。人物小传可以只展示故事人物设置，即人物在故事中的身份、欲望和动作，如：

张三，酒店经理，有文艺创作的理想，利用一切业余时间进行创作，希望有一天能成为知名作家。

人物小传还可以加入一些故事之外的人物简历，如：

张三，祖祖辈辈务农，高考三年均不中，后来进城打工，从酒店保安干到酒店经理……

这里人物简历的加入，可以简明刻画人物，快速形成人物形象，方便故事介绍。

有时，也可以在大纲正文前单列背景介绍，如：当背景是重要的故事前提，且集中表述更有利于故事介绍，或者就是你的写作习惯而已。

笔记：故事大纲要以主角为线索和中心，展现故事的内容、结构和主题。大纲的内容选择要有取舍与侧重，可以有适当的细节与抒情。大纲行文要简洁并有画面感。故事大纲前，可以单列人物和背景介绍。

18. 例　《翻谱人》的故事大纲

团体简介：

1. 城市万家交响乐团：城市万家零售集团独资组建的交响乐团，常年作为企业文化形象和品位招牌而存在。

2. 波波直播：新兴直播平台，发展势头迅猛，正准备上市之际，深陷"脱衣门"涉黄丑闻。

3. 爱乐广场艺术团：城市老年广场歌舞团队，以高雅、健身、传播中国文化为团队宗旨。

4. 纾雅文化传播公司：主营企业文化和一切与文化相关的挣钱行当。

人物简介：

1. 张弓：男，30岁，乐团助理指挥，因不被指挥待见而沦为勤杂人员，兼为钢琴独奏翻谱。

2. 李芮蕾：女，27岁，古典音乐爱好者，张弓粉丝、网友。

3. 汪一波：男，49岁，波波直播平台老板，因"脱衣门"而声名远扬。

4. 钟纾雅：女，40岁，纾雅文化传播公司老板，张弓的商业合作伙伴。

大纲正文

◆ **翻谱的主角：**

"城市万家"零售集团15周年庆典交响音乐会的排练正在进行中。正襟危坐的艺术家们利用各自声部休止的间隙，翻看放在谱架上的手机，见缝插针地关注着剧场外的金钱世界。

迟到的张弓引得现场一阵骚动。原来，队友们都在等着这位财神爷，急切地想知道今天他带来的金钱消息。排练中断，一群身居象牙塔的艺术家上演了一场热热闹闹的坐地分赃戏码。

排练继续进行，张弓在钢琴边坐下来，不是弹琴，而是为弹琴的翻谱。遭指挥排挤，他这个助理指挥已经沦落成了乐团的翻谱人。

百无聊赖的张弓时而和队友隔空传情，时而模仿恶搞指挥，最后他竟然失手解开了女钢琴独奏员的内衣扣，一记响亮的耳光声，音乐戛然而止。好端端的排练被搅黄了，指挥大发雷霆，张弓满不在乎地离开。

◆ **捞钱的主角**

"卧是一张弓……"广场上一群群晨练的老人们，就数"爱乐广场艺术团"最引人注目，他们正满怀民族文化的自豪感，用高亢的歌声和夸张的舞姿演绎一曲《中国功夫》。队伍前面还有一位盛装的指挥，他正是打着交响乐团艺术总监旗号的张弓。

舞毕，老人们一拥而上，队长急切地询问艺术团去维也纳参赛的事，张弓一边心不在焉地应承，一边开始推销保险和保健品，很快，大把的钞票就揣进了腰包。张弓钻进豪车，赶往捞钱的下一站。身后，艺术团的刘爷突然抽搐，缓缓倒地。

纾雅文化传播公司举办的总裁培训班上，数十位渴望提高企业文化的老板，正如痴如醉地听着张弓关于高雅文化与企业生产力的主题忽悠。钟纾雅正是这个高端平台的构建者，她与张弓的合作由来已久，两人互相吹捧、各取所需。

◆ **坚守的主角**

离开喧嚣的金钱世界，张弓打开他名为"艺术之家"的网络直播账号，这里是他守卫艺术情怀的一方净土。尽管粉丝少得可怜，但"冰凉的小脚"和"海顿之子"这两个死忠粉让他倍感欣慰，此时张弓正向他们讲解一个深奥的音乐理论知识。

◆ **乐团面临解散**

庆典彩排现场气氛诡异，照例迟到的张弓正赶上公司高管集体向乐团鞠躬行礼。他们替老板来传达一个坏消息：企业破产，乐团解散。

这是很多人的不眠之夜。张弓在自己的豪宅里盛装执棒，伴着《悲怆》交响曲疯狂舞动，祭奠自己还未开场就已落幕的指挥人生。

收起廉价的情怀，张弓决心做一个纯粹的人——一个纯粹的骗商。第二天一早，他以更加饱满的热情出现在广场歌舞的指挥台上。去维也纳参赛一事也被重新提上日程。

头号粉丝"冰凉的小脚"李芮蕾——一个漂亮恬静的女孩在广场与张弓不期而遇，对古典艺术的痴迷让两颗心很快就贴在了一起。

◆ **临危受命，张弓当上乐团的艺术总监**

乐团散伙前的最后一聚，张弓照样迟到。看着堆在指挥台上的遣散费，一向心高气傲的老指挥恳请张弓带领乐团在这个金钱世界谋一条生路，并忍痛让出艺术总监的头衔。

张弓第一次感觉到被团队需要的个人价值。但深谙商道的他知道，这是一群垂死的理想主义者所作的无谓挣扎。出于个人功利目的和职业虚荣心，张弓决定扛起这面拯救高雅艺术的大旗，带领一群市场菜鸟，踏上救团的不归路。

有了艺术总监的真头衔，张弓广场捞钱的底气更足。不过，是否继续忽悠老人们去维也纳，把音乐圣地当成赚钱工具，他迟迟下不了决心。刘爷的土豪儿子为圆病重父亲的交响梦，欲高价预订乐团在父亲葬礼上的演出，这让张弓又惊又喜。

张弓与李芮蕾交往甚欢，却又各怀心事。张弓总感觉天上掉下的这个李妹妹藏头露尾，李芮蕾也一直以为张弓的广场行为是公益事业，自幼喜欢跳舞的她，还热情地为老人们进行动作指导。

◆ **天使投资竹篮打水**

乐团的艺术家们很想寻求一条独立自主的生存之路，急于展示自己艺术总监身份的张弓给乐团出了一个拉天使投资的主意。

总裁培训班的结业晚宴，成了乐团结识资本的好机会。拖沓冗长的交响乐让老板们倍受煎熬，一个个昏昏欲睡。总裁班的活跃分子马总率先打破沉寂，他认为应该把高雅艺术拉下神坛。在交响乐队伴奏下，马总把一首"小苹果"演唱得霸气横生，晚会气氛迎来高潮。

当老指挥憋红了脸，道出融资想法的时候，老板们一阵惊愕之后默默散去。最后留下来的只有汪总。当得知汪一波的企业竟然就是臭名远扬的波波直播平台，艺术家们断然拒绝。

原本只是随口提议的张弓，被商人们的表现刺痛，艺术自尊心激发出来的斗志在悄然滋长。钟纾雅对张弓的转变非常担心，担心一个商业奇才误入拯救高雅艺术的歧途。

◆ **商业演出票房惨败**

被商人冷落的老指挥依然对群众品味充满信心。他建议直接面对市场售票，把为庆典准备的这场演出推向社会，作为乐团生存的试金石。

全团上下紧急行动起来，一方面加紧节目排练，另一方面所有团员参与到门票销售中来。

可情况并不理想，一向得惯了赠票的有关部门没有人愿意掏钱，卖出去的门票基本上是团员们的人情票房。

乐团的遣散费已消耗殆尽，张弓去医院看望预定了乐团葬礼演出的刘爷，但刘爷居然起死回生，即将重返广场队伍。

乐团演出如期举行，到场观众比卖出去的票还少，只有三十多位张弓忽悠来的广场老人。执棒准备上场的张弓，把机会让给老指挥，作为他艺术人生的落幕演出。

乐团艺术家们满怀悲愤地演奏乐团绝响，曲到高潮，情至深处，剧场突然停电，一片漆黑中，张弓架在台口的直播手机格外醒目。让人震惊的是，他这个平时粉丝寥寥的聊天室，些时居然有一万多人正通过网络直播在观看这场票房惨败的音乐会。

如此庞大的网络受众让乐团看到了生存的曙光，大家一致认为应该抛开对网络直播的偏见，开辟一条交响乐网络生存的康庄大道。

◆ 运营网络平台遭遇骗局

为了不受制于人，乐团决定独立运营这个自己并不熟悉的新平台。张弓请来网红导师对乐团作形式包装和运营指导。高额的宣传和引流费用成了乐团发展的生死门槛，张弓和队友们倾其所有，投入到这场前途未卜的网络豪赌中。

张弓终于决定启动维也纳计划，老人们争先恐后预付的费用成了张弓豪赌的筹码。得知真相的李芮蕾黯然离去。钟纡雅对张弓的执迷不悟非常生气，也与之分道扬镳。

乐团的巨额投入，迎来了流量的爆发性增加。但很快，本以为生意兴隆的乐团被真相彻底击溃——原来这只是网红导师设下的一个骗局。艺术家们血本无归，乐团走入绝境，张弓人财两空。

◆ 投靠直播平台任人摆弄

张弓的另一名死忠粉"海顿之子"也走进现实，他就是汪一波。汪一波再次诚恳、热情的邀请给了乐团一个有尊严的台阶，传播高雅、教化低俗成了艺术家们走下台阶的借口，乐团半推半就地接受了这张新饭票。

波波直播终于得到了乐团这张高雅名片，公司上市在即，一方面要反转自身的低俗形象，另一方面要向市场彰显平台的流量号召力。一场肩负双重使命的交响音乐会开始紧锣密鼓地筹备。

被聘为音乐会总导演的钟纡雅，为了贯彻"高雅其内容，通俗其形式"

的演出原则，同时也为了报复张弓，对选曲、着装、表演都横加干预，对乐团提出无休无止的媚俗要求。艺术家们死死守住脱衣换装的底线，并用消极怠工进行抗议。

◆ 乐团来了竞争对手

音乐会时间逼近，面对这群桀骜不驯的艺术家，汪一波突然变卦，拉入一个同样处境艰难的芭蕾舞团与之 PK。乐团的艺术家们顿时傻眼，他们为了生存不得不忍气吞声，尽量调整心态、打起精神准备与同行一决高下。

面对钟纾雅的百般刁难，张弓不得不重回自己的翻谱岗位，小心翼翼地伺候嚣张的新任钢琴独奏演员。为躲避讨债的老人们，张弓已从广场彻底消失。不单因为钱，更因为无法面对艺术之梦破灭而遭受精神打击的老人们。

◆ 交响乐团和芭蕾舞团的网络 PK

音乐会在金碧辉煌的大剧院隆重举行，现场座无虚席。网络直播也已经上线，波波平台所有聊天室的主播已经开始暖场、引流。网络监测、统计、评论反馈部门都准备停当，届时将通过巨屏和数千盏酷炫灯光，把各种数据在现场进行实时显示。

在舞台候场口，两支同病相怜的团队相遇了，让张弓震惊的是，"冰凉的小脚"李芮蕾竟然就是与自己竞争的芭蕾舞团的主演。两个高雅的艺术团体，一对有情怀的恋人，为了世俗、现实的原因，即将短兵相接。

演出开始，经过改造的交响乐表演流量依旧疲软，倒是芭蕾舞团反响不错，数据统计和评论反馈发现，穿得少是芭蕾舞团领先的制胜秘密。深怀交响情结的汪一波沉思良久，终于对乐团下达了"脱"的最高指示。

看着含泪换装的乐手们，一直忍辱负重的老指挥崩溃了，他脱下燕尾服，离开自己苦心经营的乐团和一辈子热爱的舞台。老指挥狂笑着走向入场门，一件件把自己脱得精光。

梦寐以求的指挥棒终于落到张弓手上，场上场下的利益相关人员都在等待着他的决定。这一刻，生存与尊严只能有一个选择。

立在舞台正中的张弓缓缓转身，执棒之手一柱擎天。片刻，张弓突然惨然一笑，冲着现场观众和直播机器吼出了他胸中的愤懑："我是一张弓……"

乐队迟疑了一下，很快便默契跟进，广场版的《中国功夫》顿时响起，滑稽搞笑的音乐充满整个剧场。围堵剧场讨债的老人们蜂拥而入，激动地冲上舞台，用最饱满的热情演绎他们心中的自豪。李芮蕾也不顾队友的劝阻，和张弓站到一起，领导这场无与伦比的音乐盛宴。

被恶搞激怒的汪一波拂袖而去，钟纾雅冷眼旁观。现场沸腾了，观众站到座位上挥舞着手中的物件与台上互动。网络也疯了，数以万计的弹幕在大屏幕上飞速滚动，现场的数千盏流量数据灯被快速点亮。网络和现场，线上与线下，正在上演一场前所未有的狂欢。

◆ 意外结局尴尬人生

人头攒动的机场，一支头戴圣诞帽的旅行团特别醒目，三十多位老人排成两行兴高采烈地有序前行。领头的年轻人肩扛一面"维也纳"的小旗，不断回头笑盈盈地招呼队友，他就是张弓。李芮蕾正跑前跑后地帮忙照顾老人们。

过了安检口，张弓回头向送行人群挥手致意。安检门外，西装革履的汪一波一行正满面春风地同张弓道别。

一架国际航班腾空而起，《中国功夫》的音乐飘向天际。

格式说明：

1. 本大纲参考网络新闻的写法，姑且命名为标题体故事大纲；

2. 目的是让读者更加清晰地阅读文本，快速了解故事内容。

第19章 关注的点与线——创作的换位思考

19.1 关注点是什么

故事策划和影片宣传会经常提到一个词——看点，就是电影值得一看的地方。构思巧妙、画面精美、动作真实、题材大胆、大牌导演、明星艺人……都可以构成一部电影的看点，甚至史上最烂、某"门"演员也被炒作成电影看点。只要有人为此买单，它就是看点。

因为看点重要，所以有人专门琢磨看点，试图找出点什么规律来。甚至有人干脆收罗一些影片中的成功看点，进行嫁接和复制，但鲜有成功者。明明在A电影里获得成功的看点，嫁接到B电影中为什么就不行呢？不断地向经典桥段致敬，整合出来的看点荟萃，观众怎么就是不买账呢？

道理很简单，不配嘛！再美的眼睛长在一张不配套的脸上，怎么看怎么别扭。为了强调爱情之炽热，女主角宽衣解带来点激情戏或许顺理成章。但你非得让一乡村女教师也袒胸露乳上讲台，合适吗？动作片一直长盛不衰，反腐题材最近也成了热点，你让年迈体衰的反贪局长突然变成武林高手，明明可以运筹帷幄的角色，非得让他去冲锋陷阵，合适吗？

他山之石可以攻玉，但他山之玉，未必能为己所用。把别人的绫罗绸缎剪下来，为你的破衣烂衫打补丁，不能从根本上解决问题。

故事创作需要一套与内容匹配，有整体观念，有系统功能，可操作的，持续吸引观众注意力的办法。这里提出一个更具操作意义的概念——关注点。

关注，是指关心重视，用心对待。对于观影者，用心对待就是用心看——认真看。关注点就是能引起观众重视，并用心去看的故事点。点在这里是个相对的概念，是指一个不太长的时间单位，可能是一个画面瞬间，也可能是一组动作，或是一个紧凑的小事件。

故事的创作者不但要知道自己在讲什么，还要进行有质量的换位思考，站到观众的视角，反观这个故事的每一个时刻，是否有关注的价值。把这些有关注价值的点找出来，进行强度、层次、节奏等方面的分析，再把它作为自己故事创作的依证。所以，把关注点单独抽离出来，形成一个故事声部很有意义。

1. 关注点由激发点、关注内容、结束点组成。

激发点是指引起关注的切入点，观众是从什么时候、哪个环节或内容开始关注的。比如在《杀手里昂》的开篇事件中，一支带消声器的枪顶到胖子保镖的脸上，就是一个关注的激发点。观众从这里开始关注这场精彩的动作大戏。还有一只纤纤玉手拧开浴盆龙头，又或者一把闪着寒光的宝剑从鞘内缓缓抽出，都可以构成关注的激发点，吸引观众关心接下来将要发生的事情。

关注内容就是引起观众重视，吸引观众用心观看的故事内容。《杀手里昂》开篇事件中的那场打斗就是关注内容。不过这是一个比较长的关注点，是一个引人关注的小事件。很多关注内容都不太长，如，鬼子进村、美女入浴真正能引人关注的也就几秒、几十秒钟。

关注内容的长度取决于关注对象吸引力的连续性，当关注内容丧失持续吸引力的时候，关注内容也就结束了。吸引力是一个见仁见智的东西，什么样的故事环节能够成为关注内容，非常考验创作者的艺术感觉。

结束点就是关注完成的时间点。大多是通过画面切换来完成关注，也有在连续画面中结束关注内容的。里昂收刀隐入黑暗中就是开篇关注点的结束点，观众看到这里松了口气，一直紧绷的情绪从这里开始平复下来。

2. 关注点又分为心理与感官两个层面。

感官的关注往往激烈但短暂，心理的关注则相对平和而持久。一个破衣烂衫的小女孩手提布娃娃，孤零零地走在漫无边际的荒野。这个画面所引起的不管是同情还是疑问，都属于心理层面的关注。观众会为女孩的命运揪心很长时间。一个花枝招展的美女宽衣解带准备入浴所引起的关注，则属于感观层面的。观众（男）的肾上腺素分泌的多少会与美女衣服的多少成反比，但也会随着关注结束很快就降了下来。

当然，很多时候感官刺激与心理反应是联通或相互作用的，不能简单区分开来。

3. 关注点具有速度、强度、长度三个属性。

◆ 关注速度

关注速度是指引起关注的时间快慢。一般来说，感观层面的关注要比心理层面的关注速度快。

《杀手里昂》开篇事件的关注点就属于快速关注，观众看到里昂的枪顶到保镖脸上的同时，就开始屏气凝神等待着一场好戏的上演。

有时候关注则会来得比较慢，如荒野里一个小黑点在缓缓移动，不太留心的观众可能都没有发现它的存在，随着镜头拉近，小黑点渐渐清晰起来，原来是一个破衣烂衫的小女孩手提布娃娃，孤零零地走着。观众的关注是随着镜头推进而逐步进入的。

还有很多情况都会减慢引起关注的速度，比如，屋前一个人，路边一个人，车里一个人，观众突然发现，这三个人穿着完全相同的衣服。观众的关注虽然从第一个人已经开始准备，但直到第三个人的出镜才进入到关注的状态。

快速引起关注并不是创作者的目标，能够控制关注进入的速度才是最重要的，因为可控的关注速度对设计故事节奏很有意义。就像作曲家为了达到布局的目的，有的高音是在音阶缓慢爬坡后出现的，有的则是用八度音直接跳到位。

◆ 关注强度

关注强度是指关注点对受众的心理和感观的冲击力度。强烈的感观冲击和心理压迫都会形成高强度的关注。

《杀手里昂》第一幕中"女孩家被灭门"就是一个高强度的关注点，坏警察的变态凶残，女孩家人一个个倒下，在感观和心理上的双层冲击下，故事强烈地吸引着观众的注意。《杀手里昂》第二幕，楼顶射击教学关注强度明显就要弱很多。当然，关注强度有层次的区分，但无法进行细致的量化。

◆ 关注长度

关注长度是指关注持续的时间。短的关注点可能就一个画面，长的关注点则可能是一个事件。

故事的吸引力不但来自有长度的关注点，更讲究关注点的无缝连接而形成的长效关注。也就是说，关注点的连接比关注点本身更有意义。

4. 关注满足与关注期待。

◆ 关注满足

关注满足是指通过关注达成的心理和感观的满意。关注满足主要体现在过程精彩，结果明确，价值满意。

所谓过程精彩是个见仁见智的个人体验，这里不赘述。结果明确是指关注结束时，对于关注内容要有一个明确的结果交待。一个踏入迷宫的人，最后走出来没有？决战中的赌王有没有抽到黑桃 A？间谍遭受严刑拷打，到底招了还是没招？这都是关注点需要的结果。不论是即时还是延时揭晓，你都必须要给出一个明确的结果。

价值满意是指关注结果所体现的价值让受众接受。邪恶得到惩罚，正义得到伸张，耕耘者得到收获，有情人终成眷属。这都属于价值满意，是受众愿意看见的故事结果。反之就是价值不满意，那这个关注点就没有达成关注满足。

关注满足分为即时满足与延时满足。所谓即时满足就是关注结束时即得到了精彩的过程，明确的结果，满意的价值。比如一场精彩的打斗，好人战胜了坏人。延时满足则是关注点结束时，结果不明确，价值不满意。比如打斗过后好人重伤，坏人扬长而去，就属于价值不满意。足球前锋临门一脚，场景切换，就属于结果不明确。但是，这个不明确的结果与不满意的价值需要在后续故事中达成。另外，过程不精彩则不属于延时满足的范畴。

延时满足是一种意犹未尽的技巧，可以形成新的关注期待，但要注意两个问题。第一，可以延时，但必须满足。你不能一把刀砍下来，完全没有后文，观众脑补，使劲猜也猜不出这一刀的结果，会令人抓狂。作为探索性质的电影，偶尔用一下也许可以。但作为大众电影，还是尽量不要去挑战观众的心理承受力。第二，延时满足不可滥用，如果你的故事到处是悬念，不但观众会失去耐心，而且会对故事后面达成满足的设计带来很大的困难。

◆ 关注期待

如果关注点结束时，结果不明确，价值不满意，故事就会进入一种不稳定状态，这种不稳定状态会给观众带来关注期待。关注期待会形成新的故事动力，直到所期待的关注迎来明确的结果和满意的价值。故事正是在关注满足与关注期待中来回切换，稳定与不稳定间动态前行。

笔记： 关注点是指能引起观众重视的故事环节，由激发点、关注内容、结束点组成。关注点分为心理与感官两个层面，具有速度、长度、强度三个属性。关注需要得到满足，关注期待可以形成故事动力。

19.2 关注线——不简单的连接

1. 关注点的无缝连接便是关注线

持续的吸引力与始终被关注，是好故事的重要标准。为了达成这个目标，创作者必须清楚，某时某刻，故事的关注点是什么？也就是你的故事正在用什么东西吸引观众。更为重要的是故事的关注点是否可以做到无缝连接，让观众根本没有转移注意力的机会。就像好的电影，观众吃颗爆米花眼睛都舍不得离开银幕，没有吸引力的电影，打个盹醒来也没感觉到什么损失。

好的关注线应该做到关注点的无缝连接。一个关注点结束后，马上又出现一个抓人的东西，吸引观众往下看。比如一场生死搏杀刚刚结束，一个引人关注的新情况又浮出水面。

无缝连接不是说故事一直在吸引力的高音上行走，而是指关注下行到一定程度时，下一个关注点可以及时接力到位。《杀手里昂》开篇成功搞定"死胖子"后，观众的关注度快速下降。但地铁上的里昂又引起了新的关注——空空荡荡的车厢内，里昂居然站着，为什么？他接下来会干什么？里昂在小店购物，杀手还自己购物？里昂回家，一个抽烟的小女孩，两人什么关系？女孩家里有麻烦，是什么麻烦呢？……

故事的关注点紧密连接，便构成一条始终引人关注的故事旋律线。这条高低起伏的关注线条，就是故事跳动的脉搏，可快可慢，时强时弱，只有不让它停止跳动，故事才会持续喷发出旺盛的生命力，始终抓住并感染观众。

2. 合理运用伏笔—分晓这个长效关注

伏笔与分晓是一种长效关注，伏笔是关注开始，分晓是关注结束。故事第一幕时，主角从王爷的药柜里偷来一瓶鹤顶红，到第三幕时才用上这瓶药，就属于长效关注。

长效关注的优点是长，长得可以等于整个故事的时长，故事开始设置一个伏笔，到结局时才见到分晓。长效关注的缺点是弱，人是会遗忘的动物，随着时间的推移，你早先设置的伏笔可能会让人渐渐淡忘，等到见分晓时，观众才想起前面还有那么档子事，甚至都忘了那档子事。过长的伏笔与分晓事实上已经没有构成关注的意义。

3. 关注线必须是为内容服务的

关注对象的本质是一切能让人达成感观与心理满足的故事信息，这些信息又是由内容与形式构成的。比如志愿者向山区人民送温暖之类的信息内容，容易吸引关注并传递正能量。如果在形式上搞点花样，比如捐助者都是帅哥靓女，而且都是泳装出镜，毫无疑问，这个信息会因为形式的助力而更加有吸引力。

观众在关注信息内容的同时，也在关注信息的形式，有时甚至形式比内容更有关注强度。但是，不能因为形式的关注魅力，就让故事创作陷入过度的形式追求。看点跟风和桥段模仿式的电影，是一个很好的反面教材。不能构建在内容基础上的噱头或炫酷形式的大杂烩，是不能满足观众胃口的。

形式服务内容，这个道理再浅显不过。你的关注点应该是从内容里面长出来的，而不是硬塞进内容里面去的。故事创作应该是在内容的基础上设计形式，不能刻意借鉴或抄袭一件形式的外套，再把内容往里装。故事的创作目标是讲好一个好故事，和唱好一首好歌道理相同，好的音色、呼吸、共鸣和情绪表达是合理的形式追求，在台上使劲挤眉弄眼不一定有人买账。

就像电视谈话类节目，观众关心的是观点、表达与互动。只要能很好地表现主持人和嘉宾的看法、想法、说法，站着或者坐着聊都行。如果你非得借鉴某唱歌节目，说完一句还要拍个按钮，转把椅子，恐怕就是画虎类犬了。吸收相声特点，主持人适时来点段子、抖个包袱当然可以为节目增色，如果把准备好的段子包袱往节目里硬塞，也要付出形式牺牲内容的代价。

4. 节奏是关注线的灵魂

音乐讲究节奏，建筑讲究节奏，运动讲究节奏，工作讲究节奏，甚至骗子行骗都讲究节奏。一个从音乐中来的概念，被我们运用到各行各业的方方面面。到底什么是节奏，节奏的内核又是什么呢？

用音乐中的节奏含意来解释这个词的其他用途，显然是说不通的。节奏的泛音乐概念的内核应该是——对比。节奏的通用解释应该是：一切对比的组合。这样一来节奏就可以像万金油一样，抹在各个需要它的地方。

关注线的节奏是指关注点在快慢、长短、强弱以及稳定性方面的对比。快慢是进入关注的速度，长短是关注保持的时间长度，强弱是关注的强度，稳定与否指的是关注的结果。故事要想持续吸引观众的注意力，你的关注点的安排就必须符合人的生理和心理特点。时快时慢，时长时短，时长时弱，有时让你满足，有时又让你充满期待。

节奏的技巧就在于找出对比，并把这些对比组合起来。找出对比相对比较容易，安排、组合这些对比则是对创作者非常大的考验。它没有标准答案，完全凭操作者的经验、体会、感觉甚至天赋。说到底关注节奏是属于无法学习的艺术的范畴，你也许可以通过音乐、运动、建筑以及其他与故事无关的诗外之功，去积累和训练这种无法言说的技能。

关注线的节奏正是这样一个凭感觉去做的事情。照本宣科是没用的，只有站到故事受众的立场，敏锐地组织对比、把握变化，把一个接一个强弱不一、长短各异的关注点连接成线，吸引着观众饶有趣味地走完故事全程。

笔记：关注点的无缝连接便是关注线，关注线必须为内容服务，关注线要注意关注点的组合节奏，伏笔—分晓作为一种长效关注，可以构成关注线，但需要合理运用。

19.3　超越模式的法宝

由于创作者追求目标的侧重，故事在结构方式、表现手法、艺术风格上可能会天差地别。但是，故事能够被持续关注一定是所有创作者都在苦苦追求的目标。各种模式与流派的区别就在于获取关注的方式与处理关注的节奏上。

当作者还在纠缠故事模式的时候，故事受众关心的只是吸引力。没有吸引力还谈什么技术和情怀。形式为内容服务，故事的模式都只是为故事内容服务的形式而已。

有的模式可能是作者的主动创新，但大部分模式就是被故事逼出来的，你不这样讲，故事根本讲不清楚、讲不精彩。迄今为止，所有成功的故事模式，都是因为该模式下故事的成功，而不是模式本身。

无论是中式、泰式还是日式按摩，让你舒服或者不舒服的不是那些花里胡哨的各具民族风味的招式，而是按摩你的那双手。无论是美声、通俗还是民族，让你觉得好听或不好听的不是哪种唱法，而是你聆听到的歌声。

心理学是电影编剧的基础科学，故事必须满足人的心理需求，故事创作必须遵从人的心理规律，不可以挑战观众的关注诉求。与其琢磨故事的形式、结构或者模式，不如认真分析观众的心理。什么样的关注点、关注连接和关注节奏，才能够满足人对故事的心理需求。

把关注点与线这种观众角度的思维方式抽离成故事创作的一个声部，是跨越模式的一个法宝。说不定某一天，你被一个好故事逼出了一种全新的故事讲述方式也未可知。

笔记：模式是为故事内容服务的，心理学是编剧的基础科学，持续的吸引力是故事创作的目标，关照观众的关注诉求，把握关注线的运行方式，适用于所有模式。

第 20 章　场景织体

20.1　什么是场景

场景是指统一空间和连续时间内的故事场面，是小于序列、大于环节的故事构成单位。

场景是受时、空的双重限制的。连续时间好理解，时间不断场景不变。还有一个限制，就是相对统一的空间。这个统一空间的边界取决于空间与人物动作的连续性。比如两个人边走边聊，从屋内走到屋外，要视为同一场景，记录为：

房子，内——外

两人在聊天。

但是，当空间进一步变化，比如，两人上车开走了还在聊，由于空间不具统一性，则被视为场景改变。

房子，内——外

两人在聊天。

车子，内

两人还在聊天。

有价值的动作是故事场景的必备条件。故事场景需要场面内出现人物有价值的动作——对故事进展有意义的动作。像鸟飞过天空，人山人海的公园这种所谓空镜和过场，对故事进展没有不可替代的意义，则不能当成故事场景来看，而仅仅是作为一个交待性的环节罢了。

所以，剧本上的场景纪录并不都是具有结构意义上的故事场景。《杀手里昂》电影开始时的城市画面，尽管剧本上也按场景方式来记录，但它并不是有结构意义的故事场景。因为没有人物有价值的动作。电影结构性的故事场景是从里昂与经纪人谈话开始的。

场景可长可短，有的场景可能就一秒钟，如，一只手狠狠地扇到脸上。有的场景则包含一个完整的事件。场景必须满足统一空间和连续时间这两个条件，事件则不一定受时空的限制，而是讲求动作的价值意义与构成的完整性。所谓价值意义是指对故事进展的动力意义，构成的完整性则是逻辑意义，是指相关动作的前因后果与来龙去脉。场景与事件是有交集的两个概念。

笔记：场景是指统一空间和连续时间内的故事场面，小于序列，大于环节的故事构成单位。有价值的动作是故事场景的必备条件。场景与事件是有交集的两个概念。

20.2　场景的织体

场景织体就是，以路标事件为核心，以实现序列意义为目标，以场景为单位，进行故事内容的选择与安排。

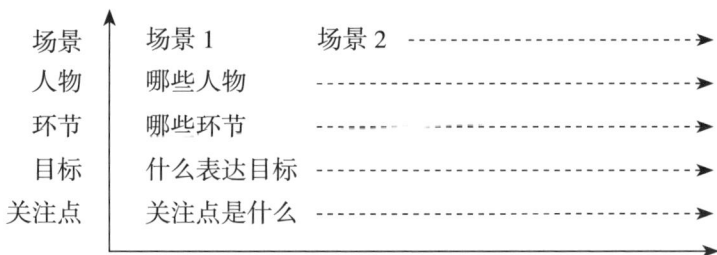

场景	场景 1	场景 2 - - - - - - - - - - - - - - →
人物	哪些人物	- - - - - - - - - - - - - - - - - - →
环节	哪些环节	- - - - - - - - - - - - - - - - - - →
目标	什么表达目标	- - - - - - - - - - - - - - - →
关注点	关注点是什么	- - - - - - - - - - - - - - - →

场景织体坐标图

幕与序列织体的编织对象是相应层级的故事要素和结构性事件，目的是形成故事内容的逻辑与动力，基本完成故事的结构任务。

场景织体的任务是将故事进一步细化，通过具体场景、环节的选择与安排，一方面丰富故事内容，另一方面强化故事结构。

场景织体工作表样

列次	某某序列		
场景	场景 1	场景 2	场景 3
人物	人物 A 人物 B	人物 A 人物 B 人物 C	人物 A 人物 B 人物 C
场景环节	环节 1 环节 2 环节 3	环节 1 环节 2 环节 3	环节 1 环节 2
场景目标	场景的表达意义	场景的表达意义	场景的表达意义
关注点	关注点 1 关注点 2	关注点 1 关注点 2 关注点 3	关注点 1 关注点 2

场景织体纵向上的内容选择包括序列内的场景选择，以及场景内的环节选择。目的是丰富序列内容，实现序列意义，形成有效的关注点。场景是序列的内容组件，环节是场景的内容组件。

场景织体在横向上是环节、场景目标与关注点的三重奏。通过这三个声部的相互印证，来检验关注点的安排，场景目标对序列意义的实现情况，以及内容选择的合理性。

笔记：场景织体就是，以路标事件为核心，以实现序列意义为目标，以场景为单位，进行故事内容的选择与安排。

20.3　场景的纵向编织

场景的纵向编织主要是以序列为单位，进行故事内容的选择。一方面场景内容的选择要以路标事件为核心，以达成序列统领下的场景表达目标。另一方面，环节内容的选择则要达成关注目标。

1. 场景选择与场景的表达目标

在有限的故事容量中怎么进行内容选择，是一门手艺。比如，一个拆迁队与钉子户的冲突事件，从发生到结束耗时六十分钟。但在整个故事中只能占用五分钟的时间，于是必须对这一个小时的事件内容进行大幅度的删减，只能选择不到十分之一的素材来说清楚这个事件。这就是内容选择的考验，不但要把事件的来龙去脉说清楚，还要尽量表现出故事所需的情感和情绪氛围。

到底选择哪些场景呢？或者说场景选择的依据是什么呢？一是序列功能的要求。二是以路标事件为核心。三是要实现序列的表达意义。

以《杀手里昂》的切入序列为例，该序列一共选择了"里昂下班"、"楼道对话"、"恶警上门"、"里昂日常"四个场景。

《杀手里昂》场景选择与场景目标例

列次	02 切入序列			
序列目标	表现里昂与女孩的孤独、迷失与毁灭，导向核心问题			
场景	里昂下班	楼道对话	恶警上门	里昂日常
人物	里昂	里昂、女孩	恶警、马仔 父亲、女孩	里昂
场景环节	略			
场景目标	孤独麻木 的里昂	同病相怜的人	切入事件，导向 核心问题	温情与孤独 希望与迷茫
关注点	略			

切入序列的功能是，继续交待故事前提，导向故事的核心问题。里昂和女孩是邻居，女孩的状态以及女孩父亲惹上了麻烦事都属于故事前提的交待。女孩父亲因为毒品问题惹上一个凶神恶煞的坏人，就是将故事导入"里昂能保护女孩吗"这一故事的核心问题。

"恶警上门"场景是切入序列中的切入事件，为了引入交待这一重要场景，其他场景都是围绕"恶警上门"场景构建的。手段很简单，就是将其他场景都粘合在该核心场景的时空周围。其他场景与路标事件关联的方式主要有导入、强化、并列、烘托、对比，有的是信息助力，有的是功能助力。

《杀手里昂》切入序列的表达目标是里昂与女孩的孤独、迷失与毁灭。切入序列设计这四个场景，也正达成了该序列的表达目标。

2. 环节的选择与关注点

在同一场景内发生的故事不可能流水账式的全盘呈现，还得进行选择。我们把构成场景的单位叫环节。环节是场景的下一级构成单位，是场景的内容组件。比如《杀手里昂》切入序列的"恶警上门"场景中就包含了"马仔询问女孩父亲"、"马仔向恶警汇报"、"恶警威胁女孩父亲"、"女孩父亲打女孩"四个环节。

《杀手里昂》环节选择例

列次	切入序列……	
场景	恶警上门	……
人物	恶警、马仔 父亲、女孩	……
场景环节	1. 马仔询问女父 2. 马仔向恶警汇报 3. 恶警威胁女父 4. 女父打女孩	……
场景目标	略	……
关注点	略	……

以上四个环节肯定没有包含"恶警上门"场景的完整内容，至少把"恶警们来访"和"室内搜查"两个环节省略掉了，甚至还可能有其他环节。不知道坏人是怎么来的，人物在室内做了什么，并不影响观众对故事的理解。而且，有质量的环节选择反而对故事表达更有帮助，所以场景就直接从人物走出女孩家门开始。

环节选择的依据是什么呢？首先当然是要完成场景所担负的故事讲述的任务，也就是故事信息的准确传达。这其实也是陈述式场景比较容易达成的目标。

上面四个环节我们可以看出，女孩父亲因为托管毒品成色问题，惹到了一个变态的坏人，而且这个坏人还给了他解决问题的最后时限。为了说清楚这个事情，前三个环节已经是最为简洁的选择方案了，再简事就说不清楚了。最后一个环节的信息量更多一些：1. 两人是父女关系。2. 表现了坏人来访给女孩父亲造成的巨大压力。3. 交待了女孩生活不幸的重要原因。

环节选择更加重要的目的在于形成关注点。因为关注对象的本质是，能够达成心理与感观满足的信息内容与信息形式。所以，场景环节的选择除了准确传递信息外，还要选择这些信息中，可以达成故事受众心理与感观满足的形式与内容。

比如《杀手里昂》切入序列的"里昂日常"场景由"解除装备"、"洗澡"、"喝牛奶"、"熨衣服"、"打理盆栽"、"入睡"这几个环节构成。这几个环节组成了里昂从下班到睡觉的整个业余家庭日常生活的状态。这几个环节的信息目标很明确，就是交待里昂谨慎、单调、细致、无趣的生活状态。

这种交待性质的并列环节的选择，需要特别小心。很多所谓的文艺片为了完成信息目标，却忽视了所选环节的吸引力，形成不了关注点。给观众的感受就是实在看不下去。《杀手里昂》在这里的环节选择就比较高明。把一个杀手情理之中、意料之外的生活内容和生活形式在短短的几个环节中表现得淋漓尽致。

"解除装备"中里昂的机警状态，以及他大衣里面的战术套装，向观众展示的是杀手职业的状态和装备。"洗澡""喝牛奶"则展示了这个杀手疲惫、孤独、温情的一面，这颠覆了我们印象中杀手冷血坚毅的形象。家庭主妇"熨衣服"和"打理盆栽"没什么好看的，但杀手干这些，毫无疑问会引起强烈的关注。当然还有他独特的"入睡"方式也非常吸引眼球。

《杀手里昂》环节选择与关注点例

列次	……切入序列……	
场景	里昂日常	……
人物	里昂	……
场景环节	1. 解除装备 2. 洗澡 3. 喝牛奶 4. 熨衣服 5. 打理盆栽 6. 入睡	……
场景目标	略	……
关注点	1. 职业状态 2. 职业装备 3. 反职状态	……

正是因为作品在环节选择上的高明。所以，这一个场景下来，不会因为故事没有强烈的刺激与冲突而丧失观众的关注。在环节的选择上，要么选择

有关注点的内容，要么选择有关注点的形式，当然最好是兼顾内容与形式的关注价值。关注点的选择，我们可以借鉴新闻的关注原理。

新闻引人关注的原因无外乎奇特、有趣、刺激、移情。奇特、有趣、刺激好理解，所谓移情是指受众对外界事件的情感置入。比如当年奶粉事件让那么多的父母高度关注，一方面是对事件波及自身的担心，另一方面就是移情的原因，要是事件发生在自己身上会怎么样，设身处地地感受事件就是移情。

有时候引起人关注的是信息内容，如北大学子卖猪肉，有人生了四胞胎，自由搏击约战传统武术，普通市民轻松挣钱。这都属于内容的奇特、有趣、刺激、和移情。信息内容的关注还包括信息追踪，这件事后来怎么样了。

而有些信息内容是没有关注价值的，比如公交车上让座司空见惯，没什么大惊小怪的。如果"让座"这个信息内容在形式上出点彩的话，情况就不一样了。比如，行为双方一个硬要让，一个硬是不坐，双方从客气到互相下跪，再到互相扭打，就成了一个有意思的关注点了。

借鉴新闻关注的特点来设计故事的关注点是个好办法。因为它不再是你一厢情愿的闭门造车，而是大众检验过的吸引方法。当然，怎么活学活用是个问题。

笔记：场景的纵向编织主要是以序列为单位，进行故事内容的选择。1. 场景选择与场景的表达目标。2. 环节的选择与关注点。

20.4　场景的横向编织

场景的横向编织是指调整故事场景的顺序和节奏，以及把握价值线与关注线的走向和节奏安排。场景横向编织就是由场景、目标、环节线构成的三重奏。分别站在作者立场和观众立场来审视故事内容的选择与布局。

1. 编织场景线，调整场景的顺序与节奏。

线性故事基本按时间顺序来安排场景顺序，所以编织场景顺序，只要把握故事的时间轴就可以了。但有时候几个场景的故事发生在同一时间点上，这就涉及一个场景顺序的问题了。话分几头，只能表其一枝。

比如"准备行刺总统"的故事事件，可以安排恐怖分子藏身地、白宫、会场、警局四个场景，不同的连接顺序在故事表达上差异明显。

顺序 A	顺序 B	顺序 C	顺序 D
炸弹准备	炸弹准备	总统出发	报警电话
安保检查	报警电话	安保检查	安保检查
总统出发	安保检查	炸弹准备	总统出发
报警电话	总统出发	报警电话	炸弹准备

A恐怖分子准备人肉炸弹——安保人员在清理演讲会场——总统正从白宫出发——警局接到报警电话。这种顺序安排讲的是：恐怖活动即将发生，目的地是会场，目标是总统，警察同时接到报警。

B恐怖分子准备人肉炸弹——警局接到报警电话——安保人员在清理演讲会场——总统正从白宫出发。

C总统正从白宫出发——安保人员在清理演讲会场——恐怖分子准备人肉炸弹——警局接到报警电话。

D警局接到报警电话——安保人员在清理演讲会场——总统正从白宫出发——恐怖分子准备人肉炸弹。

上述四种场景顺序的安排对故事情绪的影响是非常明显的，把"恐怖分子准备人肉炸弹"和"警局接到报警电话"安排在第一个场景可以使整个场景气氛骤然紧张起来——有大事即将发生。反之，场景气氛就会缓和很多，却给后面的情绪爬坡留有余地，就看你想要什么样的进入状态和发展线条。

场景顺序的安排非常影响故事信息的传递。比如第四种就容易把会场的例行安保检查理解成：警察接到报警，有人在会场安置炸弹。其实这有点像后期剪辑不当对故事信息传递造成的偏差。剧本创作环节不要因为场景顺序而产生信息歧义是非常重要的。

场景顺序还会影响故事的节奏。

还是以"准备行刺总统"事件为例，如果按"恐怖分子准备人肉炸弹——安保人员在清理演讲会场——总统正从白宫出发——警局接到报警电话"的连接顺序，在情绪强度上就形成了"强——弱——弱——强"的节奏组合。这有点像音乐中"节拍"的概念，不纠结，紧抓"对比的组合"这个节奏核心。

如果换成"恐怖分子准备人肉炸弹——安保人员在清理演讲会场——警局接到报警电话——总统正从白宫出发"的连接顺序，就是"强——弱——强——弱"的节奏。其实由于有了第三个场景的铺垫，第四个场景的情绪强度也并不太弱，应该是"强——弱——强——次强"。到底哪一种组合是你想要的节奏，完全靠感觉来判断了。

当然，在场景顺序不变的前提下，我们还可以通过设计场景的时间长度、动作速度、情绪强度和信息密度，来达到改变故事节奏的目的。

故事场景并不是简单的内容罗列，不但要考虑故事逻辑或动力的原因，还要顾及情绪积累或释放的安排。场景顺序影响着故事的表现节奏、信息传递和情绪表达。

场景织体阶段，故事已经进入"可视化"的创作环节了。把整个故事初步形成的所有场景全部横向审视一遍，利用卡片、表格或其他可以快速纵观全局的工具，反复感受自己的故事影像，把场景顺序调整到最优。

2. 编织场景目标线，调整目标相关性与价值起伏的节奏。

◆ 把握场景目标的相关性

表达是创作者进行创作的重要目标和动力，创作中愉悦的体验很容易变异成无法驾驭的表达冲动，什么都想说是很多创作者的常见病之一。当你的创作越深入细部，你的表达就越容易突破原本设定的目标。

这就像有的领导讲话，本来是讲节约粮食问题，结果从粮食种植谈到农药、化肥的过度使用，再到土壤环境，最后发现花大篇幅讲的竟然是转基因产品的是与非。这就是跑题，脱离了原本设定的表达目标。

如果《杀手里昂》的编剧想在故事救赎的主题中批判一下种族歧视，就可能会偏离故事的表达目标。当然，如果把种族歧视纳入到救赎与毁灭的价值对抗中，也是可以的，但整个故事的结构、事件、人物就必须作非常大的改变。

一个严谨的故事，从来都是牵一发而动全身，越往后越如此，哪能一直让你信马由缰。如果你要夹带私货，必须在故事结构之初，把你的私货记录在那张天大的灵感分类表上，看是否可以直接使用，或改造后使用。如果不行，必须忍痛割爱。

场景的表达目标必须是在故事主题的统领之下，为实现本序列表达意义服务的。当故事创作进入到场景织体阶段，所有场景的表达目标已经清晰呈现。像审视场景连接一样纵观故事的场景目标，检查一下，哪些场景的表达是在故事的正负价值之间运行，哪些游离在故事主题和序列意义之外。如果某些场景必须要改，要趁早改，绝不能手软。

◆ 价值线的起伏与价值交替的节奏

故事的核心主题分解成正价值和负价值后，你的故事进程就是这种正负价值不断对抗，交替上升的过程。比方好人打坏人，正义战胜邪恶的故事，一会儿好人追着坏人打，一会儿坏人把好人打得落荒而逃。一会儿邪不压正，一会儿正又斗不过邪。正义永远处在上风，一路高歌猛进，轻易消灭邪恶的故事，不是好故事。所以故事中的力量要有对抗、轮转，价值也要有起伏、交替。

这种力量与价值的交替要以什么样的间隔，以什么样的节奏进行就成了一个大问题。以序列为单位交替，还是以场景为单位交替？上一场景是好人打坏人，下一场景就是坏人暗算了好人？当然不能如此机械地处理。

故事处于负价值时，往往是解决问题的阻力大于动力的时候，是故事情绪积累的阶段。当故事处于正价值时，则经常是动力大于阻力的时候，是故事情绪释放的阶段。故事价值的交替，本质上是关于故事动力张弛处理的问题。

所以，故事价值交替的节奏，必须以故事线的起伏为依据。当然在故事全局的大结构下，作一些小幅度的价值起伏也很有必要，它能使上行或下行的故事线条中，出现一些小波折和趣味。

3. 编织关注线，检查关注点的连续性和节奏安排。

故事持续的吸引力需要连续的关注点。你故事的每一个场景甚至每一个环节是否可以构成关注，关注点是什么，这些关注点是否可以无缝连接起来。故事的关注线条有没有依照人的关注心理和注意规律，有没有把观众的注意力死死钉在你的故事线条上。

场景织体阶段，正是作者纵观故事关注点的好时机，认真审视故事的每一个关注点，是从哪里开始的，延续了多长时间，到哪里结束。与下一个关注点是怎么连接的，关注点与关注线是否真的有吸引力，哪些地方会有观众的关注转移的风险，同样可以用卡片或表格来整理思路。

◆ 关注线的节奏安排

故事节奏的重要性不言而喻，就创作者而言它是最难以把握的一种艺术感觉，就观众而言它又非常影响对故事的体验。关注线的节奏是故事节奏的外在表现，直接对观众产生作用。关注点在长度、强度、速度、密度方面的对比组合，是站在观众角度，评价一个故事好坏的重要指标。

喜新厌旧是人的审美本性，但影响审美的要素是有限的，为了避免审美疲劳，只能在这些要素的组合上想办法。这就像构成音乐的音符就那么几个，十几个，是非常有限的，但把音符的长短、强弱、高低等属性进行对比组合后，便形成了一个丰富多彩、变幻无穷的音乐世界。这便是节奏对于审美的意义。

节奏的本质就是对比组合所产生的变化，让人不断有感受上的变化和新鲜的体验，这种变化还很奇怪，不能太慢也不能太快，不能太弱也不能一直很强。不同关注点的长度、强度、速度、密度的差异组合，形成的关注线节奏，给了观众对故事丰富的体验。

为了形成好的关注节奏，可以调整关注点的顺序或者修改关注点的属性。环节顺序的调整比场景顺序的调整的自由度要大很多，如果感觉关注点的节奏不好，可以在表达合乎逻辑的前提下，适当调整环节顺序来达到调整关注节奏的目的。原理、方法与场景节奏相同。

当然，通过改变环节的时间长度、动作速度、情绪强度和信息密度，也可以让关注节奏产生变化。

笔记：场景的横向编织是指：1.编织场景线，调整场景的顺序与节奏。2.编织场景目标线，调整目标相关性与价值起伏的节奏。3.编织关注线，检查关注点的连续性和节奏安排。

20. 例 《翻谱人》的场景织体

第一步：场景纵向编织

1. 场景选择与场景目标。

2. 环节选择与关注点。

表（略）

第二步：场景横向编织

1. 编织场景线，调整场景的顺序与节奏。

2. 编织场景目标线，调整目标相关性与价值起伏的节奏。

3. 编织关注线，检查关注点的连续性和节奏安排。

表（略）

第三步：确定场景织体工作表

《翻谱人》场景织体工作表（节选"切入序列"）

列次	02 切入序列			
序列目标	雅俗兼修的主角，艺术沦为骗取金钱的幌子，导向核心问题			
场景	01 广场生意	02 孤独的直播	03 文化讲坛	04 乐团解散
人物	主角 老年合唱队	主角 传总、网友 1	主角、传总、网总 众企业家	主角、指挥、小 提小号、团员们
场景环节	1 主角指挥老人 2 主角的高雅忽悠 3 主角的老人生意	1 主角角色转换 2 传总的勾结电话 3 孤独的网络直播	1 盛大的出场式 2 痛批低俗 3 高雅才是生产力 4 主角与传总利益	1 迟到的主角 2 高管告知消息 3 震惊的艺术家 们
场景目标	金钱至上、丧心 病狂的骗子	主角尚存艺术信 仰的纠结内心	主角的忽悠功力与 商业价值	切入事件，导入 核心问题
关注点	1 夸张的广场歌舞 2 主角的骗术魅力 3 丰富的骗术种类	1 角色的巨大反差 2 电话内容 3 主角的另一面	1 忽悠的排场 2 似是而非的歪理 3 传总的心思	1 消息公布方式 2 艺术家的反应

第 21 章　环节

21.1　环节是什么

麦基《故事》中节拍的概念，是指动作与动作反应中的行为交流。我骂你一句，你骂我一句，这一来一往就构成了一个节拍。如果你骂完了我又接着骂回去，你再骂回来……直到骂战结束，这也是一个节拍——同等价值的动作与动作反应的链条。

也就是说，一个节拍至少包含一个动作与该动作得到的一个反应，也可以是该动作激发的一套动作与动作反应，划分标准是：同等价值——人物行为是否有明显区别。如果骂完后接着开打，就进入到了下一个节拍了。

但是，故事的场景中，有些行为动作是没有反应的。比如里昂走进超市买牛奶，进影院看电影。又比如人物在家里洗澡、收拾屋子。这些没有反应的动作对于人物塑造、故事铺垫与交待有着不可或缺的作用，也是故事构成的一部分，但它们并不能划入节拍的范畴。所以，我们需要重新定义故事的最小结构单位，本书把它命名为：环节。

环节——故事的最小结构单位，同等价值的动作或动作交流。

环节包含了"节拍"所指的有交流的动作，也包含没有交流的动作。相同部分有明显区别的行为，是否同等价值是环节划分的原则。

人物回家，先在跑步机上健身，再洗澡，然后收拾屋子，这就是三个环节。这三个环节就像一幅肖像画上，人物衣服褶皱里细小的三笔，它不会直接影响画面的色调、构图甚至情绪，但它会使画面多了些几乎难以感知的层次与丰富性。这些看似无关紧要的环节选择，却体现着创作者的功力。

笔记：环节是故事的最小结构单位，指同等价值的动作或动作交流。

21.2　环节的记录

在"场景织体"阶段，已经对构成场景的环节进行了初步设计。但当时还只是一个笼统的块状设计，仅为达成场景的内容选择和节奏安排。场景织体完成后，故事就要进入对环节内容更为细致地设计了。要对场景内不同的价值动作进行区分，并将动作和言语分开描述。

首先，要将一个场景内的动作划分成环节，并给每一个环节取个方便操作的名称。因为环节内容这个文本或表格属于作者的创作工具，所以名称以作者自己方便理解为准。以《杀手里昂》第二幕中的楼顶射击教学场景为例，就可以记录为：武器准备、注意事项、寻找目标、射击目标四个环节名称。

接下来就是对于环节中人物动作的描述。对于无反应动作，只需记录单一人物动作。有反应的动作则需要记录主动人物（动作激发者）与反应人物的双向动作，以能清晰描述动作性质与动作内容为目标。在清晰描述的前提下，文字尽量简练。

最后就是关于人物对白的描述。在环节记录阶段，人物对白不需要具体化，只要描述对白的大致内容。如果偶遇精彩对白，可以作适当附注。

环节记录表是创作步骤中最后一张可以纵览全局的结构图。建议使用表格的形式，表格应当包含幕、序列、场景、环节这四个结构单位。这张"天大"的表格可以清晰展示故事的来龙去脉，可供你在剧本开写前认真审视、检查、反思与修改，为剧本写作作最后的准备。

《杀手里昂》环节描述表（节选）

幕	序列	场景	环节	动作	对白
			⋮	⋮	⋮	⋮
第二幕上	进展	楼顶 日 外景 射击教学	武器准备	里昂组装枪支，女孩看着。	里昂讲解选择步枪的理由，女孩应承着。
			注意事项	两人进入射击位置，女孩持枪。	里昂讲解远程射击注意事项，女孩应承着。
			寻找目标	即兴寻找目标，瞄准镜扫过妇女儿童们，一跑步老板成为对象。	女孩询问目标选择，里昂说随便。 女孩重申里昂不杀妇女儿童的原则。
			射击目标	里昂指导，女孩瞄准、击中目标，目标大乱，两人撤退。	里昂讲解远程射击要领。女孩对自己表现很得意。
			⋮	⋮	⋮	⋮

注：为方便排版，将工作表的 X 轴和 Y 轴互换了方向。

笔记： 环节记录就是记录各场景内的每一个环节的环节名称、人物动作和人物对白。

21. 例　《翻谱人》的环节设计

《翻谱人》环节工作表（节选）

幕	序列	场景	环节	动作	对白
第一幕	01 开篇	剧场日外景排练	乐队全奏	指挥在激情指挥 乐队在认真演奏 钢琴独奏端坐静候	
			谱架背后	乐队停，钢琴开始演奏 队员玩手机	
			主角进入	主角进入剧场 指挥的不悦反应	
			队友互动	小号与主角互动 其他乐手与主角互动	
			演奏骤停	失败的起奏 小号敲到门牙 指挥拍打谱架 乐手停止演奏	
			指挥发怒	指挥怒视主角 指挥愤然离场	休息
			主角开场	乐手热情期待 主角拿出信息卡片	控制现场，导入内容。
			若干艺术商业化环节	主角提供信息（略） 队友反应（略）	略
			排练重开	指挥进入起拍 乐队跟进 主角无所事事	
			若干恶搞环节	主角干扰众乐手 主角戏弄首席 主角模仿丑化指挥	
			乐谱问题	钢琴开始演奏 主角发现乐谱不对 独奏演员关上乐谱	

续表

幕	序列	场景	环节	动作	对白
第一幕	01 开篇	剧场日外景排练	解开内衣	主角发现独奏内衣欲松几次试图重新扎紧最后反而解开内衣	
			愤怒的独奏	停止演奏 打主角耳光 离开剧场	
			指挥怒斥	指挥怒斥 主角反驳	指挥怒斥主角不务正业，主角反驳没有机会，批指挥与独奏
			主角离场	指挥气急败坏 主角高调离场	

注：为方便排版，将工作表的 X 轴和 Y 轴互换了方向。

第22章 人物图谱

22.1 故事人物全家福

在"序列人物"中，已经把故事涉及的主要人物针对每个序列的事件，按处事人物关系分成了动力与阻力两队。并通过相互人物关系的设置，将人物的动力和阻力合理化。

经过场景和环节这两个故事具体内容的选择后，又有一些人物相继浮出水面。至此，故事中的所有人物基本悉数登场，是时候来张全家福了。

人物全家福是指，以表格的方式呈现所有故事人物的人物属性，包括每一个人物的身份、欲望、动作在故事开始与结束时的状态。意义在于标识人物及人物在故事中的转变。"人物全家福"按照人物在故事中的重要性排序。

人物全家福表样

人物	身份		动机		手段	
	起点	终点	起点	终点	起点	终点
主角						
人物2						
人物3						

续表

人物	身份		动机		手段	
	起点	终点	起点	终点	起点	终点
人物 4						
人物 5						
人物 6						
……						

笔记：人物全家福是指，以表格的方式呈现所有故事人物的身份、欲望、动作在故事开始与结束时的状态，按照人物在故事中的重要性排序。

22.2　人物的逻辑链条

故事人物是假的，是作者设计出来的。故事人物又必须是可信的，它是观众接受故事的前提。人物可信，并不是指这个人物是否存在，而是指像这样的人物是否可以存在。关于故事人物，观众关心的不是有没有，而是能不能有。

所谓能不能有包括两情况，一是按理来说是否可能有。比如，一个女举重运动员通过刻苦训练，战胜了所有同级别的男选手。这样的人物就不可能有，因为它违反了科学，属于不讲理了。当然这个"理"除了科学外还有经验、常识、逻辑和规律等。

还有一种情况就是按"情"来说，人物是否可以有。比如一名中国武术大师打败各国博击高手，为国人争得了面子。这样的人物尽管可能不合"理"，但是合"情"，如果有很多人愿意相信，那他就是一个可以有的故事人物。大众心理是个很微妙的东西，有时很讲理，有时愿意投情。编故事与诈骗原理上是相通的，给他一个愿意相信的理由，他就信了。

在事件主导的创作方式下，故事人物是一个逆向设计的过程，故事中的功能需求是人物设计的出发点。什么样的人物可以满足故事要求呢？这样的人物有什么特点？人物的这种特点是怎么来的呢？把这个人物的逻辑链条理顺了，一个"合情合理"的故事人物才能脱颖而出。

人物的逻辑链条

人物功能	人物设定	人物特征	人物简历
故事需要的 事件目标 情感目标	身份 欲望 动作	性格 能力	基因 经历

1. 人物功能决定人物设定（人物属性）

人物功能是指：故事需要人物在故事中达成的事件目标与情感目标。

人物在故事中是有功能的，也就是要对故事有用，要能够完成故事进展过程中的相应任务。在事件主导的创作方式中，人物设置是置于事件设置之下的。是先有事件设计，才有事件对人物的功能要求，再围绕人物在故事中的功能，来设计人物的身份、欲望、动作这三个属性。所以故事人物的设定，是由人物功能决定的。

故事中人物的事件功能，主要表现在制造问题和解决问题两个方面。电影《杀手里昂》中对女孩的人物设置，重在其制造问题的功能。她的身份、欲望和动作注定了她会不断地制造麻烦，引来冲突，让故事的进展充满张力与活力。而对里昂的设置，则重在其解决问题的功能。一个有欲望、有能力的杀手，来解决这样一个麻烦女孩制造的麻烦，是比较顺理成章的。

如果改变人物设定，还可以达成人物在故事中的功能吗？电影《杀手里昂》如果把主角设置成一个手无缚鸡之力的书生可以吗？当然可以，只是人物的其他要素必须作相应修改，至少手段就不能是暴力了，斗勇不成就斗智。不管怎么样，故事要主角有保护女孩的功能，就得想办法让他具备保护的欲望与能力。

如果把主角设置成一个技术很糟的业余杀手的话，那故事基本上走的就是喜剧的路子了。如果人物设定的改变再大一点，可能故事的核心事件甚至主题都将改变，那得看这还是不是你想要的那个故事。

人物的情感功能是指，人物在故事中达成事件功能的情感原因。比如里昂能在关键时刻救下小女孩，一方面因为与女孩相识，另一方面因为他同情弱小的朴素情感。还有，小女孩执意报仇也是因为她与弟弟的情感原因。这些情感的原因最终推动人物的行为，形成故事的进展与安排。

故事人物设置的底线是可信，与故事相匹配的人物设定是可信人物的基础。让可信的人物去完成故事赋予的相关任务，这是故事人物必须具备的功能。恰当的身份、欲望、动作的设定，是故事人物完成故事任务的前提。一个可信的人物需要恰当的人物设定。

2. 人物特征是人物设定的基础

这里所谓的人物特征是指人物的性格特征与能力特征，这是人物对故事进展最有意义的两个特征。

人物为什么可以这样设定？身份、欲望和动作为什么会在故事中发生这样的转变呢？除了故事中的事和其他人的外力作用，更多原因是来自人物本身。是人物本身的性格与能力促成了他的身份状态、欲望、动作，以及这三个要素在面临选择时的转变。

性格决定命运是有道理的，歹人作乱，那么多人围观，就他一人挺身而出，如果不是职责所在的话，那就是性格使然，他就是这么一个疾恶如仇、爱打抱不平的性格。自私自利的奸商在大难来临时，居然舍己救人，这也是他的性格，是隐藏在内心深处的勇敢与正义。性格是人物在关键时刻作出相应选择的重要依据。

里昂在女孩遇险时犹豫万分后还是开了门，这里面也有他的性格原因，看不得以强凌弱的侠义性格。女孩得知仇家身份后，可以只身入虎穴，也是因为她执着、勇敢、刚强的性格。

性格与气质是两个不同的心理学概念，气质多来自先天的生物性，而性格则更多是来自后天的社会性。为了简化起见，故事创作中的人物性格包含了气质与性格两个方面，不再作细分和深究。

能力则是人物采取手段的技能保障，没有金刚钻不揽瓷器活，敢于挺身而出的人往往具有打抱不平的能力。人物的选择毕竟是要权衡利弊、评估风险的，在获得仗义快感的同时，也要承担连带的后果。作为故事人物更是需要有相应的能力来实行他的手段，达成人物在故事中的功能。

《杀手里昂》中的主角如果是个二流杀手，显然就不具备保护女孩的能力了，毕竟对手背景大、人手多、手段狠。故事又要求主角必须把女孩救下来，怎么办？那就要提高主角在暴力以外的能力了。比如智力，把里昂设置成一个记忆力、判断力和分析能力超群，但动手能力较差的杀手也未尝不可。或者让里昂拥有更多的资源，一大帮江湖朋友，个个有勇有谋，一个好汉三个帮，有了外力帮忙，保护任务也是可以完成的。

人物性格造就了人物欲望，人物能力决定了人物的动作选择。故事任务需要人物有什么样的欲望和手段，就必须先为人物设定匹配的性格与能力。这种性格与能力需要在故事中直接观察得到。

3. 人物简历是人物特征的基础

人物的性格与能力从哪里来？一是基因，二是经历，这里把它们合称为人物简历。

有的人沉着稳重，有的人多愁善感，还有的人容易冲动坏事。有的人正直，有的人勇敢，有的人冷酷无情。人物的性格百态无非两个来源，一是遗传获得，二是经历获得，就是所谓的生物性与社会性。

一个可信的人物，故事中需要对其性格的形成有所交待。比如："他天生就比较二"，"他爹也是这么个德性"，"娘生九子、各有不同"，这就属于基因交待。又比如："他在纳粹的集中营经历过非人的待遇"，"他们都是黄埔一期的精英分子"，"她刚留美归来"，这都属于经历交待。还比如：她遗传了父母的头脑，所以人特别细致、聪明或异想天开；他曾经在少林寺拜师学艺，所以特别能打。

还有一种可以影响性格或性格认定的因素是民族或地域。比如：她祖上是清朝的格格，一个来自大西北的汉子，都很容易让人产生与民族、地域有关的性格联想，与之相关的典型性格可以看成是一种民族或地域基因。

基因和经历对一个人物的性格与能力形成有决定性意义，人物简历是人物特征的坚实基础。

适当进行人物基因与经历的交待，可以快速地给人物特征找到一个理由，有来源的性格与能力更能成就一个可信的人物。至于采取什么方式去交待人物简历，非常考验作者的功力。

人物的基因、经历（简历）决定人物性格、能力（特征），性格、能力决定人物身份、欲望、动作（属性）。简历——特征——属性，是人物可信的逻辑保障。更为重要的是人物这三个逻辑环节，在故事中的呈现方式。要想办法把人物信息自然地融入到故事进展中，既不啰唆又能够交待清楚。

基因 / 经历 【简历】 ⇒ 性格 / 能力 【特征】 ⇒ 身份 / 欲望 / 动作 【属性】

人物逻辑图

把人物设定的来龙去脉搞清楚，对于观众，是可靠性和真实性的需要。对于创作者，是理清创作思路、设置人物逻辑性和保持人物一致性的需要。

笔记：人物的基因与经历（简历）决定着人物的性格与能力（特征），人物的性格与能力决定着人物的欲望与动作（人物要素）。故事人物的三要素必须要有人物特征、人物简历作支撑。重点在于逻辑设计，难点在于故事中的呈现方式。

22.3 人物图谱

人物在故事中清晰、完整呈现的是身份、欲望、动作这三个属性，人物的特征与简历只作必要的、选择性的交待。但在创作过程中，作者必须把人物特征（性格、能力）和人物简历（基因、经历）作详细设计。原理很简单，你知道得越多，能给别人的也越多。

把每一个故事人物，按照人物属性、人物特征、人物简历，以表格的方式排列出来，相当于给每一个人物，怎么长成故事内人物，达成故事功能，完成故事讲述画了一个详尽的图谱。

里昂图谱

人物属性	身份	低调冷酷的职业杀手	舍生取义的护花使者
	欲望	隐于市，做好工	保障女孩安全
	手段	低调、隐身、独来独往	勇斗坏人，与之同归于尽
人物特征	性格	寡言、单纯、羞涩、执着、自制力强、有同情心……	
	能力	枪击格斗能力强，反应敏锐，观察细致，不识字……	
人物简历	基因	祖父、父亲均为意大利黑手党基层成员，父亲因被对手追杀，在里昂年幼时独自逃往美国投奔托尼。母亲善良刚毅。	
	经历	生在意大利小镇，母亲独自抚养大。9 岁时母亲去世，进城为大佬做工，19 岁时与其女相爱，大佬反对并杀女。里昂枪杀大佬，来美国找杀手父亲跟随入行，一年后，父亲战死，遂成独行侠。	

注：里昂简历为根据电影推测。

笔记：人物图谱就是把故事中的每一个人物，按照人物属性、人物特征、人物简历，以表格的方式排列出来，以观察人物达成故事功能的形成过程。

22. 例　《翻谱人》的人物图谱

一、《翻谱人》人物全家福

人物	身份		欲望		动作	
	起点	终点	起点	终点	起点	终点
张弓	乐团弱者	有尊严的艺术家	以公谋私，得过且过	捍卫尊严，发泄愤懑	敷衍工作，恶搞同事	率众抗争，恶搞音乐会
李芮蕾	艺术爱好者	有尊严的艺术家	投身纯粹艺术	捍卫艺术尊严	追求张弓	支持张弓
朱方正	有尊严的艺术家	崩溃了的艺术家	投身纯粹音乐工作	守卫个人尊严	专注工作	愤然离开
钟纾雅	大气的艺术商人	小气的晚会导演	拉拢张弓，合作赚钱	打击张弓泄私愤	支持张弓，相互利用	利用权力，报复张弓
陈朝辉	不安现状的乐手	有尊严的艺术家	倚靠张弓，私人赚钱	捍卫尊严	争取机会，不务正业	支持张弓，共同反击
汪一波	四面楚歌，负面网红	如日中天的企业家	寻找花瓶，洗白形象	控制乐团，达成目的	争取与乐团合作	强迫乐团媚俗
……						

二、《翻谱人》人物图谱

张弓图谱

人物属性	身份	乐团弱者	有尊严的艺术家
	欲望	以公谋私，得过且过	捍卫尊严，发泄愤懑
	动作	敷衍工作，恶搞同事	率众抗争，恶搞高雅音乐会
人物特征	性格	忧郁、羞涩、执着、幽默、有同情心……	
	能力	善于察言观色，能说会道，反应敏锐，业务能力一般	
人物简历	基因	籍贯西北某小县城，祖上据说曾出过状元。父亲是县城机械厂工人，内向、寡言，后因工伤病退在家。母亲是县城纺织厂工人，勤劳、善良、刚毅，活泼开朗善歌舞，业余上街摆摊贴补家用。	
	经历	生在小城市工薪家庭，自幼学小提琴，多次获县、市级奖励，高考艺术院校两年不中，后改理论专业后考入国内某二流音乐学院，毕业后求职屡屡碰壁，后通过一定手段进入城市万家交响乐团成为助理指挥，因受指挥排挤沦为闲人。	

其他人物图谱（略）

第23章 写剧本

23.1 蓦然回首

灵感——三支柱——八要素——七声部——幕结构——幕织体——序列结构——序列织体——场景织体——环节设计。一个故事已经形成了完备的结构，进行了具体内容的选择，构建了清晰的人物及人物关系，明确了表达的价值线条，写成了梗概与大纲两个文本，终于来到了剧本写作的环节。

剧本写作是一个比较愉快的事情，感觉自己终于像个文化人了，可以全身心投入到文字写作中来，享受酣畅淋漓的表达快感。不过别急，还有几个问题需要先搞清楚。

23.2 剧本的格式

每一种类型的文本或文体都是有格式的，有的文本格式是为了严谨的专业性的需要，有的文体格式给人一种规范、威严的权利感，有的格式通过频繁的分段来强调其独特的节奏感。但大部分格式的目标还是为了易读。

剧本就是一种需要易读的格式。易读不光指容易读懂，还指能快速进入操作的需求。剧本是按故事的场景顺序来写的，剧本正文应该包括场景信息标注、场景描述、对白三个部分。

1. 场景信息包括场景序号、地点、时间、内外景四部分，共占一行。

例:

019　剧场　夜　内

场景序号就是用来标注场景数与顺序的,主要作用是方便读者快速定位。由于拍摄现场使用的是导演的分镜头剧本,所以文学剧本对现场拍摄没太多实际意义。正由于这个原因,很多剧本也可以不标注场景号,看页码就行了。

地点标注是必须要的,故事发生在什么地方一定要写清楚。但这个地点的标注应该是故事发生的具体地点,是镜头所覆盖的范围,指示要明确。比方一个手术场景,剧本的地点标注不能是"医院",而只能是"手术室"。又如一对情侣在路边演戏,地点就是路边或人行道,不能写成街道或马路。

时间是指场景内容发生的大致时间,一般用日、夜,晨、昏等字眼表述,不需要细致到几点几分。如果有特殊要求,如《24 小时》这样时间极为紧凑的故事,可以加辅助说明。

内外景也是需要标注的,比如一栋大楼门口和楼顶就属于外景,而大堂和所有房间则都是内景。有人可能会认为,内景还是外景基本可以从场景地点与场景描述中表述清楚,这个标注是不是有点多余。标注内外景的要求不光只是约定俗成,也是为了让读者快速获得画面,还有就是为了相关操作者统筹的需要。

2. 场景描述是一个剧本场景的主体部分,包括环境描述与人物描述。用文字把一个场景内需要表达的环境内容、人物以及人物动作记录下来。

场景描述从场景信息的下一行开始,根据描述内容的篇幅、意义转折进行分段,原则就是方便看,方便理解。

例:

019　大堂　日　内

三人快步走出电梯,张三用余光轻轻扫视两边,大堂内空无一人,前台和门岗也空了。三人穿过大堂向大门走去,李四紧张地左顾右盼。

020　门岗　日　外

张三在门岗前停下,脱下衣帽连同快件一起塞进窗口。李四和王五也跟着把衣帽和记录夹放进去,一起快步走下台阶。

021　某大楼　日　外

三人成横队快速通过楼前广场。他们身后,吊挂在大楼墙面外的两台升降机上猛地抛下巨幅对联，一边写着：发肤受之父母，要知道生命可贵；另一边是：人生总有失败，大不了从头再来。红底黄字，分外醒目。

......

3. 人物对白。场景中如果有人物对白，需要另起一行。人物后加冒号，对白内容不加引号。尽量不要把人物对话夹杂在人物描述中。

例 1：

小李在沙发上坐下，似笑非笑地说：你想干嘛呀？

例 1 不可取，因为阅读和操作都不方便，应该写成例 2 这样。

例 2：

小李在沙发上坐下，似笑非笑。

小李：你想干嘛呀？

也可以把说话的状态加括号置入对白中。

例 3：

小李在沙发上坐下。

小李：（似笑非笑）你想干嘛呀？

中文剧本还有一些格式处理可以作为参考、借鉴。比如人物首次出现时人名字体要加粗，甚至所有人物都用粗体字，有的还会对场景描述、人物行为描述作一些特别的标注。不管怎样，好读、好操作是最重要的目标。如果导演或制片方有指定格式，那就是他们认为好读好操作的格式了。如果和境外机构合作，就需要入乡随俗，按他们的规矩来办。

如果你觉得还有更方便操作的格式，发展一下，也未尝不可。很多文体在方便读这个观念的引领下，也在悄然发生改变。看 下现在有的网络新闻、微博、微信文章，真可谓是为读者操碎了心。

剧本写作之大忌就是画蛇添足，最常见的就是标注摄影机位和拍法，这种越俎代庖的做法非常糟糕。剧本的功能是有限的，也必须是有限的。集群性的工作还是要交给团队来办，再牛的个体也不可以包揽一切。清楚编剧的任务与剧本的功能，才能更好地理解电影这个庞杂学科的科学性。

笔记：剧本正文应该包括场景信息标注、场景描述、对白三个部分。三部分都需要分行另起，内容视情况再分行分段。

23.3　第一稿：素材的选择与排列

当故事结构完成场景的环节安排，并完成具体环节的记录后，剧本的雏形已经出现。第一稿的任务就是围绕单位故事的表达目标，用关键词和短句的形式，对场景内容进行快速、简单地描述。

首先，必须要明确该环节或场景的功能和目标。

每一个故事单位（幕、序列、场景、节拍），都是有用的，有什么用？是背景、人物交待，还是情节交待？是必要的人物关系纠缠，还是为强化事件进展的节奏？是事件的逻辑设置还是冲突的动力积累？作品到底为什么设计这个故事单位，作者要非常清楚。

如：《翻谱人》的第一个环节的设置，就是为了交待故事的时空和冲突背景，以及乐团的规模和工作状态。结合该环节的环节工作表，用关键词和短句的形式对该环节进行场景描述。

环节工作表例

环节名称	动作	对白
排练中的乐团	指挥在激情指挥 乐队在认真演奏 钢琴独奏端坐静候	无

关键词与短句例：

小剧场，破旧，小交响乐团，肖邦第一钢协，十五周年庆典将至。乐手显得很认真。有中国风的指挥，沉醉于乐队与音乐。孤傲的钢琴独奏在等待。有乐手在看手机。乐队停，独奏开始。

因为环节工作表只记录了人物动作与对白，所以第一稿的素材选择时，还需要对人物活动的环境进行补充描述，以丰富、完善场景内容。这些场景描述的关键词与短句就是构成故事单位的表达素材。

1. 表达目标决定素材选择

词句素材的选择就是将故事的表达目标进一步细化。比如，这些词句对应的是哪些环境内容以及环境的哪些特征，哪些人物、人物主次以及人物的哪些特征等。围绕你的表达目标，进行背景、环境、主体、客体、动作、语言方面的素材选择，做到说明到位、情绪到位、气氛到位。

你的表达目标决定了词句素材的选择，写什么比怎么写更重要。

2. 素材顺序影响表达效果

先写什么后写什么可以对表达效果产生巨大影响。给别人两个消息，先说好消息还是先说坏消息，收到的效果就有天壤之别。

素材的顺序安排会影响故事的情节逻辑和息传递的准确性，另外也会直接影响故事的节奏，这和影片剪辑对故事影响是同一个道理。好的剧本应该清晰展示你的故事信息和表现节奏。

3. 快速的意义

快速对于第一稿意义重大。快速可以保持思维的连贯性，方便作者充分捕捉那些稍纵即逝的画面，来构建自己一见钟情的故事场景。在流畅的思维中涌现出来的第一感觉，往往是你最优的素材选择和素材排列方案。

用关键词和短句作素材的快速连接，不会因为纠结于细节或被细节干扰而中断思维的连贯性，从而保证创作者可以专注、从容地同步记录在脑海中掠过的故事画面。

故事的第一稿，是你的电影第一次在你脑海中完整呈现，别让它跑了，"快"写下来。

笔记：第一稿：素材内容为表达目标服务，素材顺序影响表达效果，用关键词和短句作素材的快速连接。

23.4　第二稿：描写与对白

第一稿写成故事素材的快速连接后，第二稿就对剧本的描写与对白进行精雕细刻。剧本的描写又分为环境描写与人物描写，是剧本的主体部分。

1. 描写的原则。剧本的描写要本着可见、周到、简洁、准确四条原则。

◆ 可见：是指剧本只描写那些可以通过视觉观察到的内容，视觉以外的内容都不能写入剧本。原因很简单，可见才可操作。不可见的错误最容易发生在人物描写上，如例1。

例1：

主角心底暗自盘算开来，很快他有了一个特别阴损的主意。

如果这样的字眼出现在剧本上，是不合格的。要用可见的外部描写来取代不可见的心理描写，如例 2。

例 2：

主角来回踱步，片刻，突然停住，紧锁的眉头慢慢舒展开来，嘴角滑过一丝冷笑。

◆ 周到：是指要表达清楚。表达清楚包括说明到位、情绪到位、气氛到位。剧本要围绕"表达清楚"这个目标作最必要、周到的选择。

例：

苦栗湾　昏　外

三人小心翼翼地跟下山，青灰色的房顶在树梢间若隐若现。转过路口，一条狭窄的石板路出现在眼前。曲折的石板路两边是古老的瓦房。

正是晚饭时分，家家户户的屋顶上炊烟袅袅，窗口透出暖暖的灯光。三人好奇地打量着眼前这一切。

突然，所有屋子的大门次第打开，灯光像开闸的洪水，倾泻在这条狭窄的石板路上。

上例中，通过对环境的周到描述，把"桃花源"式的场面表达得比较清晰、生动。

◆ 简洁：是指刚好表达清楚。围绕"刚好表达清楚"这个目标作最简的选择。它与"周到"并不矛盾，怎么样做到"不多不少刚刚好"，非常考验作者的选择能力。

例 1：

推开门，主角发现房间被翻得乱七八糟。他大惊失色，拔腿就往楼下冲去。

例 2：

推开门，主角发现房间被翻得乱七八糟。茶几被掀翻，沙发坐垫被割开，衣服杂物扔了一地。主角大惊失色，拔腿就往楼下冲去。

如果故事只需要"有人来过"这个事件信息，写成例 1 就行了。如果房间内部还有重要的细节信息，才有必要对"乱"进行描述，并将所需信息从"乱"中引出来，或者掩盖在"乱"的细节中。

◆ 准确：文字直指表达目标，不要有歧义。

比如：张弓扶着老人走下台阶，肩上斜挎着一个单肩包。

背包是的张弓还是老人。合格的剧本，文字表达不应产生歧义。

◆ 还有一种情况这里把它称为留白，是指给电影的后续工种适当留下空白和一定的创作空间。如果不是十分必要，可以只对对象作抽象描述。

例：

06 剧场 日 内

剧场的布局、配色和装饰都还是上个世纪的风格。

如果后面的故事不再与剧场的风格细节产生关联，剧本写成上例就行了。大可不必对布局、配色、装饰作细致描述。有了"上个世纪"这个年代风格的提示，怎么选景、加工，后面会有导演和专业部门去操心。

2. 人物的对白。

对白的本质是人物的动作，或者是人物动作的延伸。对白具有交流、交待、表现、独立审美四个功能。

◆ 交流功能

对白的交流功能分为信息交流和情感交流两部分。"吃饭了吗？""吃了。"这属于信息交流。"我爱你。""我也是。"这属于情感交流。还有一种隐性的情感交流，情感是隐藏在文字背后的。"怎么样？""嗯！"从字面上看好像是信息交流，但结合两人的语言状态才可以感受到信息背后的情感。

交流是对白非常重要的功能，以对白为载体，通过人物的交流与互动，可以构建和揭示人物关系。

◆ 交待功能

对白的交待功能主要体现在故事对人和事的交待上。通过对白来交待人和事，是故事进展最常见的方式。"张三和李四打起来了！""鬼子进村了！""飞机已经安全着陆。"这都是通过对白来交待事。

对白对人的交待主要包括：基因、经历，性格、能力，身份、动机、手段等人物的不同层面。"我生长在一个农村家庭。""你还是这么个倔脾气！""他是总局派来的。""我必须拿到保险柜密码。"……这都属于对白对人的交待。

对白的交待功能有时会与交流功能有一定重复，而"旁白"与"独白"则是纯粹的交待。通过对白进行故事交待，好处是直接、明了，坏处是用得不当或过于频繁容易破坏故事节奏和审美体验。

◆ 表现功能

对白的表现功能是对白最有魅力的地方。所谓对白的表现功能就是通过人物语言来塑造人、揭示人。人物的基因、经历，性格、能力，身份、动机、手段，都是可以通过对白表现的，而不一定非得用交待的方式。

人物简历——人物特征——人物属性，是人物塑造的三个逻辑环节，通过对白可以交待人物的相关要素，还可以对人物要素进行生动地表现。如："他是个急性子。"这是交待人物性格。"快点，快点！你能不能再快点呐？爷！"这就是通过对白来表现人物"急性子"这个性格。

◆ 独立审美功能

语言本身就是艺术，所以对白具备独立的审美功能。就和动作片中的打斗场面，就是纯动作的审美一个道理。语感美、意境美、有内涵的对白是创作者的追求目标之一。

对白必须属于人物。对白是动作的延伸，如果一个人物做出与其身份大相径庭的动作，会让观众不知所以。对白也是一样，必须是出自该人物之口，先有人物，再有对白。撇开人物谈对白没有意义。"欲设计有意思的对白，先设计一个有意思的人物。"搞清楚对白的这些功能，对于创作对白非常重要。

扮演人物，体验人物状态，寻找人物的语言，是对白创作的重要法则。电影编剧是要有点表演能力的，这种表演能力不是要你有多高超的表演技巧，而是要有深刻体验人物的能力。

我们常说的换位思考也是一种人物体验，最高明的换位思考不是如果我是某某，而是把某某的基因、经历、性格、能力，身份、欲望、动作，全部换到自己身上来。这非常有难度。

对白的陷阱主要有两点，说得太多或者脱离人物的纯语言追求。撇开所有外部原因，滥用对白是非常不可取的。与话剧由于其场地限制出的艺术特点不同，用画面表现故事是电影（电视）的优势手段，除了某些类型作品和实验性的追求外，电影与话剧还是应该区别开来。

滥用对白对于创作本身来说，无外乎两个原因：画面创作能力的不足和过度沉迷于语言审美的追求。

画面创作能力不足时，特别容易患上话痨病症。用对白交待情节当然很简单，如果作者愿意，可以让所有人物围坐炉边，把整个故事从头讲到尾。你把本应该通过画面来讲的故事，全部交给人物的嘴，那基本上形同广播剧了。

过度沉迷于对白同样不可取。为了追求所谓的经典台词，让对白成为可以单独流传的经典几乎成了很多作者的追求。最容易造成的后果就是人物与对白不匹配。剧中每个人物都可以口吐莲花，电影从头到尾金句满天飞，可到头来金句没记住，人物也没记住，感觉像听了一场尴尬的相声。要想创作经典台词，还是先创作出一个经典的人物吧。

第二稿才算是一个成熟的完整作品，写完第二稿，你就可以在月黑风高的夜晚，捧着自己的大作孤芳自赏了。

笔记：第二稿：剧本的描写分为环境描写与人物描写，描写要本着可见、周到、简洁、准确四条原则。对白的本质是人物的动作，或者是人物动作的延伸。对白具有交流、交待、表现、独立审美四个功能。

23.5　第三稿：全盘检查与修改

最后的检查是必需的，因为沉迷于自己的作品时间太长，难免会有些麻木，一些显而易见的错误你自己可能都发现不了。

第三稿的检查主要针对的是字、词、句这样的细节问题，万一检查出内容和结构方面的问题那就太惨了，你会为要不要推倒重来纠结致死。当然，也可以说你是幸运的，在作品推出之前能够发现问题，或者想到了更好的主意，可以让你把前面已经完成的作品付之一炬，那这主意一定是足够好。

关于检查有三个建议。第一，换个时间看。当你一鼓作气完成整个创作流程的时候，作为作者其实是不太理智的，这个时候立刻作出对自己作品否定的意见并不容易。

就像电信诈骗的受害者，正处于故事情绪高涨期，你告诉他被骗了，对方往往很难接受，并不是受骗者完全没有分辨能力，而是从情感上不愿意接受。过一段时间，让他冷静下来，可能很多事情就想清楚了。

故事第二稿完成后，你可以放上几天、几周，让自己冷静下来，从自己营造的故事气氛中走出来。然后再来翻看你的作品，你会发现自己的态度和视角发生了变化，这个时候来检查作品，对故事细节和格局的观察都会比之前要理性、清晰很多。

第二，一口气看完。剧本像小说一样，是内容具有连续性、整体性的作品。优秀的小说读者很少把一本小说今天读几页，明天读几页，而是找一个集中的时间，把一本小说从头到尾一口气读完，这样才能很好地进入故事，进入到故事中的世界。

在电影院看电影自然不必说，在网上看电影的观众大多也习惯于把一部电影一次看完，如果分成几次看，观影体验会大打折扣。

检查自己的作品也是一样。一口气读下来，才能更好地把握整体的结构、节奏，如果前后有矛盾、不统一的地方，也能够即时发现。

第三个建议就是请别人看。在梗概和大纲环节，你应该请人"听"你的故事，让别人对你的故事提出意见和建议。剧本完成后，你则需要请人"看"你的故事，从你的剧本文字中发现问题。

最好找两个或两个以上的人帮你通读剧本，这两个人最好是故事感觉和文字能力都比较强的人，或者是各占一样强项的人。这样的人对于故事和文字的意见才会有比较靠谱的参考价值。

还有一个非常矛盾的问题，就是既要相信别人，又不能太迷信。俗话说，当局者迷，旁观者清。旁观者常常会有当局者忽视的视界和视角，但旁观者也会有他的个人偏好和能力局限。所以旁观者的参考意见到底参考到什么程度，又需要作者理性、智慧地选择。

还有一个更加矛盾的问题，那就是后来的意见就一定比前面的更好吗？作品完成后，如果有源源不断来自别人和自己的否定意见，就可能动摇你在创作过程中一直坚守的很多东西。这时，你需要非常冷静，是后来的意见真的比前面好，还是由于长时间的创作伴随而产生的审美困惑，这非常考验作者的鉴赏力。

其实检查与修改一直伴随着你创作全程的各个环节，每一个环节都尽力做好，才可以创作出对得起自己能力的作品。因为程序、方法和态度致使作品出现偏差，是一件非常遗憾的事情。

第三稿完成后，作品交付、投稿、交流或者自娱自乐，反正你的工作可以告一段落了。一个作品也许从此永远压在箱底，也许还远未结束。

四稿、五稿、六稿、七稿、八稿……

笔记：第三稿的检查主要针对细节，兼顾内容与结构。建议搁置一段时间后自己检查，还要请别人帮忙检查。不能夜郎自大，也别妄自菲薄。

23. 例 《翻谱人》剧本（节选）

第一步：确定表达目标

通过乐团排练、张弓迟到、乐团商务活动、张弓恶搞、张弓与朱指冲突等环节，初步交待故事时空和冲突背景，乐团基本情况与乐团工作状态，主要人物及人物关系。表现金钱至上的环境下，不务正业的个体、人心涣散的群体，和个别坚守者。

第二步：素材选择与排列

小剧场，破旧，小交响乐团，肖邦第一钢协，十五周年庆典将至。乐手显得很认真。有中国风的朱指挥。沉醉于乐队与音乐。孤傲的钢琴独奏吴首丽在等待。有乐手在看手机。乐队停，独奏开始。

每个谱架一手机，李兰例外，朱指无可奈何。迟到的张弓，朱不待见张，陈是张的密友，张的影响力，与队友互动的方式。演奏失误丑态，愤怒的朱，尴尬的张，朱离开，休息。

队友的热情，张的开场。小提课，李兰高洁。天鹅湖楼盘，泼辣的王燕。音乐讲座，合唱指导，张、陈的小猫腻，琴行评委，独奏吴首丽，"城交"的社会地位。股市、租房、卖琴，经济咨询师。拿朱指开涮。

朱回来，排练继续。张与队友们、李兰互动，模仿、丑化朱。钢琴进入，张发现谱不对，吴视张如无物。张发现吴的结松，准备系紧，结果反而解开。吴打张后离场。

朱怒斥张，想不想干，张的反驳，想干，你不让。翻谱被客座吴羞辱，朱发现谱不对，无话。张更得意，该乐团就一摆设，关键时候靠客座撑场面，这是朱的痛点，暴怒，张得意洋洋地离开，唱《中国功夫》前两句。

第三步：写剧本

001　顺良剧场　内　日

顺良剧场是一个能容纳九百多名观众的小剧场，布局、配色和装饰都还是上个世纪末的风格，泛白的幕帘和磨损严重的舞台都显露着岁月的痕迹。一支四十多人的交响乐团正在舞台上排练肖邦的第一钢琴协奏曲。舞台上沿的LED屏滚动着"城市万家零售集团15周年庆典交响音乐会还有三天"字样。

乐曲进行到热烈的乐队全奏部分，乐手们一个个表情严肃地盯着谱架，动作整齐地演奏着手中的乐器，雄浑的乐声充满整个剧场。

指挥朱方正是一个五十多岁的中年男人，个子不高，有些清瘦，典型的地中海发型略显蓬乱，一身藏青色对襟立领短袖衫，丝质长裤，配一双圆口布鞋，浑身上下散发着浓浓的传统文人气息。此时，他站在指挥台上媚眼如丝、摇头晃脑，手中的指挥棒随着音乐纵横开阖，稀疏的头发像一根根充满乐感的触角飘忽不定，他沉浸在自己掌控的音乐中。

担任钢琴独奏的吴首丽是一位身材修长的年轻姑娘，相貌平平但气质出众。她双眼微闭，静静地坐在琴凳上，酝酿着自己的音乐情绪。

一名男贝司手边拉琴边盯着自己的裤裆傻笑，旁边另外一名贝司手好奇地把头凑过来，原来他正在看放在大腿上的手机，有人刚给他发了一个搞笑的动画表情。

随着朱方正一个大气磅礴的收势，乐队戛然而止，吴首丽杏眼圆睁，双手猛然抬起，整个人像打了鸡血一般开始了她暴风疾雨似的演奏。朱方正将指挥棒抱在胸前，转身看着吴首丽，脸上是满意的神色。

被替换下来的乐手们纷纷放下乐器，刚才严肃的表情顿时松懈下来，不约而同地把手伸向谱架。

从乐队背后看去，真是别有洞天。几乎每个谱架上都放着一部手机，手机界面上是股市 K 线、微信对话框或者网购页面。乐手们都趁着这短短的休止间隙急不可耐地划弄着自己的手机。

只有乐队首席李兰怀抱小提琴端坐着，安静地注视着吴首丽的演奏，活像油画中的古典美人。朱方正斜着眼瞥了一下这群心不在焉的乐手，脸上露出不悦之色。

靠近台口的剧场门嘎吱一声开了，张弓像幽灵般闪身进来。他身形高挑，顶一头蓬松的大波浪卷发，浓眉大眼大鼻子大嘴挤在那张小脸上，略显局促。他穿了一身近似睡衣的休闲衣裤，像一个刚起床的山寨贝多芬。

张弓轻轻关好门，猫着腰蹑手蹑脚赶紧向里边走来，一叠扑克牌在他的左手上熟练地翻转腾挪，带些诙媚的笑容始终挂在脸上。

听到声响的朱方正缓缓转过脸来，微笑也渐变成厌恶与不屑。张弓不敢直视朱方正犀利的目光，赶紧把扑克牌揣进裤兜低眉顺眼地一路小跑。

脑满肠肥的陈朝辉最早发现张弓，他激动地冲张弓挥动着手中的小号，用夸张的口型说着只有他俩能懂的唇语。张弓偷偷打了个 OK 的手势，陈朝辉心满意足的笑容像花儿一样在脸上绽开了。

其他乐手也陆续发现张弓的到来，纷纷放下手机，向他投来期待、询问的目光，有的挥手，有的努嘴，还有的干脆张嘴轻喊，大家都在用各自的方法试图引起张弓的注意。张弓谄媚的笑中又多了几分羞涩，一边躲避指挥的目光，一边小心地回应热情的粉丝。

指挥的起奏手势让大部分乐手猝不及防，很多人仓促拿起乐器。陈朝辉因为用力过猛，号嘴敲到了门牙，只见他脸一抽，一缕血丝从两唇间渗了出来。

朱方正猛拍谱架，一声刺耳的怪音在剧场回荡。乐手们尴尬地定在那里，屏住呼吸，怯生生地看着一脸怒容的指挥。陈朝辉伸出舌头，悄悄舔干嘴唇边的血迹。

张弓是这个尴尬场合中最尴尬的人，他在朱方正的愤怒和队友同情的目光中进退两难，只得在台口左侧站定，冲朱方正点头哈腰地讪笑着。

朱方正怒视张弓，胸脯剧烈起伏，拼尽全力控制着情绪。随后，他抬起指挥棒猛地指向张弓，咬牙切齿，但欲言又止。片刻，朱方正扔下指挥棒，从牙缝里挤出两个字来。

朱方正：休息！

说完，朱方正拿起保温杯，顶着一头艺术的触角气鼓鼓地出去了。剧院门刚刚在他身后关上，团员们便雀跃叫嚷着向张弓围了过来。

众人：张总，张总……

张弓紧赶两步笑盈盈地跳上指挥台伸手制止队友们。

张弓：以后别老叫我张总，公司的大老板才是张总，咱好歹也算是个艺术家，被你们叫得这一身铜臭味。

众人笑着退了回去，张弓装模作样地掸了掸衣服，清了下嗓子，脸上的笑意更盛了。

张弓：接下来是艺术家们的财经时间，有兴趣的捧个钱场，没兴趣的捧个人场。

众人安静下来，张弓不紧不慢掏出裤兜内的扑克牌，在乐手们期待的目光中优雅地抽出一张，照着牌面上手写的文字吆喝起来。

张弓：东区一土豪的儿子学小提，一节课五百。

两个男小提手同时伸手。

两小提：我去，给我。

张弓盯着扑克摇了摇头。

张弓：可人家要女的。

两位小提悻悻地退了回来。

男小提 1：这也挑？

男小提 2：找老师还是找小三？

张弓不理会他们，把扑克递到李兰面前，油嘴滑舌起来。

张弓：兰姐姐，可否赏个脸？就当是劫富济贫，也不枉费小弟的一片孝心不是？

李兰似笑非笑一把夺过扑克，塞到身后一位女小提手里。

李兰：谢谢你的好意，还是让庞欣妹妹去劫富济贫吧。

张弓盯着有些羞涩的庞欣一脸坏笑。

张弓：可别把孩子他爸给劫了哦。

庞欣脸红了，众人一阵哄笑，张弓又抽出一张扑克。

张弓：天鹅湖楼盘开盘要个弦乐四重奏，俩小时三千。

刚才退回去的男小提大声问。

男小提 1：男的女的？

张弓：也是女的。

队伍中一阵嘘声。

张弓：拉得怎么样不重要，主要是养眼。对方唯一的要求就是少穿点儿。

泼辣的女中提王燕霍地站起身，义愤填膺地骂开了。

王燕：什么玩意儿，天鹅湖、贝多芬、水边维也纳，欧洲的古典音乐都被房地产商糟践完了，还想糟践我们。

王燕冲到张弓身边一把夺过扑克，冲着刚才落选的两男小提振臂高呼。

王燕：你们两个！

王燕又指着一位男大提。

王燕：还有你，我就带你们三个大老爷们，穿得严严实实的，给他献一曲天鹅之死怎么样？

人群中又是一阵哄笑，张弓模仿着王燕的愤怒劲，一本正经地回应。

张弓：对，谁说只能男的糟践女的！赶明日让咱们的王大小姐也去糟践糟践他们男的。

人群中笑声更大了，王燕冲张弓呸了一口，笑眯眯地退回座位。

张弓：市职业学校古典音乐知识讲座，还是你去吧。

张弓轻轻一抖手腕，一张扑克径直飞到大鼓演奏员的手中。

张弓：谁叫咱们团就数你口才好，钱不多，三百。

大鼓憨厚地笑了笑，冲张弓抱拳致谢。

张弓：一个合唱队赛前想请人指点一下。

张弓将扑克直接飞给小号手陈朝辉。

张弓：友情活，二百块，辉辉你就委屈一下。

陈朝辉接过扑克，价格上赫然写着1200。陈朝辉心领神会，冲张弓抛了个肥胖的媚眼，小心翼翼地将扑克揣进口袋。

张弓：舒伯特琴行一个小朋友的钢琴比赛要一名评委。

所有人都安静下来，将目光投向吴首丽，只见她正塞着耳机，坐在钢琴边闭目养神。张弓干咳两声，打破沉寂。

张弓：对方主要是看中了我们的牌子，只要是咱们"城交"的人，什么专业也没人会介意。

张弓把扑克牌精准地飞给唯一的单簧管演奏员。

张弓：你就去当回男花瓶吧，咱们团就数你和朱指长得像评委。

周围响起几处善意的笑声，单簧管接住扑克，摸一把光秃秃的脑门，迟疑了一下。

单簧管：万一他们让我弹怎么办？

张弓：你就说钢琴音不准，然后大骂调音师。接下来跟学生家长忽悠一下音准对琴童的重要性。相信我……

张弓故作神秘地环视队友。

张弓：热烈的掌声和如花似玉的女家长将会扑面而来。

在一阵哄笑中张弓将几张扑克熟练地分别射向几名队友。

张弓：这是我历尽千辛万苦打听来的股市内幕消息，该抛的抛，该买的买，赚了算你的，赔了也别找我。还有你们几个要租房的，要卖琴的，还有……

张弓抽出最后一张扑克，表情突然凝重起来，队友们不知所以，安静下来等待下文。张弓叹了口气，语重心长起来。

张弓：咱们朱指单身有些日子了，我呢，到家政公司给他物色了一老伴……

几个不明就里的乐手面面相觑，心如明镜的李兰白了张弓一眼。

李兰：你就损吧！

张弓还在故作姿态。

张弓：寒是寒碜点儿，但是喜庆呐！

张弓自己也实在绷不住了，举着一张大猫扑克牌笑得直不起腰来。明白过来的队友们哄堂大笑。

剧场门嘎的一声响，朱方正拿着保温杯开门进来。队员们赶紧坐好，乖乖操起乐器。

措手不及的张弓急忙跳下指挥台，侧身一滑便在吴首丽旁边的琴凳上坐了下来，偷偷一抖手腕，扑克牌猛地射向空中。

朱方正余怒未消，快步走上指挥台，再狠狠地盯一眼张弓。朱方正刚拿起指挥棒，那张飘落的扑克正好降落在他的"地中海"。乐手们使劲忍住笑，张弓则一本正经地端坐不动。

朱方正从头顶摘下扑克，一个彩色小丑正挤眉弄眼地看着他。朱方正用力将扑克摔在地上，举起指挥棒。

朱方正：六十五小节。

乐手们悄悄舒了口气，表情放松下来，拿起乐器，作好演奏准备。朱方正猛一挥棒，乐队跟进，音乐重新响起。

无所事事的张弓笑眯眯地探出身子悄悄瞄一眼身旁的吴首丽，只见她正襟危坐，面无表情地看着指挥。张弓悻悻收回身体，用满不在乎的目光扫视全场，间或与几名乐手默默地隔空传情。

张弓转过头来，目光和李兰相遇，张弓不失时机地向她抛了个媚眼，刚嘟着嘴想来个飞吻，被李兰狠狠一瞪，把到嘴边的吻又咽了回去。

指挥台上的朱方正又重新回到激情燃烧的状态，双眼微闭，完全沉溺在美妙的音乐之中。

张弓朝朱方正不以为然地一撇嘴，张牙舞爪地模仿起他的指挥动作来。只见张弓手势夸张、表情狰狞地摇晃着身体，还特意龇牙咧嘴做了一个揪扯头发的动作，引来几处噗嗤声。

朱方正机警地睁开眼睛，犀利的目光向张弓刺来。见张弓正端坐着面带微笑注视着自己，朱方正狐疑地收回目光，又慢慢将情绪投入音乐之中。

钢琴突然响起，张弓赶紧看向琴架上的乐谱，突然发现不对，连忙伸手翻谱，却怎么也找不到地方。他迷茫的目光在指挥、乐队和钢琴上快速游走。只见吴首丽猛地伸手将乐谱啪的一声用力合上，继续自己的演奏，视张弓为无物。

张弓双手攥拳冲吴首丽狠狠瞪了一眼。突然，他的目光落到吴首丽裸露的后背上，只见她红色的露背长裙从肩到腰开了一个大大的V形口，黄亮亮的抹胸在白嫩的后背上打了个漂亮的蝴蝶结。随着吴首丽律动的身体不断地摇摆和抖动，那个漂亮的蝴蝶结正在慢慢松开。

张弓偷偷扫一眼众人，小心翼翼地伸出手来，轻轻拈起蝴蝶的双翼，想帮她重新系紧。不料吴首丽身体一抖，蝴蝶脱手了。张弓不甘失败，深吸一口气，重新将手伸过来。经过几次尝试后，张弓终于逮准机会一咬牙，双手用力一拉，刚好赶上吴首丽一个更大幅度的身体动作，张弓的脸僵住了。

钢琴声突然停止，张弓愣在那里，手停在吴首丽的背后，那只蝴蝶已经被张弓给解开了，两根系带连同抹胸往两边奔拉下来。

指挥和乐队都不知所措，一脸迷茫地看着吴首丽。

吴首丽面无表情地缓缓转过脸来盯着张弓。片刻，一记响亮的耳光之后，吴首丽拍下钢琴盖，愤然起身，疾步离开舞台。

看看吴首丽光秃秃的后背，再看看捂着脸的张弓，大家瞬间明白。爆笑声刚刚响起就被朱方正的怒吼止住，那是一种带着戏曲韵白腔调的怒吼。

朱方正：是可忍孰不可忍，你到底还想不想干！

张弓一反刚才唯唯诺诺的谦卑态度，反而放松下来，玩世不恭地抖着腿，一脸无辜地申辩。

张弓：想干，早就想干，可你让我干吗？这么多年的助理指挥，你让我摸过指挥棒吗？

朱方正：你还想摸棒，要不是看张总面子，你连翻谱的机会都没有。

张弓激动了，用力抓过乐谱，猛地站起身来。

张弓：翻谱？一破协奏曲还要翻谱？马八的总谱我能全本背下来！

两名贝司手一脸惊诧地窃窃私语。

贝司1：真的假的？

贝司2：吹呗。

张弓笑意全收，气愤地指着吴首丽离开的方向。

张弓：我看这姓吴的就是摆谱。

张弓把有"李斯特"字样的乐谱封面向队友展示了一下，再将它狠狠地拍在钢琴上。

张弓：你们看，这是肖邦一协的谱吗？这不是玩我吗？

人群中有了些议论。

人群：是有些过分……这不挤对人吗……客座就是牛……

队友们纷纷向张弓投来同情的目光。朱方正凑过头看了看谱面，无话可说了。张弓得理不饶人，继续慷慨陈词。

张弓：咱堂堂"城交"，十几年的老团，就指一客座活着，你这艺术总监还好意思在这里抖威风。赶明日乐团倒了，看你上哪儿抖去。

张弓的话说到了朱方正的痛处，只见朱方正恼羞成怒，用指挥棒点着张弓的鼻子，有些语无伦次。

朱方正：你你你……明天的彩排你别来了！

张弓一甩那头贝多芬式的卷发，笑容又回到他脸上，只是多了些挑衅的味道。

张弓：我偏要来，你管不着！

朱方正气急败坏，握棒的手剧烈颤抖。

朱方正：你你你……

张弓学着朱方正的结巴，居然摇头晃脑地唱开了。

张弓：我我我……我是一张弓，你是一个怂……

张弓边唱边阔步下台，大摇大摆地推门出去了，留下愤怒的朱方正和快憋出内伤的队友们。

第三部分　笔记汇总

第 6 章　你的灵感从哪里来，到哪里去

01. 灵感需要持续专注地激发，写在大纸上，它们还会相互激发。不要急于写作，学会享受这个灵感产生的过程。

02. 分类的意义在于操作，为了高效的操作你必须学会分类。

03. 分类要以方便操作为目标，分层也是一种分类，好的分类与分层才会好用。

04. 故事灵感按三类两层来分类。三类是指人物、事件、主题，两层是指纲与目。分类后的灵感还可以激发新灵感。

第 7 章　写作的起点，三支柱与八要素

05. 灵感分类完成后，接下来必须明确故事的人物、事件、主题。这三支柱是故事的核心，是故事创作的起点。

06. 支柱性人物就是主角，身份、欲望、动作是主角的三个支点，明确人物就是明确主角的身份、欲望、动作以及三者间的作用关系。

07. 支柱性事件就是围绕解决故事核心问题的主事件，它由核心问题、主要障碍和结果三个支点组成。

08. 主题就是故事的最终表达目标，明确主题不但要明确故事主题的中心思想，还要清楚构成这一思想的正负价值。

09. 身份、欲望、动作、核心问题、主要障碍、结果、正价值、负价值，是故事的八要素，是故事织体的编织对象。

10. "一句话故事"是通过对故事八要素的描述，来体现故事运行的主干逻辑与主导动力。

11. 在明确故事核心的实际操作中，人、事、主题这三个故事支柱是同时设计，相互修正的。

12. 故事需要背景支持，故事背景分成时空背景与冲突背景。背景对故事有限制和激励的双重作用。

第 8 章　故事的声部

13. 故事的首尾必须是事件。人物、意义动作、价值变化就是构成事件的三个条件。开篇事件是故事的起点，高潮事件是故事的终点，故事的"结局"是高潮事件的延续。

14. 人物声部、事件声部、主题声部是故事的支柱声部，由故事三支柱发展而来。

15. 人物线由支柱人物（主角）发展而来。起止点是故事开篇事件与高潮事件时，主角的身份、欲望与动作的状态。

16. 事件声部是指，由故事次事件连接而成的线，起点是开篇事件，终点是高潮或结局。核心问题、主要障碍、结果是事件声部的三要素。

17. 主题声部是由次事件表现出来的意义连接而成，正价值、负价值是主题声部的组成要素。

18. 身份、欲望、动作、核心问题、障碍、结果、主题，是组成整个故事织体的七个声部。故事织体表是故事创作的总谱。

19. 确立故事声部时，尽量拉开人物线、事件线、主题线的起点与终点的状态距离，使之形成反差。

第 9 章　关键事件与幕布局

20. 线性三幕是一种四乐章的故事结构，它对应着故事建置、进展、转折和解决这种起承转合的结构功能。

21. 故事被激励事件、转折事件和危机事件划分成第一幕、第二幕（上）、第二幕（下）、第三幕四个部分。这三个事件引导着故事方向，对故事进展有决定性的意义。

22. 以建置、进展、转折、解决为结构逻辑设计三幕内容，以逻辑性和动力性为目标来设计关键事件。

第 10 章　该写故事梗概了

23. 故事梗概就是对故事概略性的描述，要展示故事的主要内容和大体结构方式，字数在 300 到 500 字。

24. 故事梗概是作品的初次全貌展示，可以在宏观上修正自己的创作，是向外推介作品的最简文体。

25. 故事梗概就是描述幕层面的故事内容和结构方式。可以通过故事的最简表述—简洁表述—故事梗概的程序进行写作练习。

第 11 章　幕的织体

26. 故事的结构单位至少有"幕"、"序列"、"场景"三个层级，逻辑性和动力性是织体的目标，"幕的织体"就是以逻辑性和动力性为目标，在幕结构层面和纵横两个方向上，组织故事要素的方式。

27. 幕内逻辑编织，是指理顺幕内各故事要素之间的因果关系。幕内动力编织针对的是身份的难易、欲望的强弱、动作的正反、障碍的大小。幕内编织应遵照表达目标、逻辑性、动力性的优先顺序，以及"已知主导，亮点优先"的原则。

28. 幕间逻辑编织是指，理顺以关键事件为节点，各故事要素在幕连接上的合理性。幕间动力编织是指，通过调整主角欲望与单位结果之间的鸿沟，来控制幕的稳定性。身份决定欲望，动作和障碍决定结果。

第 12 章　让人物关系一目了然

29. 人物是有关系的，人物关系对人物行为影响巨大，对故事的逻辑性、动力性至关重要，人物不能脱离人物关系而孤立存在。

30. 人物关系是故事的逻辑基础和故事发展的重要动力源泉。

31. 人物关系分别以事件和主角为核心，可以分为处事人物关系和相互人物关系。处事人物关系中包含有动力人物和阻力人物，相互人物关系包括利益关系、情感关系和价值关系，每种关系下包含有相向人物与相背人物。

32. 处事人物关系的设置目标在于，围绕故事事件的冲突需求，设置出故事的对抗力，为精彩、曲折的故事进展提供动力。相互人物关系的设置目标在于，设置对抗力的人物关系原因，为故事对抗力的层次、平衡、变化提供逻辑支持。人物关系对力影响巨大，但绝不是影响力的唯一原因。

第13章　人物走到幕里来

33. 故事创作之初，将人物隐没在事件中，有利于整体结构设计，人物应该在幕织体完成后，开始出场。

34. 围绕每一幕的"事"，设置处事人物关系，人物就在这两股抗力的需求中出场。

35. 通过对相互人物关系中利益、情感、价值关系的设置，来影响人物的力向、力度以及力的变化，从而影响针对故事事件的动力与阻力。

36. 人物属性包括身份、欲望、动作，人物属性决定人物关系，人物属性影响人物的力向和力度以及力变。

37. 不要急着给故事人物取名，在创作阶段使用标签式的人物名称，对创作会更有帮助。

第14章　高潮大纲

38. 精彩的故事需要高潮，高潮影响观众的观影体验，决定故事的创作方向。高潮是故事创作的动力目标和逻辑目标。

39. 高潮大纲是按时间顺序，以主动人物为线索，以动作回合为单位，分人物、原因、动作、内容、反应等五项内容来记录故事进展，并以表格的方式呈现出来。它让高潮的逻辑与动力一目了然。

40. 率先写作高潮大纲，可以为高潮的创作留有最大的自由度；率先成型的高潮，还可以成为整个故事创作的精确、清晰的目标。

第15章　故事路标

41. 故事路标是对故事进展有重要意义的事件，路标事件的路标点是创作者顺利完成创作的依靠，是吸引观众的故事抓手。

42. 故事有 10 个路标，它们分别是：开篇事件、切入事件、激励事件、进展事件、转折事件、再转事件、危机事件、导入事件、高潮事件、结局。对故事发展起导航作用。

43. 开篇事件、高潮事件、激励事件、转折事件、危机事件已经在前面步骤明确。确立故事的路标就是把切入事件、进展事件、再转事件、导入事件与结局追加、置入故事中。

44. 故事是有起伏的，路标事件是故事波的波峰，线性三幕的每次起伏间隔大约 15 分钟，起伏强度大致分为三个档次。

第16章 序列织体

45. 序列小于幕、大于场景，是故事第二层级的结构单位。它包含一个路标事件以及与该路标事件功能相同的其他事件、场景、环节。

46. 10 个路标事件把故事分解成 10 个序列，它们分别是：开篇、切入、激励，进展、转折，再转、危机，导向高潮、高潮、结局。

47. "序列织体"就是以逻辑性和动力性为目标，在序列结构层面和纵横两个方向上，组织故事要素的方式。

48. 序列内逻辑编织，是指理顺幕内各故事要素之间的因果关系。序列内动力编织针对的是身份的难易、欲望的强弱、动作的正反、障碍的大小。序列内编织应遵照表达目标、逻辑性、动力性的优先顺序，以及"已知主导，亮点优先"的原则。

49. 序列间逻辑编织是指，理顺以路标事件为节点，各故事要素在序列连接上的合理性。序列间动力编织是指，通过调整主角欲望与单位结果之间的鸿沟，来控制序列的稳定性。身份决定欲望，动作和障碍决定结果。

第17章 序列人物

50. 针对 10 个序列的核心问题，设计具有处事关系的人物，新人物因为新事件而出场。人物设计原理、方法与幕人物设计相同。

51. 次要人物设计三原则：宁少勿多、高效利用、长线作用。

52. 序列层级的相互人物关系与幕人物关系原理相同，设置人物间利益、情感、价值关系，为人物在序列事件中力的原因、力的多少、力的变化提供依据。

53. 序列织体编织完成后，可以给故事人物取名，也可以人物名称与标签名称夹杂使用。

第18章　故事大纲

54. 故事大纲就是故事的内容要点，是对故事和故事讲法的描述。

55. 故事大纲是故事交流和推介最重要的文本。作者通过故事大纲可以整体审视自己的作品，对故事的后续创作有指导意义。

56. 故事大纲要以主角为线索和中心，展现故事的内容、结构和主题。大纲的内容选择要有取舍与侧重，可以有适当的细节与抒情。大纲行文要简洁并有画面感。故事大纲前，可以单列人物和背景介绍。

第19章　关注的点与线——创作的换位思考

57. 关注点是指能引起观众重视的故事环节，由激发点、关注内容、结束点组成。关注点分为心理与感官两个层面，具有速度、长度、强度三个属性。关注需要得到满足，关注期待可以形成故事动力。

58. 关注点的无缝连接便是关注线，关注线必须为内容服务，关注线要注意关注点的组合节奏，伏笔—分晓作为一种长效关注，可以构成关注线，但需要合理运用。

59. 模式是为故事内容服务的，心理学是编剧的基础科学，持续的吸引力是故事创作的目标，关照观众的关注诉求，把握关注线的运行方式，适用于所有模式。

第20章　场景织体

60. 场景是指统一空间和连续时间内的故事场面，小于序列，大于环节的故事构成单位。有价值的动作是故事场景的必备条件。场景与事件是有交集的两个概念。

61. 场景织体就是，以路标事件为核心，以实现序列意义为目标，以场景为单位，进行故事内容的选择与安排。

62. 场景的纵向编织主要是以序列为单位，进行故事内容的选择。1. 场景选择与场景的表达目标。2. 环节的选择与关注点。

63. 场景的横向编织是指：1. 编织场景线，调整场景的顺序与节奏。2. 编织场景目标线，调整目标相关性与价值起伏的节奏。3. 编织关注线，检查关注点的连续性和节奏安排。

第 21 章　环节

64. 环节是故事的最小结构单位，指同等价值的动作或动作交流。

65. 环节记录就是记录各场景内的每一个环节的环节名称、人物动作和人物对白。

第 22 章　人物图谱

66. 人物全家福是指，以表格的方式呈现所有故事人物的身份、欲望、动作在故事开始与结束时的状态，按照人物在故事中的重要性排序。

67. 人物的基因与经历（简历）决定着人物的性格与能力（特征），人物的性格与能力决定着人物的欲望与动作（人物要素）。故事人物的三要素必须要有人物特征、人物简历作支撑。重点在于逻辑设计，难点在于故事中的呈现方式。

68. 人物图谱就是把故事中的每一个人物，按照人物属性、人物特征、人物简历，以表格的方式排列出来，以观察人物达成故事功能的形成过程。

第 23 章　写剧本

69. 剧本正文应该包括场景信息标注、场景描述、对白三个部分。三部分都需要分行另起，内容视情况再分行分段。

70. 第一稿：素材内容为表达目标服务，素材顺序影响表达效果，用关键词和短句作素材的快速连接。

71. 第二稿：剧本的描写分为环境描写与人物描写，描写要本着可见、周到、简洁、准确四条原则。对白的本质是人物的动作，或者是人物动作的延伸。对白具有交流、交待、表现、独立审美四个功能。

72. 第三稿的检查主要针对细节，兼顾内容与结构。建议搁置一段时间后自己检查，还要请别人帮忙检查。不能夜郎自大，也别妄自菲薄。

参考书目：

1. Robert McKee. 故事：材质、结构、风格和银幕剧作的原理［M］. 周铁东，译. 北京：中国电影出版社，2001.

2. Syd Field. 电影剧本写作基础［M］. 钟大丰，鲍玉珩，译. 北京：世界图书出版社，2012.

3. Viki King.21 天搞定电影剧本［M］. 周舟，译. 北京：世界图书出版社，2010.